A PROPOS DE L'AUTEUR

Dès sa scolarité dans un pensionnat religieux du Yorkshire, Carol Townend développe une passion pour l'histoire médiévale, qui la mènera au Royal Holloway College de Londres. Primée à la parution de son premier roman, elle poursuit l'écriture en prenant un plaisir tout particulier à voyager dans les lieux romantiques qu'elle choisit pour ses histoires.

D1393019

Le secret d'Elise

CAROL TOWNEND

Le secret d'Elise

les Historiques

HARLEQUIN

Collection : LES HISTORIQUES

Titre original : LORD GAWAIN'S FORBIDDEN MISTRESS

Traduction française de MARIE-JOSE LAMORLETTE

HARLEQUIN®
est une marque déposée par le Groupe Harlequin

LES HISTORIQUES®
est une marque déposée par Harlequin

HARLEQUIN

83-85, boulevard Vincent-Auriol, 75646 PARIS CEDEX 13.
Service Lectrices — Tél. : 01 45 82 47 47

www.harlequin.fr

ISBN 978-2-2803-4756-3 — ISSN 1159-5981

A Melanie, avec affection.
Merci d'être toujours là.
(Je ne nous embarrasserai pas toutes les deux
en comptant les années en public !)

Chapitre 1

*Août 1174 — Un campement à l'extérieur de
Troyes, dans le comté de Champagne*

Troyes était surpeuplée. La Foire d'été battait son plein et
toutes les auberges et pensions étaient bondées de marchands
accompagnés de leurs épouses. Jongleurs et ménestrels se
querellaient pour avoir les meilleurs emplacements aux
carrefours et sur les places. Des mercenaires et des voleurs
sillonnaient les rues étroites, cherchant la voie la plus courte
vers un profit facile. Tant de gens s'étaient abattus sur la
ville qu'un campement provisoire avait été installé dans
un champ hors des murs de la cité. Il était connu sous le
nom de Quartier des Etrangers, et des rangées de tentes
poussiéreuses occupaient chaque pouce du terrain.

Une tente se démarquait des autres. Un peu plus grande,
ressemblant davantage à un pavillon qu'à une tente, sa toile
était teinte en violet et ornée d'étoiles argentées.

A l'intérieur, Elise était assise sur un tabouret près du
berceau de Perle et agitait délicatement un morceau d'étoffe
devant le visage de sa fille. Il était midi et il faisait une
chaleur inhabituelle, même pour un mois d'août. Elle remua
les épaules. Sa cotte collait à sa peau, et il lui semblait
qu'elle était assise là depuis des heures. Par bonheur, les
paupières de Perle se fermaient enfin.

Des voix, dehors, lui firent plisser les yeux en regardant l'entrée du pavillon. André était de retour. Elle pouvait l'entendre parler à Vivienne qui allaitait Bruno à l'ombre de l'auvent.

Elle attendit, continuant à éventer doucement Perle. Si André avait des nouvelles, il les lui donnerait bientôt. Effectivement, un instant plus tard, il poussa le pan de toile pour entrer.

— Elise, j'ai réussi ! annonça-t-il, les yeux brillants.

Il posa son luth sur sa couchette.

— Blanchefleur Le Fay doit donner un récital au palais. Pour le banquet des Moissons.

— Au palais ? Vous avez déjà décroché un engagement ? Dieu du ciel, cela a été rapide !

Elle se mordit la lèvre.

— J'espère seulement être prête.

— Bien sûr que vous êtes prête. Je ne vous ai jamais entendue mieux en voix. L'intendant du comte Henri était tout excité d'apprendre que Blanchefleur était en ville. La cour de Champagne va vous adorer.

— Je n'ai pas donné de récital depuis un moment… Je craignais d'avoir déjà été oubliée.

— Oubliée ? Blanchefleur Le Fay ? C'est peu probable. Elise, c'est l'engagement d'une vie ! Je ne peux imaginer de meilleur cadre pour le retour de Blanchefleur sur scène.

Elise jeta un coup d'œil à Perle. Endormie. Avec soin, elle replia l'étoffe dont elle s'était servie comme éventail et sourit pour cacher son anxiété.

— Vous vous êtes bien débrouillé, André. Merci.

— Vous pourriez montrer un peu plus de joie, dit André en l'observant. Chanter en Champagne vous rend nerveuse, semble-t-il.

— Sottise ! protesta Elise, bien qu'il y eût un peu de vrai dans la remarque de son luthiste. Mais je ne dois pas décevoir mon public.

— Vous craignez de le voir.

10

Elle le toisa.

— Qui donc ?

— Le père de Perle, bien sûr. Elise, vous n'avez pas à vous inquiéter, messire Gauvain n'est pas à Troyes. Il est parti réclamer son héritage.

— Vous avez écouté les ragots.

— Pas vous ?

Sachant qu'il ne servirait à rien de le nier, elle se contenta de grimacer. Peut-être n'aurait-elle pas dû prêter l'oreille aux rumeurs, mais, lorsque Gauvain Estève était concerné, cela paraissait impossible. Son image ne la quittait jamais. Même maintenant, elle était claire et vivace, celle d'un puissant chevalier avec d'abondants cheveux blonds et de brûlants yeux bruns.

— C'est étrange de penser à lui comme comte de Meaux, murmura-t-elle. Il ne s'attendait pas à hériter.

— Ah non ?

— Il ne s'entendait pas avec son oncle, je crois. Je n'en sais pas plus.

André haussa les épaules.

— Eh bien, il est comte, maintenant. Ils ont dû régler leurs différends.

— C'est ce qu'il semble.

Elise était contente de la bonne fortune de Gauvain. En vérité, elle l'était également pour elle-même. L'héritage de Gauvain était sa bonne fortune aussi. Blanchefleur Le Fay avait souhaité chanter à la fameuse cour de Champagne pendant des années. Même les difficultés de sa dernière visite n'avaient pas anéanti cette ambition.

Après la naissance de Perle, quand elle s'était avisée que Blanchefleur devait faire un retour vraiment spectaculaire sous peine de tomber dans l'oubli, elle avait eu l'idée qu'elle pourrait organiser son retour au palais de Troyes. Chanter devant la comtesse Marie en personne serait un coup de maître. La fille du roi de France, rien moins !

Certes, il y avait eu quelques fantômes à combattre avant

qu'elle se sente capable de revenir en Champagne. Elle n'oublierait jamais que sa sœur, Morwenna, était morte près de Troyes. Mais rien de ce qu'elle pourrait faire ne la ramènerait. Et de toute façon, si Morwenna avait été en vie, elle aurait été la première à reconnaître que la cour de Troyes était l'endroit idéal pour le retour triomphal de Blanchefleur Le Fay.

Et il y avait Gauvain, et la crainte de le rencontrer. Que lui dirait-elle ? Il était le père de son enfant et ne le savait pas…

Puis elle avait ouï dire que Gauvain était devenu comte de Meaux — cet obstacle-là, au moins, avait été écarté. Son ancien amant était à des lieues de là, réclamant son héritage en Ile-de-France. La voie était donc libre.

— Comment est-il ? demanda André.

— Qui ?

— Messire Gauvain.

« Messire Gauvain. »

— C'était un simple chevalier, quand je l'ai connu. Très beau. Un guerrier redouté, mais il était aussi aimable, protecteur.

L'année précédente, Elise avait été à la fois surprise et flattée d'être l'objet de l'intérêt de Gauvain. C'était encore plus étonnant quand on considérait que pas une fois elle n'avait utilisé sur lui les séductions de Blanchefleur Le Fay. Non, elle avait simplement été Elise, la servante timide et réservée.

— Pourtant, vous le redoutez. Vous appréhendiez de le rencontrer.

Elise jeta un coup d'œil à Perle et se mordit la lèvre.

— Je n'ai pas peur de messire Gauvain. Je voulais juste éviter… toute complication.

— Des complications ?

— André, le père de Perle est comte. Je ne sais pas du tout comment il pourrait réagir en apprenant qu'il a une fille.

— Vous préféreriez qu'il ne le découvre pas.

— Franchement, oui. Le fait que Gauvain soit devenu

comte ne changera pas son caractère. C'est un homme de devoir, d'honneur. A l'époque, je l'ai fréquenté comme un moyen d'entrer à la Corbelière.

André fronça les sourcils.

— Et dame Isabelle ? Je pensais que vous étiez devenue sa servante dans ce but.

— Oui, mais mon amitié avec dame Isabelle était toute récente. Elle pouvait très bien ne déboucher sur rien.

— Alors, vous avez gardé messire Gauvain en réserve.

L'air choqué, il contempla Perle.

— Je pensais, vous connaissant, qu'il aurait représenté davantage pour vous.

— Il me plaisait, bien sûr, s'empressa de dire Elise.

En vérité, il avait fait plus que lui plaire. Elle avait peut-être fréquenté Gauvain dans un but bien précis, mais elle n'avait pas eu à feindre l'attirance qu'elle éprouvait pour lui. La passion avait flambé entre eux sans aucun effort de sa part. Des étincelles avaient jailli dès le début.

— Je ne suis pas certaine qu'il me pardonnera. Voyez-vous, je l'ai bel et bien trompé.

Elle se mordit la langue. Tromper Gauvain avait été à la fois la chose la plus dure et la plus facile qu'elle avait jamais faite. Elle avait badiné avec lui — elle n'avait jamais été à l'aise pour jouer les coquettes, mais cela avait été étonnamment simple avec Gauvain. Et même amusant. Au départ, elle l'avait fait dans l'espoir de découvrir comment sa sœur était morte. Avant de connaître Gauvain, elle pensait qu'apprendre la vérité sur la mort de Morwenna était la seule chose qui comptait. Mais elle s'était vite avisée qu'elle s'était abusée elle-même autant qu'elle s'était jouée de Gauvain. Ils s'étaient plu, fortement. Trop fortement. Ils avaient fini par être des amants passionnés, même si elle en était venue à se méfier de tout ce qu'elle ressentait pour lui. Etait-il vraiment possible d'éprouver tant de sentiments pour un homme, et si rapidement ?

— C'est un soulagement de savoir que je ne le verrai

13

pas, dit-elle. En particulier maintenant qu'il est le puissant comte de Meaux. Il vit dans un autre monde, André.

— Le monde de la cour.

— Exactement. Nous pouvons y donner des représentations, mais ce n'est pas notre monde. Néanmoins, que vous ayez si vite obtenu un engagement est magnifique !

Elle fit une grimace.

— Hormis pour une chose…

— Laquelle ?

— Les cottes de Blanchefleur.

Elle s'efforça de repousser le père de Perle à l'arrière de son esprit et désigna son ventre.

— La dernière fois que je les ai essayées, elles étaient encore un peu serrées.

— Sottise ! Vous êtes aussi mince que vous l'étiez avant d'avoir votre fille.

— Vous êtes un flatteur, sieur André. Ces cottes ne sont pas décentes, et Blanchefleur ne songerait pas à se montrer dans une cotte lacée de façon lâche. Rappelez-vous, les gens aiment à penser qu'elle est l'innocence même. Ils croient qu'elle a fait une retraite dans un couvent. Ces robes…

— Essayez-les de nouveau, Elise. Je suis sûr qu'elles iront. Si vous achetiez de nouveaux rubans ?

Elise avait l'impression que des papillons voletaient dans son estomac. Des papillons agités. Elle inspira. Pendant des années, elle avait rêvé de chanter à la cour de Champagne et elle serait folle de laisser la nervosité gâcher sa chance de le faire enfin. Elle tendit la main vers celle d'André et la pressa doucement.

— Très bien, dit-elle avec entrain. Va pour de nouveaux rubans. Surveillerez-vous Perle pour moi pendant que j'irai au marché ?

André la regarda avec regret.

— Je suis désolé, Elise, vous devrez demander à Vivienne. Je dois retrouver des amis à la tente-taverne. Nous allons retourner en ville.

14

— Ne vous inquiétez pas, je m'arrangerai.

Vivienne était la nourrice de Perle. Lui demander si elle voulait allaiter Perle avait été l'une des décisions les plus difficiles qu'elle ait dû prendre. Mais cela avait été inévitable car, si elle devait continuer à chanter, son *alter ego* Blanchefleur Le Fay ne pouvait absolument pas être une mère nourrissant son enfant. Blanchefleur ne regardait jamais les hommes ; elle incarnait l'innocence et les tenait à distance. Elle était distante et pure. Intouchable. Elle n'avait pas de cœur ; elle les brisait.

Elle n'avait pas délibérément choisi Blanchefleur Le Fay comme nom de scène. De façon curieuse, le pseudonyme avait évolué de lui-même, en partie peut-être parce qu'elle portait un pendentif en émail en forme de marguerite. Blanchefleur était mystérieuse et appartenait à un autre monde. Célèbre dans tout le pays, elle était fêtée comme une princesse dans les grandes maisons du Sud. Blanchefleur préférerait mourir plutôt que faire quelque chose d'aussi bas, d'aussi coupable que d'avoir un enfant hors des liens du mariage.

Pendant un moment, elle avait songé à endosser un autre personnage, un personnage qui lui donnerait l'occasion d'assumer sa maternité, mais Blanchefleur lui avait admirablement réussi. Elle lui permettait de bien gagner sa vie et elle était réticente à la laisser se dissoudre dans l'ombre. Les vraies dames — les nobles dames — faisaient appel à des nourrices. Pourquoi pas elle ?

Quoi qu'il en soit, elle ne pouvait échapper au fait qu'il avait été douloureux de renoncer à nourrir Perle elle-même. Ce sacrifice lui faisait l'effet d'une trahison, et elle souffrait dans tout son être, même à présent, plusieurs semaines après la naissance. Elle ne s'était pas attendue à se sentir si mal.

Vivienne avait été le choix évident pour allaiter Perle. Elle avait rejoint leur troupe au temps où le père d'Elise, Ronan, était encore en vie. Elle n'était pas chanteuse et détestait se produire en public, alors elle s'occupait de la cuisine, du ménage et les aidait à faire leurs malles lorsqu'ils allaient de ville en ville. Elle jouait le rôle de servante de Blanchefleur.

Pendant des années, André, Vivienne et elle avaient vécu ensemble et, récemment — l'hiver précédent, quand Elise était en Champagne —, Vivienne et André étaient devenus amants. Ils avaient justement un nouveau-né, eux aussi, le petit Bruno qui n'avait que quelques jours de plus que Perle. Elise avait de la chance d'avoir Vivienne comme nourrice pour sa fille. Sans elle, gagner sa vie et celle de Perle serait doublement difficile.

Après avoir enroulé le ruban couleur cerise autour de ses doigts, Elise le rangea dans sa bourse et sourit au marchand.

— Merci, j'aime beaucoup la couleur.

— C'est de la soie, damoiselle.

— Je vois.

Le ruban était parfait ; assez résistant pour servir de laçage, et seulement un peu plus long que l'ancien. André avait vu juste en disant qu'elle avait retrouvé sa silhouette de naguère. Elle entrait dans les deux cottes de Blanchefleur, et le ruban cerise irait à merveille avec la soie argentée de sa préférée.

Rejetant son voile par-dessus son épaule, elle soupira en se frayant un chemin parmi la foule. La chaleur, sur la place du marché, était insupportable. La ville était un vrai four, bien plus étouffante que le campement du Quartier des Etrangers. Les rangées serrées de maisons de bois empêchaient l'air brûlant de circuler. Elise étouffait dans ses vêtements. Elle était impatiente de rentrer au pavillon et d'ôter son voile.

Elle s'ouvrit la voie à coups de coude pour se dégager des gens pressés autour des étals et avait presque atteint l'ombre sous la porte Madeleine lorsqu'elle entendit un bruit de sabots.

— Ecartez-vous, marmonna un homme devant elle. Des chevaux arrivent.

C'était un chevalier et son écuyer. Le chevalier ne portait pas sa cotte de mailles. Il était vêtu d'une tunique crème bordée de galons rouge et or. Néanmoins, on ne pouvait se tromper sur son rang. Seul un chevalier monterait avec une telle assurance un cheval aussi grand. Il était tourné de l'autre côté, riant à quelque chose que son écuyer avait dit.

Elise cessa de respirer. Le chevalier avait les cheveux blonds, comme Gauvain. Son cheval, un vilain bai aux paturons noirs, lui parut familier. Et son écuyer…

Son cœur fit un bond dans sa poitrine. Cette tunique rouge, armoriée d'un griffon doré… Ce griffon avait quelque chose de différent, mais…

Le chevalier tourna la tête.

Gauvain !

Cette fois, son cœur manqua un battement. Cela ne se pouvait pas, et pourtant c'était bien lui ! Elle recula brusquement en souhaitant pouvoir disparaître sous terre.

Gauvain…

Son esprit s'emballa. Gauvain n'était pas censé être à Troyes ! Si elle avait su qu'il était en ville, elle ne serait jamais revenue. Pourquoi était-il là ?

Tout le monde savait que l'oncle de Gauvain, le comte de Meaux, était mort et que son neveu avait hérité. Gauvain aurait dû être en Ile-de-France, en train de s'installer dans son nouveau comté ! Cette situation inattendue pouvait être très embarrassante.

Cet homme m'a donné une fille, et je ne le lui ai pas dit. Seigneur ! Que vais-je faire ?

Une crampe lui nouant l'estomac, elle le regarda franchir l'arche de la porte. Ses cheveux étaient plus blonds que l'hiver dernier, éclaircis par le soleil, et son visage hâlé était plus beau que dans son souvenir. La crampe s'intensifia. Elle n'avait pas souhaité le voir.

Il est censé être à Meaux.

Comment Blanchefleur Le Fay pourrait-elle chanter avec Gauvain en ville ? S'il venait au palais pendant son tour de chant, il la reconnaîtrait forcément et les questions commenceraient, les récriminations aussi. Il découvrirait l'existence de Perle, et alors…

Brièvement, elle ferma les yeux. Elle ne voulait vraiment pas se retrouver face à lui. Et ce n'était pas seulement parce que l'année précédente, lorsqu'ils s'étaient rencontrés, elle avait esquivé la plupart de ses questions sur sa vie de chanteuse. Elle lui en avait dit aussi peu que possible, et elle ignorait comment il réagirait en apprenant que Perle était de lui. S'il voulait la lui prendre ? Il ne ferait tout de même pas cela ?

Le nouveau comte de Meaux et son écuyer s'éloignèrent d'elle, la foule s'écartant pour laisser passer leurs chevaux. Elise regarda fixement le dos de Gauvain, ses larges épaules, et se demanda s'il était le genre d'homme qui voudrait élever son enfant. Si seulement elle le connaissait mieux ! La plupart des chevaliers se laveraient volontiers les mains de toute responsabilité vis-à-vis d'un enfant illégitime. Le cœur battant la chamade, elle contempla sa tête blonde qui dominait la foule. Un comte pouvait faire ce qu'il voulait.

Dieu du ciel… Gauvain ici, à Troyes. Cela changeait tout.

Seigneur ! Il regardait par-dessus son épaule. La gorge d'Elise se serra. Son regard se dirigeait droit sur elle ! Elle se recroquevilla et recula, marchant sur le pied d'une femme qui lui jeta un regard furieux.

— Faites attention !

— Mes excuses, marmonna-t-elle.

Elle se détourna et s'engagea en titubant dans la rue du Bois.

Le chaos régnait dans son esprit, mais une pensée dominait : Gauvain Estève, comte de Meaux, était à Troyes et il l'avait vue. Le cœur tambourinant, elle garda la tête basse et se fraya un chemin à travers un groupe de marchands qui discutaient près de l'entrée du marché aux étoffes.

— Excusez-moi… Pardon…

— Elise ? *Elise !*

Gauvain était à vingt mètres environ derrière elle et la rue résonnait de bruit, le braiment d'une mule, des oies qui cacardaient, mais elle entendit tinter des harnais. Claquer des sabots. Elle s'arrêta net, les yeux fixés sur une petite fille accrochée aux jupes de sa mère. A quoi bon fuir ? Elle ne réussirait pas à lui échapper. Certes, la rue était bondée et elle pouvait bifurquer dans une allée, mais il y avait des enfants au milieu et cette brute de destrier était entraînée à se forcer un chemin à travers n'importe quoi. Quelqu'un pourrait être blessé.

Elle inspira profondément et se retourna, l'esprit complètement vide. Elle n'avait pas la moindre idée de la façon dont elle allait le saluer.

« Messire Gauvain, quelle plaisante surprise ! J'espère que vous vous portez bien. A propos, j'ai eu une fille. J'espère qu'elle aura vos yeux. »

Dieu du ciel ! Elle ne pouvait dire cela ; elle ne voulait pas lui parler de Perle. Il lui aurait fallu du temps pour réfléchir mais, apparemment, elle n'en aurait pas.

— Elise ? Elise Chantier ?

Elle se tint parfaitement immobile tandis qu'il approchait, rassemblant son courage pour ne pas reculer devant le grand destrier. Il pouvait paraître impossible à manier, mais Gauvain savait le contrôler. Elle dut renverser la tête en arrière pour le regarder.

— Messire Gauvain !

Elle lui fit la révérence.

— Quelle plaisante surprise !

Du cuir craqua tandis qu'il mettait pied à terre et faisait signe à son écuyer de prendre ses rênes. Il offrit son bras à Elise.

— Marchez avec moi.

Elle parvint à esquisser un sourire.

— Est-ce un ordre, messire ?

Il lui semblait plus grand que dans son souvenir, plus massif. Les sons et les couleurs de la rue encombrée s'estompèrent pendant qu'elle le regardait, qu'elle scrutait ces profonds yeux bruns. Comment avait-elle pu oublier ces paillettes grises qui les constellaient ? Ou ces longs cils ? Et son nez aquilin si particulier… Elle avait tout de suite adoré son nez. Elle aimait faire descendre un doigt le long de son arête comme prélude à un baiser. Sa bouche… Tandis que son regard l'effleurait, elle sentit son sourire se figer. Ses lèvres étaient pincées. Il ne paraissait pas en colère ; il semblait las, plutôt. C'était étrange. Il n'avait pas l'air d'un homme qui venait d'hériter d'un vaste domaine.

— Marchez avec moi, Elise, répéta-t-il.

— Oui, messire.

Il jeta un coup d'œil à son écuyer.

— Retrouvez-moi dans une demi-heure, Aubin. Devant la poterne du château.

— Oui, mon seigneur.

Quand Elise posa légèrement la main sur sa manche, Gauvain poussa un soupir de soulagement. Il l'avait cherchée et il était content — bien plus content qu'il ne devrait l'être — de l'avoir trouvée. Il partit dans la direction de la porte de Preize.

— Ce sera plus calme une fois que nous aurons quitté les rues proches du marché, dit-il.

Elise sourit, hocha la tête et rejeta son voile par-dessus son épaule. Elle avait les joues échauffées. Il faisait trop chaud pour porter une mante, et Gauvain pouvait voir sa poitrine se soulever et s'abaisser sous sa cotte. Il fronça les sourcils. Elle avait quelque chose de différent. Ses yeux étaient les mêmes, son visage aussi… mais quelque chose avait changé.

— Je ne m'attendais pas à vous voir, messire. Je pensais que vous étiez en Ile-de-France.

— Vous êtes au courant, pour mon oncle.

Elle acquiesça et détourna les yeux.

— Je suppose que vous allez repartir bientôt.

Quelque chose dans son intonation sonna bizarrement. Il fronça les sourcils en regardant son profil d'un air pensif.

— Vous en seriez contente ?

Le teint d'Elise vira au cramoisi et il crut voir une expression de culpabilité passer sur son visage. De quoi pouvait-elle se sentir coupable ? L'hiver précédent, elle avait apprécié le temps qu'ils avaient passé ensemble autant que lui, cela ne faisait aucun doute. Il n'aurait pas pu se méprendre à ce point sur elle.

Elle cache quelque chose.

— Pas du tout, messire. C'est bon de vous voir.

Gauvain décida de ne pas insister. Si elle voulait garder ses secrets, c'était son droit. Il n'y avait, après tout, pas de lien réel entre eux. Lorsqu'il se serait assuré que tout allait bien pour elle, il pourrait l'oublier complètement. Il avait sa propre vie à mener ; il était sur le point de rencontrer sa promise, dame Roxane de Sainte-Colombe.

— Vous avez trouvé le ruban que vous cherchiez ?

Elle lui jeta un coup d'œil surpris.

— Vous êtes allé au pavillon ?

Elise marchait avec réserve à son côté. Il y avait plusieurs pouces entre eux et cela ne plaisait pas à Gauvain. Il eut soudain envie de passer le bras autour de sa taille et de l'attirer plus près. Au lieu de cela, il acquiesça d'un mouvement de tête.

— Un ami a mentionné qu'il vous avait vue au Quartier des Etrangers.

Elle resta silencieuse un instant.

— Un garde-chevalier, je suppose. J'ai vu leurs patrouilles.

Il acquiesça de nouveau.

— Quand j'ai trouvé votre tente, la femme qui vit avec vous m'a dit que vous étiez allée acheter du ruban.

Il posa la main sur son bras.

— Elise, comment vous êtes-vous portée depuis votre départ ? Est-ce que tout va bien pour vous ?

— Je vais très bien, messire.

— J'ai plaisir à l'entendre. Avez-vous trouvé le succès que vous recherchiez ?

— Le succès ?

— Vos ambitions de chanteuse.

La couleur quitta les joues d'Elise.

— Je… je n'ai pas chanté autant que je le prévoyais.

— Ah bon ?

Gauvain l'observa en attendant sa réponse. La pensée le frappa qu'ils s'adressaient l'un à l'autre comme s'ils venaient tout juste de se rencontrer. Un potier passa près d'eux avec un âne chargé de pots. Jamais cet homme ne pourrait soupçonner qu'ils avaient été amants.

Comme Elise ne répondait pas, Gauvain se pencha vers elle. Son parfum, un mélange entêtant de musc, d'ambre gris et de peau chaude, lui fit l'effet d'un coup à l'estomac. Il en grogna presque. *Elise…*

— Vous êtes partie sans prévenir, s'entendit-il dire.

Les mots lui avaient échappé.

Des yeux sombres le scrutèrent. Grands et insondables. Sauf quand ils étaient au lit, où elle s'était révélée une incroyable maîtresse. D'autant qu'elle avait assez d'expérience pour savoir quelles herbes prendre afin de ne pas concevoir. Oui, incroyable, vraiment. Mais cette femme qui levait les yeux vers lui était impénétrable.

— Il fallait que je parte. Mon séjour en Champagne était terminé.

— Parce que vous aviez appris tout ce que vous vouliez savoir sur votre sœur ?

— Oui, messire. Lorsqu'il a été clair que la mort de

Morwenna avait été accidentelle, je n'avais plus de raison de rester.

Elle sourit.

— Je devais retourner à mes chansons, et mes amis attendaient mon retour. Ma vie est avec eux.

— Ainsi, vous n'aviez pas de raison de rester.

Les yeux insondables ne cillèrent même pas.

— Que voulez-vous dire, messire ?

Il saisit son mince poignet et la tira hors de la chaussée, sous l'avancée de l'une des maisons. Une tension particulière l'habitait, qu'il ne pouvait expliquer, même s'il suspectait qu'elle avait quelque chose à voir avec Elise.

— Il n'y avait rien de durable entre nous, marmonna-t-il.

— Gauvain, pourquoi me regardez-vous ainsi ?

— Dieu me pardonne…, dit-il en l'attirant à lui.

Il glissa un bras autour de sa taille et, à l'instant où le corps d'Elise fut plaqué contre le sien, sa tension se dissipa. C'était mieux comme cela. Il la prit par le menton et lui releva le visage — sa bouche n'était qu'à un pouce de la sienne. Il inspira son parfum subtil. Encore mieux. Avait-elle toujours le même goût que l'hiver dernier ? Elle était aussi suave que du miel, alors. Ses yeux se rivèrent sur ses lèvres.

— Gauvain ?

La bouche de Gauvain rencontra la sienne en une légère caresse. Il n'y avait rien entre eux, à l'époque, mais il n'avait pas souhaité qu'elle parte. Et, jusqu'à cet instant, il n'avait pas mesuré à quel point elle lui avait manqué. A quel point il avait apprécié le temps passé avec elle.

— Elise…, marmonna-t-il en relevant brièvement la tête pour respirer.

Elle avait toujours ce goût exquis. Enchanteur. Incapable de résister, il l'embrassa de nouveau. Avec faim, emportement. Elle emplissait davantage ses bras — elle était plus… femme — que l'hiver précédent. La différence lui plaisait. Une flèche d'excitation le traversa quand leurs langues se touchèrent. Il retrouva l'impression qu'il avait toujours eue avec Elise, celle qu'elle avait été faite pour lui.

Il glissa la main sur la courbe de son postérieur et interrompit leur baiser avec une certaine réticence.

— Mon Dieu, Elise. Je sais que nous ne nous étions pas fait de promesses, mais vous n'avez même pas dit au revoir. Je me suis inquiété pour vous.

Elle respirait avec peine et il était plaisant de voir le rose revenir sur ses joues. Elle était émue. Il n'avait pas aimé se dire qu'elle avait trouvé facile de s'en aller sans un regard en arrière.

— Je… je suis désolée, messire.

Elle recula, touchant sa bouche échauffée par son baiser.

— Etait-ce… était-ce un baiser d'adieu ?

Alors qu'il la relâchait, il constata avec surprise que ce geste le contrariait vivement. Seigneur, cette femme le mettait à l'épreuve ! Il en avait été ainsi dès le début. Une femme tranquille et timide qui lui faisait perdre son calme sans même le vouloir. Il aurait aimé continuer à l'embrasser mais, bien sûr, il n'aurait pas dû céder à cette envie, pour commencer. Non seulement ce baiser n'avait rien arrangé, mais encore il l'avait fait aspirer à davantage, ce qui n'était pas envisageable. Il devait penser à son avenir. Il allait épouser dame Roxane de Sainte-Colombe, qu'il n'avait jamais rencontrée. Toutefois, il était difficile de penser à dame Roxane alors qu'Elise le regardait avec cette expression sombre et complexe à déchiffrer.

Elle le fascinait.

Il s'appuya contre le mur de la maison.

— Vous pouvez l'appeler un baiser d'adieu si vous voulez. Elise, je suis venu à votre recherche parce que j'avais besoin de savoir que vous allez bien. Cette femme avec qui vous vivez…

— Vivienne. C'est une bonne amie.

— Vous la connaissez depuis longtemps ? C'est une chanteuse ?

— Je la connais depuis assez longtemps et non, elle n'est pas chanteuse.

— Et son époux ? Est-ce quelqu'un de bien ?

— Vivienne n'est pas mariée.

Les entrailles de Gauvain se contractèrent.

— Vous n'êtes pas en train de me dire que Vivienne et vous vivez sans protection sous une tente dans le Quartier des Etrangers ?

— Bien sûr que non. André vit avec nous.

— Qui diable est André ?

— L'amant de Vivienne.

— Le père des jumeaux ?

— Des jumeaux ?

Un instant, elle parut ne pas comprendre. Puis elle eut un grand sourire.

— Oh ! oui. Les jumeaux.

— André est-il un homme bien ?

Etait-ce son imagination, se demanda Gauvain, ou son sourire était-il réellement un peu trop éclatant ? Et pourquoi évitait-elle son regard ?

— Parlez-moi de lui.

Le visage d'Elise s'adoucit.

— Je l'aime beaucoup.

— C'est un chanteur ?

— André joue du luth. Nous nous produisons ensemble.

Il ravala un soupir. Ses réponses étaient très brèves. Elle se montrait évasive, et ce qu'elle avait dit sur son mode de vie ne le rassurait pas.

Ses ambitions de chanteuse l'avaient-elles conduite à de mauvaises fréquentations ? Vivienne avait paru plutôt correcte, mais il devrait peut-être rencontrer cet André avant de se sentir tranquille en sachant qu'Elise partageait la tente de cet homme avec sa femme et ses enfants.

Et même si André était parfaitement honnête, serait-il

capable de défendre Elise en cas de problème ? Gauvain ne comptait pas de joueur de luth parmi ses connaissances. Si un vol ou pire se produisait, André était-il assez fort pour la protéger ? Et même s'il l'était, il devait d'abord veiller sur sa propre famille. Pouvait-il veiller aussi sur Elise ? S'il rencontrait cet homme, il pourrait en juger. Manifestement, Elise avait la volonté de poursuivre sa carrière de chanteuse, mais elle avait besoin de quelqu'un de solide à son côté.

— Alors, vous êtes heureuse de votre vie de chanteuse ?

— Chanter est très satisfaisant.

— Je suis content de vous savoir heureuse.

Il s'écarta du mur de la maison.

— Vous rentrez au campement ?

— Oui.

— Permettez-moi de vous accompagner.

Avec un peu de chance, le temps qu'ils regagnent le pavillon, le joueur de luth serait revenu. On pouvait apprendre bien des choses sur un homme en le regardant dans les yeux.

Elise recula hâtivement.

— Messire, je peux très bien y retourner sans que vous m'escortiez.

Elle le regardait d'un air horrifié. Que se passait-il ? Lorsqu'il l'avait embrassée un instant plus tôt, elle avait répondu à son baiser, touché sa langue de la sienne.

— Elise, qu'est-ce qui ne va pas ?

— Rien, messire. C'est juste que je peux regagner le pavillon seule.

Le cœur de Gauvain sombra. Elle essayait de se débarrasser de lui. Que cachait-elle ?

Lors d'une récente visite à la taverne du Sanglier Noir, son ami Raphaël, capitaine des gardes-chevaliers, avait mentionné qu'il s'inquiétait car des faussaires étaient arrivés à Troyes. Il semblait convaincu qu'ils se cachaient dans le Quartier des Etrangers.

Gauvain ne pouvait croire qu'Elise puisse être en relation avec des malfaiteurs, mais rien n'était impossible. Elle se comportait de manière très étrange, et il comptait bien découvrir pourquoi.

— Elise, je viens avec vous.

Chapitre 2

Il sembla à Elise que son esprit se figeait tandis qu'ils marchaient vers la poterne du château pour retrouver l'écuyer de Gauvain. Gauvain ne pouvait pas aller au pavillon avec elle !

Elle n'avait aucune idée de ce que Vivienne lui avait dit mais, grâce à Dieu, son amie ne semblait pas avoir vendu la mèche. Gauvain avait mentionné des jumeaux ; il avait dû voir les deux nourrissons et supposer que c'étaient ceux de Vivienne.

Il ne se doutait pas du tout qu'il avait engendré un enfant. En ce qui la concernait, c'était pour le mieux. Que gagnerait-elle à le lui dire ?

Il parlait pendant qu'ils marchaient. Elle s'efforça de lui prêter attention.

— Alors, Elise, avez-vous chanté en public depuis la dernière fois que nous nous sommes vus ?

— Oui, messire.

C'était vrai, elle avait chanté. Un peu. Elle avait chanté jusqu'à ce qu'elle ne puisse plus entrer dans les cottes de Blanchefleur Le Fay, puis s'était retirée à l'abbaye de Fontevraud.

— Où avez-vous chanté ? A Poitiers ?

Elle donna les réponses anodines que Gauvain semblait attendre. Lorsqu'ils atteignirent le château, elle sentit l'affolement la gagner. S'il découvrait la vérité au sujet de Perle, comment réagirait-il ?

Son écuyer attendait près de la poterne.

— Merci, Aubin, dit-il en prenant les rênes et en sautant aisément en selle.

Il offrit sa main à Elise. Elle recula.

— Vous comptez que je monte avec vous, messire ?

Gauvain haussa un sourcil.

— Vous m'avez déjà fait marcher bien plus que je n'aurais dû le faire. Je suis comte, je suis censé me rendre partout à cheval. Quel sera l'effet sur ma réputation si vous me faites aller à pied au Quartier des Etrangers ?

Depuis quand Gauvain se souciait-il de ce que les gens pensaient de lui ? De toute façon, le campement n'était pas loin. Il la taquinait, non ? Le cœur d'Elise se serra. On ne savait jamais tout à fait à quoi s'en tenir avec lui, mais ils avaient l'habitude de se taquiner, naguère. Beaucoup. Cela lui avait manqué. Elle mit une main sur sa hanche.

— Et ma réputation à moi, messire ?

Le surnom du destrier lui revint.

— A votre avis, que dira-t-on de moi si j'arrive au pavillon sur le dos du Monstre ?

Gauvain eut un grand sourire.

— Pas sur le dos du Monstre, ma douce ! Je vous tiendrai devant moi.

Avant qu'elle ait le temps de cligner des yeux, il se pencha vers elle selon un angle périlleux et la saisit par la taille. Elle s'entendit glapir tandis que sa hanche cognait contre l'épaule du cheval. Il n'était pas décent d'être hissée de la sorte sur un destrier. Une telle chose n'arriverait jamais à Blanchefleur Le Fay. Nul ne songerait à la traiter de cette manière !

— Vous vous rendez les choses plus difficiles en vous débattant, dit-il, les lèvres frémissantes. Capitulez, Elise.

Quelque chose tira sur son voile, ses jupes volèrent autour de ses genoux, son bras libre s'emmêla dans les rênes du cheval avant qu'elle ne trouve une prise puis, après un autre heurt maladroit, elle finit par se retrouver assise de côté devant Gauvain, cherchant son souffle.

Des yeux sombres se posèrent sur elle. Les lèvres du comte s'incurvèrent.

— Reposez-moi par terre, messire. Tout le monde nous regarde. Ces manières sont très inconvenantes !

Le visage en feu, elle tira sur ses jupes.

Il resserra son bras autour de sa taille.

— Vous n'avez pas à vous inquiéter. Je ne vous laisserai pas tomber.

— Je ne suis pas à mon aise, et je suis sûre que votre cheval ne l'est pas non plus. Je suis quasiment assise sur son encolure !

— Le Monstre a porté de pires charges.

— Messire, je vous en prie, laissez-moi descendre ! Si vous devez me raccompagner au pavillon, je suis parfaitement capable de marcher à côté de vous.

Le pouce de Gauvain bougea sur ses côtes en un mouvement ambigu qui pouvait ou non avoir été une caresse.

— Plus tard.

Ses éperons tintèrent tandis qu'il talonnait son destrier et ils se mirent en marche.

Sainte Mère, pria Elise, faites qu'il ne découvre pas qu'il est le père de Perle !

— Détendez-vous, murmura Gauvain tandis qu'ils franchissaient la porte de Preize.

Il y eut des sourires et des haussements de sourcils de la part des gardes pendant qu'ils passaient sous l'arche mais, à la surprise d'Elise, pas de remarques grivoises. Du moins n'en entendit-elle pas. Les gardes étaient sans doute trop fins pour risquer de prononcer quoi que ce soit d'irrespectueux devant le comte de Meaux. Elle lui jeta un coup d'œil à travers ses cils baissés et se demanda ce que les hommes diraient une fois qu'ils seraient hors de portée de voix.

Le cheval continua sa route. Elise passa un bras autour de la taille de Gauvain et s'accrocha à son ceinturon. Il ramena son voile en arrière.

— Scélérat ! marmonna-t-elle.

Toutefois, elle était heureuse que le cheval soit au pas. Cela aurait été encore plus embarrassant si elle avait dû s'efforcer de rester en place alors qu'il trottait. Le bras de Gauvain était ferme autour de son corps. Fort et sûr. Elle en était heureuse aussi. L'année précédente, elle avait tiré du réconfort de sa force. Comment avait-elle pu l'oublier ?

Avec un sursaut intérieur, elle s'avisa qu'elle prenait plaisir à être dans les bras de Gauvain ; elle aimait pouvoir lever les yeux vers lui de cette façon. Ce qui n'était pas bien, car être près de lui la distrayait, l'empêchait de réfléchir à ce qu'elle dirait lorsqu'ils arriveraient au pavillon. Elle tint son regard fixé avec raideur sur la forêt de tentes qui apparaissait à une certaine distance.

Le pouce de Gauvain bougea de nouveau. C'était une caresse, elle en était sûre. Une caresse…

Sa tunique de toile blanche avait un col ouvert. Sa peau était bronzée, son torse large. La tentation de poser la tête sur ce torse était très forte.

Elle fronça les sourcils et soupira.

— Elise ?

— Ceci est une mauvaise idée. Une très mauvaise idée.

Il l'étudia.

— Si elle vous déplaît autant, vous pouvez marcher à côté.

Elle resserra les doigts sur son ceinturon, haussa les épaules et poussa un nouveau soupir.

— Il est trop tard, messire. Nous sommes presque au campement. Ma réputation est déjà en lambeaux.

Il y eut un léger embarras lorsqu'ils arrivèrent au pavillon. Les nourrissons dormaient sous l'auvent, et Vivienne les éventait. Elle leva la tête en entendant le bruit de sabots et se mit lentement debout.

— Tout va bien, Vivienne, dit Elise tandis que Gauvain mettait pied à terre puis l'aidait à descendre. Vous connaissez déjà messire Gauvain, je crois.

Vivienne fit signe que oui.

Gauvain alla jusqu'aux nourrissons et les regarda.

— Des jumeaux, dit-il en haussant un sourcil. Je suppose qu'ils ne seront pas faciles à gérer.

Vivienne jeta un regard impuissant à Elise. Visiblement, elle ne savait que dire.

Elise avait le cœur au bord des lèvres. Il ne fallait absolument pas que Gauvain découvre que Perle était sa fille. Ce serait bien trop compliqué. Il fallait qu'elle l'éloigne des enfants avant qu'elle ou Vivienne ne dise quelque chose qui les trahirait. Et elle devait le faire vite.

Agissant d'instinct, elle le prit par la main et l'entraîna sous la tente.

Il était si grand que sa tête blonde frôlait la toile. Il regarda autour de lui avec intérêt, parcourant des yeux les trois couchettes, les berceaux, les coffres de voyage.

— Alors, c'est ainsi que vous vivez.

Il sourit. Elle ne pensait pas qu'il l'avait remarqué, mais il tenait toujours sa main.

— Il n'y a pas beaucoup de place.

— C'est vrai.

— Comment faites-vous, en hiver ?

— Quand il gèle, nous prenons souvent un logement.

Sur ces entrefaites, Vivienne toussota et passa la tête par l'ouverture.

— Pardon pour l'interruption. Cela ne prendra qu'un instant et je vous laisserai tranquilles.

Avec une grimace, elle désigna l'un des coffres.

— C'est urgent. Bruno a besoin d'un lange propre.

Elle alla jusqu'au coffre, releva le couvercle et fourragea

à l'intérieur. Elle jeta un certain nombre de choses sur sa couchette, prit une brassée de linges et retourna vers l'entrée.

— Merci. Je vous laisse.

Elise la regarda sortir en se mordant la lèvre. Elle se creusait la cervelle pour trouver quelque chose à dire — n'importe quoi qui puisse empêcher Gauvain de penser aux nourrissons.

D'un air absent, Gauvain frotta les articulations des doigts d'Elise tandis que la vague inquiétude qu'il avait éprouvée plus tôt se changeait en une calme certitude. Quelque chose mettait Elise mal à l'aise, et ce n'était pas seulement le fait qu'elle ne s'était pas attendue à le voir à Troyes. S'agissait-il des faussaires que son ami Raphaël avait mentionnés ? Il ne pouvait songer à une autre raison.

— Quand André sera-t-il de retour ? demanda-t-il.

— Je l'ignore. Il faut le demander à Vivienne. Parfois, il…

Elle s'interrompit, les sourcils froncés.

Gauvain suivit son regard et fronça les sourcils à son tour. Une épée était posée sur le lit, à moitié cachée par des cottes et du linge d'enfant. Une épée ? Vivienne avait dû la sortir de son coffre et, dans sa hâte, elle ne l'avait pas rangée.

— Qu'est-ce que cette arme fait ici ?

Elise libéra sa main et prit l'épée.

Elle était glissée dans un fourreau en cuir noirci par les années. Il y eut un raclement lorsqu'elle la tira. Elle paraissait ancienne. Très ancienne. La lame était terne, mais une grosse pierre rouge brillait sur le pommeau.

— Elle est très lourde, dit-elle en le regardant. Plus lourde que la vôtre.

L'estomac de Gauvain se crispa. Après le tournoi de la Toussaint, elle avait manifesté de l'intérêt pour ses armes, et il se rappelait lui avoir expliqué comment les épées damasquinées étaient forgées. Qu'elle s'en souvienne aussi ne devrait pas lui procurer un tel plaisir, pourtant c'était le cas. Hélas ! le plaisir de ce souvenir partagé fut balayé par son inquiétude grandissante. Que diable faisait cette épée dans le pavillon d'Elise ?

Il y eut un nouveau raclement lorsqu'elle la remit dans le fourreau. Avec un haussement d'épaules, elle la laissa tomber sur la couchette.

— André m'a dit qu'il avait rencontré une troupe de comédiens, reprit-elle. De vieux amis, apparemment. Ils ont dû l'oublier.

Gauvain grogna. Il essayait de se rappeler ce que Raphaël lui avait dit exactement au Sanglier Noir. Un homme avait été arrêté en tenant de revendre une fausse relique. Non, pas une relique… Une couronne. Raphaël avait aussi mentionné des rumeurs à propos de quelqu'un qui aurait fabriqué une réplique d'Excalibur. On pensait qu'ils essayaient de la faire passer pour l'épée ayant appartenu au légendaire roi Arthur. L'idée avait paru si saugrenue que Gauvain l'avait à peine écoutée.

Pouvait-il s'agir de cette épée ?

Si quelqu'un projetait de duper quelque benêt en lui faisant troquer du bon argent contre une fausse épée, Raphaël devait en être informé. Il ne pouvait cacher une découverte de cette nature au capitaine des gardes-chevaliers, pas alors que le comte Henri, il le savait, avait demandé aux gardes de veiller aux tractations qui pourraient sembler douteuses dans le Quartier des Etrangers.

— J'aimerais la regarder, dit-il en tendant la main.

En haussant les épaules, Elise reprit l'épée et la lui donna.

Les sourcils de Gauvain se levèrent lorsqu'il tira la lame et en évalua le poids.

— Vous avez raison, elle est lourde. Malcommode.

Il passa son pouce sur le tranchant qui était étonnamment aiguisé.

— Le fil est très bon, c'est surprenant.

Des yeux bruns trouvèrent les siens.

— Gauvain, qu'est-ce qui vous préoccupe ?

Il continua à examiner l'épée. La soupesant, l'envoyant en arrière pour porter un coup. Il regarda le pommeau. Seigneur ! Ce métal jaune ressemblait beaucoup à de l'or. Et la pierre…

— C'est un grenat, dit-il.

Il pouvait entendre la surprise dans sa propre voix.

— Un véritable grenat.

Un pli se forma sur le front d'Elise.

— Elle n'est pas vraie, Gauvain. Elle ne peut pas l'être.

— Elle appartient à des comédiens, disiez-vous ?

— André a expliqué qu'il avait rencontré ces gens peu après notre arrivée à Troyes. Je ne vois pas d'où elle pourrait venir, autrement.

Le cœur lourd, Gauvain fixa le grenat serti dans le pommeau. Plus il regardait l'épée, plus il se sentait mal à l'aise. Il ne pouvait pas garder cela pour lui. Elle pouvait bel et bien appartenir à une troupe de comédiens, mais il devait en parler à Raphaël. Même s'il ne voulait pas croire qu'Elise puisse être de mèche avec des faussaires, il commençait à se demander si ses amis ne l'étaient pas.

— Cette épée a quelque chose de troublant, reprit-il. Son équilibre n'est pas bon et la lame est horrible, mais du fait du pommeau et de la pierre précieuse, elle vaut une belle somme.

Les yeux d'Elise s'écarquillèrent.

— Cela ne se peut ! C'est une épée de scène, juste un accessoire.

Il la regarda bien en face.

— Un homme pourrait tuer pour le seul grenat. Et si le pommeau est en or…

Sachant très bien que ce qu'il allait faire le condamnerait aux yeux d'Elise, ce qui était dommage car il l'aimait bien et aurait voulu qu'elle ait une bonne opinion de lui lorsqu'ils se quitteraient, Gauvain laissa le silence s'étirer. Puis, d'un geste sec, il remit l'épée dans le fourreau.

— Demandez à Vivienne de venir, voulez-vous ? J'ai besoin de lui parler.

*
* *

Elise battit des cils. La voix de Gauvain avait changé, elle était sèche et tranchante. Militaire. Grâce au ciel, il était trop distrait pour se poser des questions au sujet de Perle, mais il avait l'air si sérieux !

— Gauvain, que se passe-t-il ?

— Il faut que je parle à Vivienne.

Elle scruta son visage. Son expression était froide, fermée.

— Vivienne, voudriez-vous venir un instant ?

Vivienne entra avec les nourrissons dans les bras. Comme Perle pleurnichait, Elise la prit et la cala contre son épaule. Gauvain paraissait si sévère que, malgré la chaleur, elle fut parcourue d'un frisson.

Après avoir jeté un coup d'œil à l'épée que Gauvain tenait, Vivienne fit une révérence, déposa Bruno dans son berceau et s'avança, la main tendue.

— Je vais ranger ceci, si vous permettez, messire.

Lentement, Gauvain secoua la tête.

— Je vais la garder, merci, répondit-il d'un ton glacial.

— Mais, messire…

Elise frictionna doucement le dos de Perle.

Gauvain prit une grande inspiration ; il n'avait pas détaché les yeux de Vivienne.

— J'aimerais que vous me disiez ce qu'une épée comme celle-ci fait dans vos affaires. Une épée dont le pommeau, si je ne me trompe pas, est en or pur.

Il haussa un sourcil en touchant le grenat.

— Et cette pierre précieuse est véritable. Elle est vraiment très bien sertie.

Vivienne ouvrit la bouche et la referma.

— Je ne sais pas grand-chose à son sujet, messire. Elle appartient à un ami d'André. Je crois qu'il veut la vendre.

— Et le nom de cet ami, s'il vous plaît ?

Vivienne resta figée, ouvrant et refermant la bouche. Elise posa la main sur la manche de Gauvain.

— Gauvain, il n'est pas utile de bousculer Vivienne. Vous l'effrayez.

Il lui lança un regard dur.

— Je pose seulement des questions.

— Vous lui faites peur.

— Si elle n'a rien fait de mal, elle n'a rien à craindre.

Il se retourna vers Vivienne.

— Le nom de votre ami, maîtresse ?

— Je… j'ai oublié.

— Comme cela tombe bien ! Pensez-vous qu'André pourrait le savoir ?

Vivienne émit un petit gémissement, à moins que ce n'ait été Bruno. Elise n'en était pas sûre. Le nourrisson se réveillait manifestement. Un petit poing s'agitait dans son berceau.

Le froncement de sourcils de Gauvain creusait de profonds sillons sur son front.

— Quel nom se donne André quand il joue ?

— André de Poitiers.

— Pensez-vous qu'il se souviendra du nom de l'ami à qui ceci appartient ?

— Sûrement, messire.

Bruno se mit à pleurnicher ; Vivienne le regarda d'un air distrait.

— Je vous en prie, continuez, maîtresse.

Vivienne fit un geste d'impuissance.

— Messire, per… personne ici ne porte d'arme. Aussi je ne pense pas que nous ayons enfreint une loi quelconque. Je crois que l'ami d'André espère vendre l'épée.

— Vous vendez cette épée pour lui ? demanda Gauvain en la scrutant.

— Non, messire. C'est l'ami d'André qui va la vendre. André la garde simplement quelque temps. Il l'a mise dans mon coffre en attendant de la rendre. Pour tout dire, j'avais oublié qu'elle était là.

Gauvain émit un soupir exaspéré et Elise sentit son estomac se nouer. Elle n'était pas sûre de ce qui se passait, mais Gauvain soupçonnait de toute évidence Vivienne ou André d'avoir fait quelque chose de malhonnête.

— Messire Gauvain ?

L'air anxieux, Vivienne s'avança.

— Nous n'avons pas enfreint la loi, n'est-ce pas ? Tout ce que nous faisons, c'est garder une épée pour quelqu'un qui veut la vendre.

— Vivienne, cette épée a une très grande valeur.

— Messire, si elle est précieuse, alors l'ami d'André en tirera un bon prix.

Elle le regarda d'un air interrogateur.

— Quel mal y a-t-il à cela ?

Vivienne paraissait si déconcertée qu'Elise se détendit. Quelles que soient les raisons pour lesquelles l'épée était dans son coffre, son amie n'avait visiblement rien à se reprocher. Gauvain le verrait sûrement.

— Aucun mal, répondit Gauvain d'un ton sévère. A condition que l'acheteur ne soit pas floué quant à la véritable provenance de l'épée.

— Comment cela ?

— Quelqu'un pourrait être tenté de payer davantage pour une épée s'il a été conduit à croire, par exemple, qu'elle a appartenu autrefois au roi Arthur.

— La légendaire Excalibur…, murmura Elise en fixant le pommeau doré.

Le grenat luisait d'un éclat rouge sang, tel l'œil d'un dragon.

— Ces histoires ne sont que des légendes. Elles ne sont pas vraies.

— C'est exactement ce que je pense.

Bruno se mit soudain à pleurer, et Vivienne le prit. Tout

en le berçant, elle regarda Gauvain avec de grands yeux innocents.

— Messire, je ne sais rien à propos d'une quelconque épée légendaire.

Gauvain la dévisagea. Bruno cessa de pleurer et le silence retomba.

— Vraiment, messire, je ne sais pas de quoi vous parlez, reprit Vivienne après quelques instants.

Elise se rendit compte qu'elle retenait son souffle. L'expression de Gauvain était si dure qu'elle le reconnaissait à peine. Quand ses yeux bruns se tournèrent vers elle, elle frissonna.

— Quand doit revenir le luthiste ?

— André ? Je n'en ai aucune idée.

Vivienne remua.

— Il sera de retour pour souper, messire.

— Pas avant ?

— Non, messire.

— Très bien.

Gauvain grimaça.

— Mon écuyer est-il toujours dehors ?

— Oui, messire.

Il alla jusqu'au pan de la porte et l'écarta d'un geste brusque.

— Aubin ! Venez, je vous prie.

Le jeune garçon se hâta d'entrer et fit un signe de tête embarrassé à Elise. Elle lui adressa un faible sourire et écouta Gauvain donner une série d'ordres.

— Aubin, allez droit à la garnison de Troyes. Parlez à messire Raphaël et à personne d'autre. Dites-lui…

Il s'interrompit et regarda Elise avec un froncement de sourcils pensif.

— Non, cela n'ira pas. Elise, vous comprenez que les gardes-chevaliers doivent être informés de la présence de cette arme dans votre tente ?

— Vraiment ?

— Bien sûr. Vivienne devra m'accompagner au château de Troyes. Le capitaine de la garde voudra l'interroger à propos de cette épée.

Une exclamation étouffée échappa à Vivienne, qui blêmit.

— Elle ne peut pas y aller, intervint Elise.

L'estomac noué par l'appréhension, elle regarda fixement l'épée.

— J'ignore pourquoi cette arme est dans notre tente, mais je suis convaincue que Vivienne n'y est pour rien.

Elle se tourna vers Gauvain.

— Et je suis encore plus convaincue que vous ne pouvez pas l'emmener à la garnison. C'est une mère qui allaite. Qu'en sera-t-il des petits ? La garnison de Troyes n'est pas un endroit pour des nourrissons, et elle ne peut pas les laisser. Ils ont besoin de téter souvent.

Vivienne déglutit.

— Est-ce que… est-ce que vous m'arrêtez, messire ?

— Non, je ne vous arrête pas. Mais je ne peux feindre de n'avoir pas vu cette épée. Vous devrez expliquer sa présence à messire Raphaël.

— Gauvain, vous ne pouvez pas l'emmener à la garnison ! Pas avec les enfants ! s'exclama Elise.

Gauvain la regarda.

— La garnison n'est vraiment pas un endroit pour une mère qui allaite, insista-t-elle.

— Très bien.

Elle poussa un soupir.

— Merci.

— Toutefois, il faut que je mette Vivienne en sûreté.

— En sûreté ?

— Elle m'accompagnera jusqu'à mon manoir.

Elise ouvrit de grands yeux.

— Comme votre prisonnière ?

— Comme ma pensionnaire. Le manoir des Rosières n'est qu'à quelques lieues d'ici. Messire Raphaël pourra l'interroger là aussi bien qu'à la garnison.

Il s'adressa à Vivienne :

— Cette solution vous paraît-elle préférable, maîtresse ?

— Oui. Merci, messire, répondit-elle d'une petite voix.

Elle paraissait si affolée qu'Elise eut un élan du cœur envers elle.

— Gauvain, vous ne pouvez faire cela !

Elle serra Perle contre elle. Si Gauvain emmenait Vivienne dans son manoir, Perle devrait y aller aussi. Et si Perle y allait, elle irait également. Elle déglutit. On ne la séparerait pas de sa fille.

— Je pense que vous allez voir que je le peux. Aubin ?

Gauvain se frappa la cuisse de l'épée. Le grenat sembla lancer un éclair menaçant.

— Messire ?

— Retournez au manoir et dites à messire Bertrand qu'il me faut une demi-douzaine de cavaliers prêts à partir.

Il évalua du regard le coffre de Vivienne et les deux couchettes.

— Et demandez-lui de pourvoir à une charrette pour demain. Vivienne, montez-vous à cheval ?

— Pas bien, messire. Nous avons un chariot. D'habitude, je voyage dedans.

— Dommage. Nous devons être discrets, donc nous ne pourrons pas utiliser votre chariot. Il nous faut vous conduire, les enfants et vous, jusqu'à la porte de Preize. Le reste de vos affaires pourra attendre.

Il jeta un coup d'œil à Elise.

— Jusqu'à ce que j'aie parlé à Raphaël et à André.

Il continua à donner des ordres. A propos d'une charrette et de deux gardes à la garnison. Elise n'en entendit pas grand-chose, elle avait l'esprit tourmenté. Elle tenait Perle contre elle et la seule pensée qui tournait dans sa tête était que Gauvain allait lui prendre sa fille. Le cœur battant sourdement, elle caressa les fins cheveux de Perle. D'une manière ou d'une autre, elle devait l'arrêter. Quoi qu'il advienne, on ne la séparerait pas de son enfant.

— Oui, messire.

Aubin répéta les ordres de son seigneur.

— Je dois amener une charrette et quelques gardes à la porte de Preize, où ils attendront. Puis je dois revenir ici et escorter Vivienne à pied jusqu'à la charrette. Avec les enfants.

Par tous les saints ! Gauvain allait emmener Perle, et elle ne trouvait aucun moyen de l'en empêcher. Sa tête devint douloureuse. Pour la première fois, elle prit réellement conscience que puisque Gauvain était comte de Meaux, il pouvait faire n'importe quoi. Contre lui, elle était sans défense.

Elle se raccrocha à ce qu'elle put.

— Gauvain, vous ne pouvez emmener Vivienne dans votre manoir ! Elle me sert de chambrière.

Il la transperça de ses yeux sombres.

— Voulez-vous dire que vous ne pouvez vous débrouiller sans elle ?

Les joues d'Elise s'échauffèrent.

— Bien sûr que je peux me débrouiller. Mais ici, Vivienne est chez elle. Vous ne pouvez l'en faire partir comme cela !

— Regardez-moi.

Il jeta un coup d'œil à Vivienne, qui berçait frénétiquement Bruno, et sa voix s'adoucit.

— Elise, vous devez bien voir que je ne peux pas laisser passer ceci.

Hélas ! Elise le voyait, oui. Gauvain, en tant qu'honorable chevalier — en tant que comte —, était tenu de se conformer à la loi. Mais il y avait aussi André à considérer. Que ferait-il lorsqu'il rentrerait ce soir-là et verrait que Vivienne et Bruno étaient partis ? Et qu'avait-il à voir exactement avec cette histoire d'épée ?

— André pourrait être complètement innocent, dit-elle.

Gauvain hocha sa tête blonde.

— Pour votre bien, j'espère qu'il l'est.

Elise se mordit la lèvre et jeta un regard à Vivienne.

Etait-elle totalement innocente ? Sans doute. En aucune façon son amie ne pouvait être impliquée dans quelque chose de malhonnête. Mais elle n'était pas certaine de pouvoir en dire autant d'André. A l'automne précédent, elle avait cherché sans relâche à découvrir comment sa sœur avait trouvé une mort prématurée au domaine de la Corbelière. Elle n'avait pas souhaité laisser André et Vivienne se débrouiller seuls, mais il était évident qu'elle ne pouvait les emmener dans sa quête. Elle avait espéré que les laisser s'organiser sans elle encouragerait André à devenir adulte. Et lorsqu'elle les avait rejoints à la nouvelle année, elle avait été agréablement surprise de voir à quel point ils s'en étaient bien sortis.

Mais s'en étaient-ils réellement sortis par eux-mêmes ? Dernièrement, André avait eu beaucoup d'argent, alors qu'auparavant il en manquait toujours. D'où venait cet argent ? S'était-il acoquiné avec des malfaiteurs dans ses efforts pour pourvoir aux besoins de Vivienne ?

Le cœur lourd comme du plomb, elle regarda fixement son amie en priant qu'aucun des deux n'ait fait quelque chose de mal.

— Si vous emmenez Vivienne dans votre manoir, vous devrez faire de la place pour moi aussi, dit-elle.

Oui, ce serait une excellente solution. Elle n'avait pas besoin d'être séparée de Perle. Elle irait avec eux chez Gauvain.

Il haussa les sourcils. Comme il se contentait de la regarder, la tension forma une boule dans son estomac.

Je ne serai pas séparée de Perle.

Serrant sa fille contre elle, elle s'empressa de continuer :

— Vivienne ne peut pas partir toute seule, elle… elle aura besoin d'aide avec les enfants.

Ce n'était pas vrai. Vivienne faisait des miracles avec les nourrissons, mais Elise ne pouvait accepter l'idée qu'elle soit emmenée dans un environnement étranger où il n'y aurait pas de visages familiers. Même si elle s'était habituée à la vie itinérante, elle avait toujours eu Elise ou André avec elle depuis des années.

Nous sommes une famille.

Mais elle n'espérait pas qu'un homme tel que Gauvain, un solitaire, le comprendrait.

Il congédia son écuyer d'un mouvement de tête.

— Merci, Aubin. Allez-y.

— Très bien, messire.

Le jeune garçon sortit du pavillon.

Elise fixa le père de son enfant et se mordit la lèvre. Gauvain Estève, comte de Meaux, l'ignorait. Il avait pris Vivienne sous sa garde et elle n'était pas sûre qu'il la conduirait dans son manoir. Le ciel leur vienne en aide !

Elle inspira un peu d'air. Il fallait qu'il l'emmène !

— Messire, j'insiste pour accompagner Vivienne et les enfants.

Il lui jeta un regard incisif.

— Vous insistez ?

— Oui, messire, j'insiste.

Le visage de Vivienne était marqué par l'inquiétude.

— Soyez prudente, Elise, murmura-t-elle en emmenant Bruno dehors.

— Gau… Messire Gauvain.

Elise se tourna face à lui.

— Je suis navrée si ma requête vous dérange, mais j'y tiens énormément. Vivienne a besoin de moi. Si vous insistez pour l'emmener dans votre manoir, je devrai venir aussi.

— Je comprends.

Il grimaça.

— A votre place, je ressentirais la même chose. Toutefois, j'aurais beau vivement souhaiter vous offrir l'hospitalité chez moi, je dois vous dire que je ne peux pas vous y recevoir.

La mâchoire d'Elise lui en tomba.

— Vous auriez de la place pour Vivienne et les enfants, mais pas pour moi ?

— Je crains que non. Ma situation a changé depuis

votre dernière visite à Troyes, et je pense que vous ignorez l'étendue de ces changements.

Elle plissa le front.

— Eclairez-moi.

— Après la mort de mon oncle, il y a quelques semaines, j'ai quitté Troyes. Je suis revenu pour rencontrer ma promise.

Elle inspira.

— Vous allez vous marier ? Vous avez raison, je l'ignorais. Félicitations, messire Gauvain.

Une pierre froide s'était logée dans sa poitrine.

— Merci. Avant sa mort, mon oncle avait arrangé ce mariage avec la fille de l'un de ses vieux alliés. Cette union a la bénédiction du roi de France.

Elise hocha la tête et se pencha sur Perle pour dissimuler son expression. Dieu du ciel ! Les choses pouvaient-elles devenir encore pires ? S'il était sur le point de se marier, il ne pouvait évidemment vouloir d'elle dans son manoir !

— Puis-je demander le nom de la dame que vous allez épouser ?

— Dame Roxane de Sainte-Colombe. Son père a des domaines près de Provins.

— Je vous présente mes vœux à tous les deux, Gau… messire. Maintenant, je comprends pourquoi ma présence au manoir pourrait être gênante.

Il lui adressa une courbette ironique.

— Je vous remercie de votre compréhension.

Elle avait la bouche sèche et dut déglutir pour pouvoir parler.

— Néanmoins, je ne veux pas être séparée des enfants.

— Ne faites pas de difficultés, Elise.

— Je ne fais pas de difficultés ! Je vous dis seulement que je ne veux pas être séparée des enfants.

Il se passa la main dans les cheveux.

— Elise, pour l'amour du ciel…

— Gauvain, Perle est ma fille !

Le visage de Gauvain se vida de toute expression. Il fixa le nourrisson.

— Votre fille ? Me dites-vous que cet enfant… Perle… est le vôtre ?

— Oui.

Elle ferma les yeux. Lorsqu'elle les rouvrit, Gauvain regardait Perle comme si elle était tombée du ciel.

— Elise…

Il se racla la gorge.

— Cela ne se peut pas.

— Perle est ma fille, je ne veux pas être séparée d'elle.

De l'or brilla tandis qu'il lançait l'épée sur une couchette. Il tendit une main vers Perle et la laissa retomber.

— Je pensais que les deux enfants étaient à Vivienne. Vous m'avez laissé croire qu'ils étaient jumeaux.

Chapitre 3

Le cœur d'Elise cognait dans sa poitrine ; elle n'arrivait pas à répondre. Dehors, Bruno gazouillait, et le bruit semblait venir de très loin. Elle entendait son propre souffle et celui de Gauvain. Et le tintement d'une cuillère en métal contre un chaudron. Elle sentait Perle respirer. Elle pouvait voir l'esprit de Gauvain qui s'activait. Qui calculait. Son regard ne quittait pas Perle.

— Perle est votre fille. La vôtre…

Il marqua une pause.

— … et la mienne ?

— Oui, messire.

— Vous m'aviez dit que vous ne craigniez rien.

— Que je ne craignais rien ?

Elle déglutit.

— C'est ce que je croyais. Comme vous voyez, les herbes que l'apothicaire m'a données n'ont pas été efficaces.

Les narines de Gauvain frémirent. Il tendit les mains vers Perle.

— Puis-je ?

Il avait une expression indéchiffrable quand Elise installa Perle au creux de son bras. Alors qu'il contemplait son enfant, une boucle de cheveux brillants tomba sur son front, et elle dut se retenir pour ne pas la repousser. Elle n'aurait su dire quelle réaction elle avait attendue de la part de Gauvain, mais il semblait prendre la nouvelle mieux qu'elle n'avait osé l'espérer. Jusqu'ici.

— Comme elle est petite, murmura-t-il. Comme elle est délicate.

Alors qu'il se tenait là, un grand chevalier aux cheveux blonds regardant vraiment sa fille pour la première fois, Elise sentit ses paupières la picoter.

Gauvain s'éclaircit la voix. Ses yeux étaient étrangement brillants.

— Ma fille…

Puis il battit des cils et leva la tête.

— *Notre* fille.

Il décocha à Elise l'un de ces sourires qu'elle gardait en mémoire de l'hiver précédent et son cœur se serra.

— Elle est en bonne santé ?

— Très bonne.

— Et vous ?

Elle sentit ses joues rosir.

— Votre grossesse ? La naissance ?

— Je vais bien, messire. Vivienne nourrit Perle afin que je puisse me concentrer sur mon chant. Je ne peux pas être à la disposition de ma fille quand je donne des récitals.

— Je vois.

Il reprit son examen de l'enfant, lui caressant doucement les cheveux. Lorsqu'il la haussa pour frotter son nez contre sa joue, Elise dut se mordre la lèvre pour retenir ses larmes.

— Alors, c'est pour cela que vous n'avez pas beaucoup chanté ?

— Oui.

La poitrine oppressée, elle le regarda déglutir. Elle vit l'instant où son visage se durcit.

— Vous ne comptiez pas me le dire. Si je ne vous avais pas vue à la porte aujourd'hui…

— Je ne pensais pas vous trouver à Troyes, messire.

Il plissa les paupières.

— Vous alliez envoyer un message à Meaux ?

Un frisson de culpabilité la traversa. Elle n'avait pas eu l'intention de le mettre au courant et n'avait pas compté le voir ici. En vérité, elle avait fait de son mieux pour ne pas penser à lui du tout. Elle avait été soulagée d'apprendre qu'il était allé réclamer son comté. Et maintenant il était là, devant elle, tenant Perle sur son cœur, et elle prit brutalement conscience de tout ce qu'elle avait laissé derrière elle au tournant de l'année. Gauvain était un homme aimable. Il était assez fort pour être gentil ; il était affectueux. Il ne lui avait pas dit un seul mot tendre, mais la tendresse et le souci d'elle avaient transparu dans toutes ses actions. Mais elle ne devait pas oublier qu'il n'était pas à elle, qu'il ne le serait jamais. Gauvain était comte de Meaux et elle n'était personne.

— Je me sens horriblement mal, murmura-t-elle.

Leurs regards se joignirent.

— Vous le pouvez.

Elle releva la tête.

— Mais maintenant vous comprendrez pourquoi je ne peux pas vous permettre d'emmener Vivienne, et Perle, dans votre manoir. Je ne veux pas être séparée d'elle.

Perle remua alors dans les bras, le distrayant. Elle ouvrit les yeux.

— Bleus…, dit-il doucement.

— La plupart des enfants ont les yeux bleus quand ils sont petits.

Elle posa doucement la main sur la poitrine de sa fille.

— Etant donné que vous et moi avons tous les deux les yeux sombres, il est probable que les siens changeront.

— Sûrement.

Il secoua la tête d'un air pensif.

— Quel miracle elle est !

— Gauvain, vous ne nous séparerez pas.

— Bien sûr que non.

Elle manqua défaillir de soulagement. Alors que Gauvain continuait à contempler Perle, il lui vint à l'esprit que c'était lui, le miracle. Il avait accepté Perle comme son enfant sans un murmure. Un homme de moindre qualité aurait pu essayer d'esquiver pour ne pas reconnaître sa paternité. Il aurait pu l'accuser d'avoir partagé sa couche avec un autre homme. Pas Gauvain. Il était en colère contre elle pour ne pas lui avoir dit plus tôt qu'il était père, mais il la croyait, tout simplement.

Gauvain tenait contre lui le petit paquet qu'était sa fille et bataillait pour reprendre le contrôle de ses pensées. Ce n'était pas facile. Cette révélation — il avait une fille ! — lui avait donné le tournis. Elle était si petite. Si parfaite. Il avait une fille.

— Quand est-elle née ?

— Il y a un mois, elle était un peu en avance.

Il haussa un sourcil.

— Cet apothicaire a dû vous donner les mauvaises herbes.

Elle posa la main sur son bras.

— Messire, vous n'avez pas à craindre que je fasse valoir des exigences envers vous à l'avenir. Je suis capable de m'occuper de Perle.

Gauvain regarda les doigts fins posés sur son bras et retint un soupir.

— En comptant sur vos tours de chant, je suppose.

Elle ôta sa main et ses yeux lancèrent des éclairs.

— Je suis tout à fait capable de l'entretenir.

D'une façon éloquente, il parcourut le pavillon violet du regard.

— Je n'aurais jamais pensé qu'un de mes enfants serait forcé de vivre sous une tente.

Les joues d'Elise devinrent écarlates et elle haussa le menton.

— Pas forcé, messire. Je vis ici par choix.

— Vous aimez cette vie.

— Si je l'aime ?

Elle parut déconcertée.

— C'est ce que je suis.

Cette réponse pouvait signifier n'importe quoi. Elise pouvait très bien apprécier cette existence ; elle avait d'ailleurs semblé assez pressée d'y retourner à la fin de l'année précédente. Son départ hâtif avait montré plus clairement que des mots ne l'auraient pu ce qu'elle pensait de lui. Ils avaient aimé être ensemble un moment, mais chanter paraissait être le plus important pour elle.

Bien sûr, elle pouvait aussi vouloir dire qu'elle considérait cette vie de mendiante comme la seule vie pour laquelle elle était faite. Une affirmation qu'il aurait remise en cause avec une grande vigueur l'an dernier si elle était restée ; si elle avait laissé entendre qu'elle pourrait peut-être, un jour, éprouver quelque chose pour lui.

Les pensées de Gauvain étaient confuses. En vérité, elles l'avaient été depuis l'hiver passé, lorsqu'il l'avait trouvée pleurant dans la chapelle du palais. Pleurant la mort d'un jeune homme qu'elle venait juste de connaître. Elise ne le savait peut-être pas mais, dès le début, il avait éprouvé quelque chose pour elle. Dommage qu'elle ne ressente pas la même chose pour lui. D'autant que ce quelque chose les lierait pour l'éternité, désormais. Ils avaient une fille ensemble.

— Vous m'avez donné une fille, murmura-t-il en sentant son cœur se serrer tandis qu'il regardait son enfant qu'il tenait dans les bras.

Seigneur ! Pourquoi fallait-il que cela arrive maintenant, alors qu'il n'était plus libre ?

Il voulait les aider. C'était son devoir de père de les aider, mais ce désir allait plus loin que le devoir. Il voulait faire partie de la vie de Perle. Il ne voulait pas qu'elles disparaissent comme Elise l'avait fait à la fin de l'année.

Mais que pouvait-il faire ? Et dame Roxane, là-dedans ?

— Vous n'alliez pas me le dire, répéta-t-il.

***

Le cœur d'Elise lui faisait mal. Gauvain ne l'avait jamais regardée de cette façon. Ses yeux paraissaient si étranges… Elle pouvait y voir de la colère, fermement contenue. Du trouble, du choc et une blessure.

— Non.

Elle l'étudia tandis que son regard sombre se reportait sur Perle. Il fronçait légèrement les sourcils. De nouveau, elle dut réprimer l'envie de le toucher.

Lui reprenant Perle, elle lutta pour garder une voix égale.

— J'aimerais expliquer pour l'hiver dernier, messire.

S'attendant plus ou moins à ce qu'il lui dise que c'était inutile, elle inspira profondément. Comme il restait silencieux, elle continua :

— Ainsi que vous le savez maintenant, j'étais venue à Troyes pour découvrir ce qui était arrivé à ma sœur.

Les yeux sombres l'observaient.

— Vous m'avez trompé aussi à ce moment-là, alors. Vous m'avez laissé penser que vous étiez simplement la servante de la comtesse Isabelle.

— N'avez-vous pas de frères, messire ? Pas de sœurs ?

Alors même qu'elle posait la question, elle fut frappée par le peu de chose qu'elle savait de lui. Ils étaient des étrangers lorsqu'ils étaient devenus amants. Ils étaient des inconnus l'un pour l'autre, ce jour-là.

— Non.

Il eut un léger sourire.

— Néanmoins, je dois admettre que si j'en avais, j'aurais pu agir de la même façon.

Elle hocha la tête avec vigueur.

— Vous auriez voulu savoir ce qui leur était arrivé. Vous auriez eu besoin de découvrir s'il y avait eu quelque injustice, un tort qui devait être redressé.

— Oui.

— Il en a été ainsi pour moi, messire. Gau… messire

Gauvain, les moyens que vous auriez pu utiliser, les relations, l'influence, n'étaient pas à ma disposition. Je suis sincèrement désolée de vous avoir trompé.

— Vous vouliez vous introduire à la Corbelière.

— Messire, je ne suis pas de noble naissance. Je ne suis pas puissante.

Elle fixa la boucle de son ceinturon.

— J'étais désespérée…

Elle leva les yeux en espérant qu'il verrait qu'elle était sincère.

— Ce que j'essaie de dire, c'est que je ne suis pas venue à Troyes dans l'intention de vous tromper.

La bouche de Gauvain avait pris un pli ironique.

— Il n'entrait pas dans vos plans de séduire l'un des chevaliers du comte Luc ?

— Cette pensée ne m'a jamais traversé l'esprit.

— Mais c'est pourtant ce qui s'est passé.

— Pas par dessein, messire.

Elle fixa de nouveau sa ceinture.

— Je… je ne sais pas comment c'est arrivé exactement.

Il s'approcha d'elle.

— Permettez-moi de vous le rappeler. Le soir après le tournoi, j'ai entendu pleurer dans la chapelle du palais.

Il tendit vers elle une main chaude et doucement, aussi doucement qu'il l'avait fait le soir de la Toussaint, il lui toucha le bras.

— La mort de Geoffroy vous avait bouleversée.

Elle acquiesça.

— Il y avait tant de sang, tant de sang. Et le côté soudain de cette mort, si injuste… Un instant, messire Geoffroy était vivant, plein d'énergie. Il était impatient de prendre part au tournoi. Et l'instant d'après…

Sa voix se fêla.

— Il était si jeune ! Encore un jouvenceau, en réalité.

La poitrine de Gauvain se souleva.

— La mort de Geoffroy a fait ressortir la futilité de toute chose. L'insignifiance de la vie.

Elle fronça les sourcils, se demandant si c'était vraiment ce qu'il pensait.

— Voilà qui est très cynique.

— C'est la vie. Nous devons en faire ce que nous pouvons.

Il rapprocha sa tête.

— La mort de Geoffroy vous a touchée à cause de votre sœur. Sa mort aussi était prématurée et injuste.

Elise se figea tandis que sa voix grave passait sur elle, confirmant qu'il n'était pas complètement un étranger. L'hiver précédent, elle avait vu son côté compatissant. Elle le voyait de nouveau. Cet homme était davantage qu'un guerrier. Sa sensibilité l'avait touchée après le tournoi de la Toussaint, et la touchait maintenant.

Elle pressa les lèvres sur le front de Perle.

Ton père est un homme bien, se dit-elle.

— Messire, ce qui s'est passé entre nous… Eh bien, je ne peux nier que j'étais désolée de vous tromper. Je ne connaissais pas la comtesse depuis longtemps, et elle pouvait me congédier à tout moment. En tant que chevalier résident du comte Luc, vous étiez idéalement placé pour m'aider à me frayer un chemin dans la Corbelière.

Ses joues étaient brûlantes.

— L'attirance entre nous était forte. Je… je ne vous ai pas dupé sur ce point, messire. Je n'aurais pas pu devenir votre maîtresse sans cela. J'étais fortement attirée par vous.

Elle se mordit la lèvre pour ne pas avouer qu'il l'attirait toujours — pour preuve ce baiser en ville. Il était probablement aussi bien qu'il soit promis à dame Roxane, parce que, même sans cela, il ne pouvait rien y avoir de durable entre eux. Elle adorait sa vie de chanteuse ; elle ne se marierait jamais.

Il s'éclaircit la voix et elle le vit jeter un bref coup d'œil à sa bouche.

— Comme je l'étais par vous.

Elle recula et son cœur manqua un battement. La façon dont il regardait sa bouche ! Par tous les saints, c'était la conversation la plus embarrassante de sa vie.

— Messire, quelle que soit la façon dont c'est arrivé, nous sommes devenus amants. Nous avons été intimes plusieurs fois.

La tête blonde se pencha, sa bouche se releva aux coins.

— J'ai de la mémoire, Elise.

Se sentant rougir, elle détourna les yeux.

— Gauvain, je pensais vraiment que je ne concevrais pas. L'apothicaire avait juré que les herbes qu'il me donnait l'empêcheraient. Quand j'ai su que j'attendais un enfant, j'ai été aussi surprise que vous l'êtes.

— J'en doute fortement.

A son ton sec, le regard d'Elise remonta vivement jusqu'au sien.

— Gauvain, vous… vous n'avez pas l'intention de la prendre ?

— Soyez tranquille, Elise. Je n'ai pas l'intention de vous séparer de Perle.

— Vous le jurez ?

— Sur l'âme de mon père, je le jure.

Les épaules d'Elise se détendirent et elle lâcha un soupir tremblant. Gauvain fit une grimace. Avait-elle vraiment pensé qu'il pourrait lui prendre Perle ? Chaque mot qu'elle prononçait le condamnait. Elle ne se fiait pas à lui. L'année précédente, elle ne lui avait pas fait assez confiance pour lui dire au revoir. Et s'il n'était pas revenu à Troyes pour rencontrer dame Roxane, il n'aurait sans doute jamais connu l'existence de sa fille.

— Elise, je ne vous prendrai pas Perle. Cependant, j'aimerais la reconnaître.

Les yeux sombres d'Elise trahirent sa perplexité.

— Est-ce sage ? Dame Roxane y trouvera sûrement

à redire. Et si le mariage a la bénédiction du roi, vous ne pouvez prendre ce risque.

— Dame Roxane devra l'admettre. Je ne me soustrairai pas à mes responsabilités envers Perle. Ni envers vous, d'ailleurs.

Doucement, il lui toucha la joue.

Gauvain avait l'impression d'être déchiré, mis en lambeaux. Il avait un devoir envers dame Roxane. Il devait exaucer les souhaits de son défunt oncle qui, avec son épouse dame Anna, avait favorisé les fiançailles. Cette union était bonne. Dame Roxane était la filleule du roi.

Ce n'était toutefois pas la raison pour laquelle ce mariage était important pour Gauvain. Il importait parce que son oncle et lui avaient été fâchés pendant des années avant la mort de l'ancien comte. Cela s'était produit durant les premières et malheureuses fiançailles de Gauvain avec sa cousine Lisette. Lisette était morte tragiquement, et le comte avait blâmé Gauvain de la mort de sa fille. La brouille qui s'était ensuivie avait causé une fracture dans la famille. C'était une tragédie qui avait valu à Gauvain beaucoup de nuits blanches.

C'était pourquoi il avait sauté sur l'occasion de se racheter — il pouvait en fin de compte satisfaire sa tante veuve en épousant dame Roxane. Il le devait à la famille.

Et maintenant il était père, et il avait aussi un devoir envers Perle. Peu importait ce qu'il éprouvait pour Elise. Il passa doucement les doigts sur sa joue. Si douce, si séduisante. L'aurait-elle épousé, s'il avait été libre ?

— Dieu du ciel, je voudrais que vous me l'ayez dit plus tôt. Où est-elle née ? Ici, sous la tente ?

Elise fit un pas en arrière.

— Cela ne vous regarde pas, messire.

— Ah non ?

Il eut l'impression de recevoir un coup de couteau dans les entrailles. Elle ne lui faisait pas confiance, et il devait admettre que c'était largement sa faute. Ils avaient fait l'amour si suavement, si tendrement… Leurs rencontres avaient signifié beaucoup pour lui, mais il avait été déconcerté par la rapidité avec laquelle elle l'avait séduit. Il s'était méfié de ses propres sentiments. A l'époque, il ne les avait pas compris. La seule chose dont il avait eu conscience était qu'il ne pouvait se rassasier d'elle.

Il aurait dû lui dire combien il l'estimait. Ce manquement était sa faute. Depuis la mort de Lisette — enfants, sa cousine et lui avaient été inséparables —, il avait gardé ses sentiments pour lui et tenu les femmes à distance. Hélas ! du fait de ses récentes fiançailles, il ne pouvait plus rien dire à Elise maintenant. Il n'était plus libre. Il ne pourrait jamais lui exprimer à quel point elle était importante pour lui, ni qu'elle l'était avant même de devenir la mère de son enfant. Il lui semblait que son cœur s'était changé en plomb.

Son regard tomba sur l'épée posée sur la couchette et il redressa les épaules. Il était peut-être déchiré, mais son devoir au moins était clair.

— Elise, vous avez ma parole que je ne vous séparerai pas de Perle. Pour autant, je ne peux pas ignorer la découverte de cette épée. Messire Raphaël doit en être informé. D'ici là, je veux que notre fille et vous soyez en sécurité loin d'ici. Si vous ne voulez pas penser à vous-même, pensez à Perle. Est-elle en sécurité, ici ?

— Jusqu'à présent, je n'ai jamais eu de raison de penser qu'elle ne l'était pas, répondit Elise en regardant l'épée, les sourcils froncés. Gauvain, je ne peux pas croire que Vivienne soit coupable d'un méfait.

Il se pencha et le parfum d'ambre gris qui émanait d'elle agit sur ses sens.

— Pouvez-vous dire la même chose d'André ?

Comme elle hésitait, il émit un bruit impatient.

— C'est bien ce que je pensais.

— André est très jeune. Il n'y a pas de méchanceté en lui et je trouve difficile à croire qu'il ait enfreint la loi, mais…

— Vous ne pourriez le jurer.

Elle resta silencieuse, se mordant la lèvre.

— Je dois informer messire Raphaël, Elise.

— Je sais.

Des yeux sombres soutinrent son regard.

— Je souhaite seulement…

— Quoi ?

— Ne pourriez-vous pas vous entretenir avec André avant de parler à messire Raphaël ? Je vous en prie…

Ce que c'était qu'être un homme influent ! pensa Elise. Une heure s'était écoulée, et quantité de messages avaient été échangés entre son pavillon et la garnison. Le pauvre Aubin devait être épuisé, avec toutes ces allées et venues. Mais le résultat était qu'apparemment Gauvain avait trouvé un logement pour Vivienne et les enfants, non dans son manoir voisin, mais dans une maison rue du Cloître.

Il semblait qu'il y aurait de la place pour elle aussi. Depuis qu'il avait expliqué qu'il était fiancé, sa réticence à la loger chez lui était parfaitement compréhensible. Néanmoins, savoir pourquoi il refusait de la recevoir ne l'avait pas apaisée. Elle se sentait complètement malade, même s'il était évident que loger son ancienne maîtresse et son enfant de l'amour dans le manoir familial ne ferait pas entrer Gauvain dans les grâces de sa future épouse.

Elle se demandait si elle supporterait de vivre en ville ; elle allait se sentir confinée. Si elle voulait que Perle et elle puissent rester ensemble, elle devrait néanmoins le supporter.

Peu après, Gauvain l'emmena rue du Cloître.

La bouche sèche, elle se retrouva dans la rue à regarder la petite maison, la seule en pierre de la rue. Une arche romane abritait une lourde porte de bois qui, de façon assez menaçante, était cloutée et bardée de fer.

Une grande clé fut sortie et ils entrèrent. Malgré la chaleur de l'après-midi — la ville était un four —, il faisait frais à l'intérieur. Frais et sombre. Gauvain rabattit un volet dont les gonds grincèrent. Une araignée traversa le sol pour aller jusqu'à la cheminée. Elle disparut dans une fente du plâtre. Il y avait des barreaux aux fenêtres. Elise prit une inspiration tremblante. Il y avait aussi de la poussière par terre, assez pour qu'elle puisse y tracer un cercle du bout du pied. Elle plissa le nez.

— Qu'est-ce que cet endroit ?

— La maison est vide depuis un certain temps. Je crois que le comte Henri l'utilise de temps en temps comme resserre.

Elle regarda les barreaux.

— Etes-vous sûr que ce n'est pas une prison ?

— Tout à fait sûr.

Gauvain se passa une main dans les cheveux.

— Elise, nous avons de la chance qu'elle soit libre. La ville est pleine à craquer, avec la foire.

— Je sais. Merci de nous l'avoir trouvée. Je ne voulais vraiment pas être séparée de Perle.

Elle prit un ton enjoué.

— Et elle n'est pas très sale. Un balai et quelques seaux d'eau suffiront pour tout arranger.

Un escalier étroit menait à une chambre. La fenêtre, également garnie de barreaux, donnait sur la rue. Elise pouvait voir le clocher de la cathédrale par-dessus les toits des maisons voisines. Elle pourrait entendre les cloches égrener les heures. Elle soupira. Il y aurait des règles, ici, et elles seraient presque aussi rigoureuses que celles du couvent. Dire qu'elle croyait avoir échappé à tout cela ! Elle songea avec nostalgie à la liberté du Quartier des Etrangers.

— J'aurais aimé que vous nous laissiez rester au pavillon...

— Vous serez plus en sûreté ici.

Elle hocha la tête. Ce que Gauvain ne disait pas, c'était que les gardes-chevaliers pourraient mieux les tenir à l'œil ici — c'était près de la garnison. Et il avait beau le nier, les fenêtres à barreaux faisaient davantage penser à une prison qu'à un abri. Au moins, c'était relativement grand.

Leurs couchettes et les berceaux des enfants y trouveraient facilement place. La chambre avait même une cheminée.

— Non pas que nous aurons besoin d'un feu en haut à cette époque de l'année, dit-elle, pensant tout haut tandis qu'ils redescendaient.

— Cette maison vous paraît-elle acceptable ?

— Oui, merci.

Comprenant qu'il faisait de son mieux pour elles, elle se força à sourire.

— Vu que vous insistez pour nous arracher au campement, je suis vraiment reconnaissante de ne pas être séparée de Perle.

Il regarda sa bouche, et son cœur se mit à cogner de façon saccadée. Il n'avait pas été facile pour elle de le revoir, de lui dire la vérité pour Perle puis de se battre pour ne pas être séparée de sa fille. Mais ce n'était pas facile pour lui non plus. Son expression était tendue. Il y avait une crispation autour de ses lèvres qu'elle n'avait jamais vue auparavant, et dont elle était la cause. La revoir, apprendre l'existence de Perle juste alors qu'il allait rencontrer dame Roxane.

J'espère que cette femme apprécie sa bonne fortune.

— Messire, je suis vraiment désolée de vous donner tous ces tracas.

— Ce ne sont pas des tracas, répondit-il en se tournant vers la grande porte en chêne. Mon sergent va s'assurer que la maison sera balayée, puis Aubin et les hommes pourront apporter vos affaires. Vous installer ne devrait pas prendre longtemps.

Le ciel était marbré de rouge et d'or, la lumière déclinait. Des martinets piaillaient dans l'air au-dessus des tentes et des pavillons du Quartier des Etrangers. Les bannières pendaient mollement, comme si elles aussi s'étiolaient dans la chaleur.

Gauvain lança un coup d'œil à Aubin. Leurs chevaux

étaient à l'écurie de la garnison et son écuyer et lui étaient assis sur des tabourets en toile devant la tente-taverne. Ils essayaient de se donner l'air d'appartenir à l'endroit, aussi leurs tuniques ne portaient-elles pas d'insigne. Gauvain avait ordonné à Aubin de se munir d'une épée courte.

Il gardait les yeux rivés sur le pavillon violet. Personne ne s'en était approché. André de Poitiers n'était pas encore revenu.

— Il est en retard, murmura-t-il.

Aubin hocha la tête, mais ne dit rien. Gauvain lui avait demandé de ne pas l'appeler par son titre, et le jeune garçon craignait manifestement d'ouvrir la bouche.

Les martinets tournoyaient dans le coucher de soleil. Des feux de camp s'allumaient çà et là, la lueur des flammes tranchant sur le crépuscule violet.

De nouveau, Gauvain regarda vers le pavillon d'Elise. Il jura à mi-voix.

Aubin tourna les yeux vers lui.

— Pas de feu…, marmonna-t-il. Avec Elise et Vivienne rue du Cloître, leur feu n'est pas allumé. Si le luthiste le remarque, il risque de devenir soupçonneux. Surtout s'il a quelque chose à cacher.

Dans l'intérêt des deux femmes, Gauvain espérait que ses craintes concernant André de Poitiers n'étaient pas fondées. Hélas ! son instinct lui disait autre chose : le musicien était dans les ennuis jusqu'au cou. Le capitaine Raphaël était arrivé à la même conclusion et, en conséquence, les gardes-chevaliers étaient là en force. Toutes les demi-heures environ, le tintement des harnais et le bruit des sabots alertaient Gauvain, et bien d'autres, qu'ils étaient en patrouille.

— Ils sont beaucoup trop visibles.

Gauvain grimaça.

— Je suis convaincu qu'une approche plus discrète s'impose.

Il portait son gobelet de cervoise à ses lèvres quand Aubin lui donna un coup de coude dans les côtes.

— Par là-bas, dit doucement son écuyer. Au bout de la rangée.

Entre les rangées de tentes, une femme avançait à grands pas dans le crépuscule. Alors qu'elle passait devant un feu, sa silhouette se découpa. Une silhouette familière, jolie à vous tordre les entrailles. Elise !

Gauvain reposa son gobelet.

— Par tous les diables, que fait-elle ici ?

Elle aurait dû être en train de s'installer rue du Cloître !

— Satanée femme !

Elise s'arrêta près des cordes d'un enclos de fortune qui contenait des mules et des ânes. Faisant signe à un valet, elle lui glissa quelque chose dans la main. Gauvain se raidit. Qu'est-ce que cela signifiait ? Puis il se rappela que Vivienne avait parlé de voyager avec un chariot. S'ils avaient un chariot, ils avaient probablement aussi une mule. Sa tension diminua. Elise s'assurait probablement que la bête était bien soignée en son absence.

Il la vit donner une tape sur l'épaule du garçon puis la regarda se diriger vers le pavillon violet, maintenant presque invisible dans la nuit tombante. Il s'apprêtait à se lever quand l'ombre qu'était Elise se pencha pour ramasser quelque chose. Elle alla jusqu'au feu de camp le plus proche, où une femme était accroupie devant un chaudron, puis elle revint au pavillon, un brandon à la main.

Le feu de camp. Elle allumait du feu afin qu'André pense que tout allait bien. Si Gauvain ne pouvait l'en blâmer, sa présence dans le campement le troublait néanmoins. Sans aucun doute, elle était revenue pour surveiller André. Elle ne l'admettrait jamais, mais elle devait le soupçonner d'une mauvaise action.

Une patrouille arriva. Gauvain évita soigneusement de regarder le chef pendant qu'ils passaient devant la tente-taverne, et remarqua qu'ils longeaient le pavillon violet sans paraître y prêter d'attention particulière. Dieu merci, le capitaine Raphaël faisait preuve d'un certain bon sens.

La patrouille s'éloigna. Elise entra dans le pavillon tandis qu'un groupe d'ivrognes rejoignaient en titubant la tente-taverne. A en juger par leur démarche, ils avaient déjà vidé quelques tonneaux en ville. Ils allèrent en chancelant jusqu'à un banc et réclamèrent à grands cris du vin et de la cervoise. Un homme essaya d'attraper la serveuse sans y mettre trop d'entrain. Elle l'esquiva et des rires fusèrent.

Un pli lui barrant le front, Gauvain observa les soiffards. Elise devait-elle régulièrement repousser des hommes comme ceux-là ? L'idée n'était pas agréable, mais cela ne le regardait pas vraiment. Il était là pour s'assurer que le luthiste ne l'avait pas impliquée dans un mauvais coup. Il trouverait un moyen de l'aider, puis il devrait la laisser se débrouiller. Il serait bientôt un homme marié.

Cette pensée lui laissa dans la bouche un goût amer qui n'avait rien à voir avec la cervoise et tout à voir avec Elise. Elle l'avait rendu père… Il fixa distraitement la lumière à l'extérieur du pavillon violet. Un père avait le devoir d'entretenir ses enfants et, bien que Perle soit arrivée de manière inattendue dans sa vie, il ne pouvait pas tout simplement l'ignorer.

Mais quelle solution avait-il ? Comment remplir ses devoirs envers sa fille alors qu'il avait promis d'épouser dame Roxane et de restaurer enfin les liens familiaux ?

Chapitre 4

Elise était assise sur la couchette dans le pavillon, le menton dans la main, et fixait à travers l'ouverture la tente-taverne qui se trouvait en face. Gauvain était installé devant. Ses cheveux brillaient comme de l'or dans les dernières lueurs du soleil couchant. On ne pouvait le manquer. Il avait son écuyer avec lui. Nul doute qu'ils pensaient mettre la main sur André dès qu'il apparaîtrait.

Les traînées écarlates disparurent lentement du ciel à l'ouest et les chauves-souris prirent leur envol, taches noires voletant sans bruit au-dessus des têtes.

De temps à autre, elle sortait pour alimenter le feu. Elle s'efforçait de ne pas regarder trop manifestement vers la tente-taverne, mais elle savait que Gauvain et Aubin n'avaient pas bougé. Il lui devenait de plus en plus difficile d'empêcher son regard de se tourner vers eux. A l'occasion d'une sortie, elle alluma une lampe qu'elle déposa à l'intérieur.

Tandis qu'elle remuait sur la couchette, une autre patrouille passa. Toujours pas d'André. Dans le brouhaha habituel du campement, un rire d'homme s'éleva. C'était un son grave, un rire à gorge déployée que, dans sa nervosité, elle trouva incroyablement heureux. Incroyablement insouciant. Où était André ? A chaque inspiration qu'elle prenait, sa tension augmentait. Pourquoi n'était-il pas rentré ?

Quelque chose cogna contre la paroi du fond de la tente. Elle sursauta puis se figea.

Il y eut un bruit de déchirure. Un croissant argenté, un couteau, tranchait la toile. La lumière de la lampe se reflétait sur la lame. Retenant son souffle, elle vit une autre fente s'ouvrir, puis le croissant argenté disparut. Une main apparut. Un pied.

Le cœur sombrant dans sa poitrine, elle se mordit la lèvre. Elle espérait presque, sans y croire, que ce ne soit pas André et se sentait étrangement détachée. C'était comme si elle observait de l'extérieur ses propres réactions. Sans doute était-ce parce qu'elle n'avait pas vraiment peur.

— André ? chuchota-t-elle. Est-ce vous ?

Elle entendit un frôlement. Un grognement.

La tête d'André apparut dans l'ouverture.

— Vous êtes seule ?

En hochant la tête, elle tendit la main derrière elle pour fermer le pan de la tente. L'ombre les enveloppa.

— Que faites-vous ? André, où étiez-vous ?

Il se glissa dans le pavillon. Il n'avait pas son luth, et son haleine sentait le vin.

— Où est Vivienne ?

— En sûreté. Elle loge en ville.

— Quoi ?

En jurant à mi-voix, André se tourna vers l'endroit où s'était trouvé le coffre de Vivienne et inspira vivement.

— Où est-elle ?

L'estomac noué, elle le vit regarder autour de lui.

— L'épée, si c'est ce que vous cherchez, est à la garnison du château.

— Bon sang ! Que s'est-il passé ? Qu'avez-vous fait ?

— C'est la question que je devrais vous poser. Qu'avez-vous fait, vous ?

— Pourquoi l'épée n'est-elle plus là ?

Elise le fixa, l'esprit en ébullition. Il était impossible d'oublier que Gauvain et Aubin étaient assis sur ces tabourets de toile devant la tente-taverne. Ils l'avaient forcément vue, et Gauvain pouvait à tout moment décider de venir au pavillon pour voir ce qu'elle faisait. Elle était tiraillée entre deux directions. Elle détestait l'idée de faire quelque chose qui pourrait fâcher le père de Perle mais, d'un autre côté, qu'arriverait-il à André s'il était arrêté ?

Quoi qu'il ait fait, au fond, André était une bonne personne. Elle n'oublierait jamais les innombrables soirées où il s'était assis avec elle, lui donnant patiemment confiance pour utiliser sa voix à plein ; jouant pour elle, encore et encore, jusqu'à ce qu'il lui soit impossible de chanter une seule fausse note. Blanchefleur Le Fay devait son existence à André. Gauvain ne le connaissait pas comme elle le connaissait. Il ne se rendait pas compte que mettre quelqu'un comme André en prison…

Cela le détruirait.

Elle ne pouvait laisser se produire une chose pareille. André était devenu père et Elise avait conscience qu'il trouvait ses nouvelles responsabilités pesantes. Etre arrêté serait terrible pour lui, et cela n'aiderait certainement pas Vivienne et Bruno, qui dépendaient de lui.

Les yeux d'André brillèrent.

— Je n'ai fait de mal à personne.

— Non ? Qu'alliez-vous faire avec cette épée ? Et pourquoi avoir découpé le fond de notre pavillon ? C'est si fourbe !

Il devait avoir mauvaise conscience. Sinon, pourquoi aurait-il endommagé leur tente ?

André la regarda.

— On m'a averti que les gardes-chevaliers montraient de l'intérêt pour le pavillon. J'ai pensé que je ferais mieux d'être prudent.

— Vous alliez vendre l'épée pour plus que sa valeur.

— Ce n'est pas moi qui la vends. Quelqu'un d'autre va le faire.

— Par tous les saints, André ! Qui la vendra ne fait guère de différence. Si vous êtes impliqué et faites passer cette épée pour…

— Elise, comment croyez-vous que nous avons vécu

durant tous ces mois ? Comment pensez-vous que nous allons vivre pendant l'hiver, alors que les gains sont si minces ?

Des vapeurs de vin flottaient autour de lui. Il chancelait légèrement.

— Vous êtes ivre.

— Comme c'est fin à vous de le remarquer !

D'un geste las, il se frotta le visage. Les ombres le faisaient paraître gris. Il semblait avoir deux fois son âge.

— Par Dieu, Elise, j'ai supporté tout ce que je pouvais. J'ai fait des erreurs, je l'admets. Je ne voulais pas être impliqué dans un trafic quelconque. Mais l'hiver dernier, quand vous êtes partie, je me suis inquiété. Je me suis inquiété pour Vivienne. Pour ce qui arriverait si vous ne reveniez pas.

Sa bouche se tordit.

— Je gagne toujours plus quand Blanchefleur Le Fay est avec moi. Et alors vous êtes revenue.

— Je vous avais dit que je reviendrais.

— Oui, mais vous étiez tout le temps malade, vous ne pouviez pas chanter. Et puis vous êtes devenue grosse, vous ne pouviez plus vous produire en public.

Il se frotta de nouveau le visage.

— Je me suis inquiété. Je m'inquiète toujours.

Un bruit, dehors, lui fit tourner vivement la tête.

— Vous dites que Vivienne est en ville ?

— Rue du Cloître.

Il plissa le front.

— Pourquoi ?

— Messire Gauvain. Il…

— Messire Gauvain est à Troyes et vous l'avez amené ici ?

André parut affolé.

— Alors, c'est votre faute si les gardes ont l'épée. Pourquoi l'avoir amené ici ? Au nom du ciel, pourquoi ?

— J'ignorais qu'il était en ville. Il va se marier sous peu et il est revenu pour rencontrer sa promise. André, nous nous sommes croisés par accident. Il a insisté pour me raccompagner ici.

Il la regarda en secouant la tête.

— C'est lui qui a pris l'épée ?

— Oui. Je suis désolée, vraiment.

— Que diable vais-je faire ? Je suis censé la donner à quelqu'un.

Elise hésita. Elle ne savait pas très bien à quoi André était mêlé, mais elle se demandait si elle ne devait pas lui suggérer de dire la vérité à Gauvain. Ce dernier pourrait peut-être l'aider. Le comte de Meaux aurait de l'influence. Toutefois, André chancelait encore légèrement, et elle n'était pas sûre de pouvoir le raisonner tant qu'il n'était pas redevenu sobre.

— Gauvain pourrait parler pour vous.

Il secoua la tête avec impatience.

— Sûrement pas. Vivienne est rue du Cloître, dites-vous ? Où exactement ?

— Cherchez la maison en pierre. Vous ne pouvez la manquer, il n'y en a qu'une. On m'a dit que le comte Henri s'en sert de resserre.

— Les enfants sont avec elle ?

Elise fit signe que oui.

— Dites-lui… dites-lui que je l'aime. Et que je reviendrai.

Son expression était torturée.

— J'ai mal agi, Elise, et je regrette que Vivienne et vous ayez été entraînées là-dedans. Je vais redresser la situation et je reviendrai.

Il tendit la main vers la déchirure de la toile et la regarda, les yeux brillants à la lumière de la lampe. Sa bouche se pinça.

— A propos, cela pourrait signifier que Blanchefleur Le Fay devra trouver un autre luthiste pour l'accompagner quand elle chantera au palais.

Jetant un coup d'œil vers l'entrée, il fit une grimace.

— Quelqu'un vient.

Là-dessus, il se glissa dans la fente et disparut.

Son pouls s'emballant, Elise fixa d'un regard anxieux

l'entrée du pavillon. Gauvain était-il dehors ? Avec de la chance, André serait hors de vue, courant à l'arrière des tentes. Elle ne pensait pas que les gardes-chevaliers — ou Gauvain — lui accorderaient le bénéfice du doute.

Elle devait trouver une distraction. Du bruit, beaucoup de bruit. Eh bien, ce n'était pas un problème pour Blanchefleur. Elise prit une grande inspiration et se mit à hurler. Elle y mit tout son cœur.

Le cri glaça le sang de Gauvain.

— Aubin, avec moi !

Dégainant son épée, il courut jusqu'au pavillon. Seigneur, quelle voix ! Elle vrillait les oreilles.

Elise se tenait au pilier central de la tente, fixant un trou béant dans la toile du fond. A l'instant où il entra, le hurlement cessa. Des yeux sombres se tournèrent vers lui.

— On vous a fait du mal ?

Perplexe, il promena son regard sur elle. A première vue, elle ne paraissait pas blessée. La lampe donnait assez de lumière pour qu'il voie que ses cheveux étaient en ordre, tout comme ses vêtements. Elle semblait aller bien. Un peu rouge, peut-être, mais la nuit était chaude. Dieu merci, elle était indemne.

— Elise, qu'est-il arrivé ?

Elle ouvrit la bouche pour répondre alors qu'Aubin entrait au pas de course.

— Aubin, jetez un coup d'œil dehors. Par-derrière.

— Oui, messire, fit l'écuyer en repartant aussitôt.

Quand Elise lui toucha le bras, la tentation pour Gauvain de lui couvrir la main de la sienne fut forte. Et lorsqu'elle se mordit la lèvre, le désir de l'embrasser fut plus fort encore.

— Gau… Messire, vous allez me prendre pour une sotte.

Il la regarda d'un air sceptique.

— Que s'est-il passé ?

— Un couteau.

Elle indiqua la déchirure de la toile.

— J'attendais André. Je… je ne pensais pas voir un couteau entailler le fond du pavillon.

— Avez-vous vu qui c'était ?

Son hésitation fut brève, mais il la remarqua.

— Cela aurait pu être celui qui a forgé cette fausse épée, quel qu'il soit, dit-il lentement, mais je ne le pense pas. C'était votre luthiste, n'est-ce pas ?

Elle baissa les yeux, semblant s'adresser au sol.

— Je… je suis désolée, messire. Je pense que mon cri l'a fait fuir.

— Ne me mentez pas. Vous l'avez averti, dit-il d'une voix froide.

Remettant son épée dans son fourreau, il la saisit par le poignet.

— Votre musicien a dû remarquer les patrouilles supplémentaires et a voulu ruser. Et vous, Elise, vous l'avez prévenu. Vous n'avez pas été effrayée du tout, n'est-ce pas ? Elise ? insista-t-il comme elle gardait les yeux rivés par terre.

— Oui, je l'ai averti, lança-t-elle en relevant enfin la tête, le regard farouche. Vous l'auriez fait arrêter !

— Pas nécessairement. Je veux simplement l'interroger.

La tenant fermement par le poignet, il l'attira plus près, assez près pour sentir son léger parfum d'ambre gris.

— Est-il resté assez longtemps pour que vous lui parliez ?

Elle pinça les lèvres.

— Eh bien ?

— Je… Oui !

— Et ?

Elle remua les lèvres et regarda son poignet en fronçant les sourcils. Il desserra son emprise.

— Elise ?

— Mon seigneur, André sait qu'il a mal agi et il le regrette. Il a dit qu'il allait essayer de redresser la situation et qu'il reviendra quand il l'aura fait.

Gauvain serra les dents. Il détestait la façon dont elle l'avait appelé « mon seigneur ».

— Vous espérez que je vais m'en tenir là ? Elise, ce luthiste…

— Son nom est André.

— Cet André semble être en lien avec des gens suspectés de vendre de faux objets de valeur. Des fraudeurs. Des criminels. Il doit être interrogé.

Il soupira.

— Vous ne vous êtes pas rendu service en empêchant que cela puisse être fait.

— Que voulez-vous dire ?

— J'espérais découvrir que vous n'étiez pas concernée par cette affaire. Mais vous venez d'admettre que vous avez averti le suspect pour qu'il s'enfuie.

Il fronça les sourcils.

— Elise, que puis-je penser, maintenant, si ce n'est que vous êtes impliquée aussi ?

— Le croyez-vous vraiment ?

— Je manquerais à mon devoir si je n'en tenais pas compte.

Resserrant son emprise, il la rapprocha de lui.

— Qu'avez-vous fait, Elise ?

— Rien. Je n'ai rien fait ! Tout ce que je veux, c'est que vous nous laissiez tranquilles !

Il secoua la tête.

— J'aimerais bien, mais je ne le peux pas. Ce qui s'est passé entre nous l'an dernier…

— Etait une erreur, conclut-elle.

Gauvain sentit un muscle frémir dans sa mâchoire.

— Pas à mes yeux. Ce que j'allais dire, c'est que cela a eu des conséquences. Perle. Le fait qu'elle existe me lie à vous.

— Je ne vois pas pourquoi, je ne demande pas d'aide, répliqua-t-elle en croisant les bras. Vous pouvez nous oublier.

Elle lui décocha un regard étrange.

— Vous pouvez épouser dame Roxane la conscience

tranquille. Si vous redoutez qu'un jour Perle et moi n'apparaissions à votre porte pour vous demander l'aumône, je vous rassure. Je ne vous embarrasserai jamais de cette manière.

L'estomac de Gauvain se noua. Elle écartait leur histoire comme si elle n'avait pas compté. Ce n'était pas le cas — pas pour lui. Et elle l'écartait aussi en tant que père, ce qui était pire. Cependant, pour être honnête, avec son mariage qui approchait, il n'était pas en position de lui offrir grand-chose. Il secoua la tête et s'efforça de revenir sur le sujet qui l'occupait dans l'immédiat. Elle le distrayait, lui faisait oublier ce qu'il voulait dire.

— Elise, cela dépasse ce qu'il y a eu entre vous et moi, et il ne s'agit plus juste de Perle. La découverte de cette épée a complètement changé la donne. Nous avons affaire à un trafic de contrefaçon d'objets précieux. Il s'agit de duperie et d'abus de confiance. Il s'agit d'honnêtes gens qui sont trompés et conduits à acheter au prix fort des faux.

— Gauvain…

— Quand je vous ai vue au marché, je pensais simplement vous ramener à votre pavillon. La situation a changé. Je me retrouve mêlé à… à quoi, au juste ? Est-ce que vous et votre petite troupe faites partie d'un réseau plus large de faussaires ? Est-ce ainsi que vous gagnez réellement votre vie ? J'ai besoin que vous me répondiez honnêtement. Quelle est la nature exacte de votre implication avec les faussaires ?

La mâchoire d'Elise lui en tomba.

— Il n'y en a aucune. Je ne suis nullement en relation avec des faussaires ! Comment pouvez-vous le penser ?

Il se pencha, inhala le parfum d'ambre gris et se redressa vivement.

— Je ne vous connais pas. Je croyais vous connaître, mais je me leurrais. Vous pourriez être impliquée dans n'importe quoi.

— Eh bien, je ne le suis pas.

— C'était ce que je croyais, ce que j'espérais. Mais vous

voyez sûrement qu'aider André à s'échapper ne jette pas une lumière favorable sur vous.

— Il est allé arranger les choses ! Je vous l'ai dit.

— Vous le croyez ?

Elle hocha la tête avec vigueur.

— André a bon cœur. Je le connais depuis des années ! Il est d'une nature douce, affectueuse. Je pense qu'apprendre qu'il allait être père l'a dérouté un moment, mais je le crois quand il dit qu'il va arranger les choses. Il le fera. Vous verrez.

— Mon Dieu, je regrette presque de vous avoir vue au marché !

Il ne le pensait pas. Malgré tout ce qui s'était passé — Perle, la découverte de l'épée —, la voir aller aussi bien avait été un soulagement. Quant à son implication avec les faussaires, il ne savait qu'en penser. Il l'avait toujours considérée comme foncièrement honnête.

Néanmoins, il la savait capable de dissimulation. Quand il l'avait rencontrée, l'année précédente, elle n'avait pas mentionné sa sœur Morwenna. Il n'avait appris sa relation avec la défunte comtesse d'Aveyron que lorsqu'elle avait fui la Champagne. Elle lui avait caché son besoin de s'introduire à la Corbelière, comme elle l'avait tu à dame Isabelle. Toutefois, il était difficile de la regarder dans les yeux, ces yeux tournés si gravement vers les siens, et de la croire capable d'une tromperie sérieuse. Mentirait-elle pour son ami André ? C'était possible.

— Si je le pouvais, je me laverais les mains de vous, reprit-il. Mais si je le faisais, je ne pense pas que vous en seriez contente.

— Comment cela ?

— Quand j'ai pris contact avec messire Raphaël au sujet de l'épée, il a établi clairement qu'il se retiendrait d'agir parce que nous sommes de vieux amis. Si je me retirais, vous ne l'apprécieriez pas et les choses prendraient une tournure différente. Vivienne et vous seriez susceptibles de vous retrouver dans les cachots du château pendant que votre luthiste fait ce qu'il estime nécessaire pour se racheter. Et comme vous le dites vous-même, la prison du château n'est pas un endroit pour des enfants.

Elise sentit disparaître son envie de se battre. Gauvain avait raison. Messire Raphaël voudrait les tenir à l'œil. En tant que capitaine des gardes-chevaliers, il devrait garder Vivienne en gage pour garantir le retour d'André. Entre-temps, Bruno et Perle seraient emprisonnés avec elle. Et comme elle ne les abandonnerait pas, elle serait incarcérée aussi.

Des pas rapides annoncèrent le retour d'Aubin. Il se pencha pour entrer dans le pavillon.

— Je n'ai rien trouvé, messire. Je suis allé jusqu'à la porte de la Madeleine et ai questionné tous les gens que j'ai rencontrés. Aucun n'a voulu admettre qu'il avait vu quoi que ce soit d'inhabituel.

— Merci, Aubin. Cela ne vous ennuie pas d'attendre près du feu ?

— J'y vais, messire.

Il fit une courbette et ressortit.

Ses cheveux blonds brillants à la lumière de la lampe, Gauvain la regarda.

— Je vais vous accorder le bénéfice du doute, dit-il. Pour le moment, je pense qu'il vaut mieux que vous restiez sous ma responsabilité, n'est-ce pas ?

— Merci, messire.

Il lui décocha un sourire crispé, lui prit la main et passa son bras sous le sien. C'était un geste familier, un geste possessif. Constater que c'était aussi un geste réconfortant l'irrita.

— Je vais vous ramener rue du Cloître, ajouta-t-il.

Il eut un sourire en biais.

— C'est une soirée agréable pour marcher.

— Marcher, messire ? Encore ? Où est le Monstre ?

— Aux baraquements. Je vous préviens honnêtement, Elise. Mes hommes surveilleront la maison en permanence. J'avais espéré vous l'épargner, mais après ce soir vous devez bien comprendre que je ne peux pas esquiver mes responsabilités.

Il soupira.

— Ce sera sûrement mieux que les cachots du château.

Elise le regarda fixement et songea aux barreaux des fenêtres. Il semblait qu'elles seraient prisonnières malgré tout, finalement. Néanmoins, elle devait reconnaître qu'il valait mieux être surveillée par Gauvain rue du Cloître que d'être jetée dans les cachots du château.

— Je comprends, messire, s'entendit-elle dire.

Même si, dans son cœur, elle souhaitait qu'il en soit autrement.

Le volet était ouvert. La nuit avait été étouffante, fatigante. Elise avait espéré qu'un souffle de vent pénétrerait dans leur chambre, mais cet espoir était resté vain. Les enfants s'étaient agités tour à tour. Pas plus tôt avait-elle fermé les yeux qu'il lui semblait que Perle pleurait de nouveau, et les vagissements de sa fille étaient sûrement assez sonores pour être entendus à Paris. En soupirant, elle se redressa sur un coude. C'était l'aube.

Assise dans un rai de lumière matinale, Vivienne était occupée à nourrir Bruno. Elise écarta ses cheveux de ses yeux et bâilla.

— Je vais amener Perle.

Vivienne hocha la tête et se pencha sur Bruno, mais Elise eut le temps de voir briller ses larmes.

— Vivienne ?

Son amie renifla. Son visage était pâle, ses yeux cernés. Une larme tomba sur la joue de Bruno.

— Vous pensez à André.

Vivienne déglutit.

— Cela fait trois jours, maintenant.

Sa voix était enrouée par l'émotion.

— Trois jours depuis que nous l'avons vu pour la dernière fois, et il n'a pas donné de nouvelles. Où est-il, Elise ? Où ?

Une autre larme atterrit sur la joue de l'enfant.

— Nous devons avoir confiance en lui. Il n'est pas stupide. Il m'a dit…

— Qu'il allait arranger les choses. Je me souviens de vos paroles.

Vivienne s'essuya les yeux du revers de la main.

— Mais comment va-t-il s'y prendre ? S'il a vraiment fait affaire avec des faussaires, pensez-vous qu'ils vont accueillir sans réagir la nouvelle qu'il a perdu l'épée ?

Prenant Perle dans son berceau, Elise alla jusqu'à la fenêtre et scruta le visage de son amie.

— Vous en savez plus que vous ne me l'avez avoué.

— Non. Vraiment. Mais j'ai réfléchi, Elise. Ces trois derniers jours, je n'ai que fait que cela… Si les amis d'André, les comédiens dont il nous a parlé, sont les faussaires, que feront-ils lorsqu'ils apprendront que l'épée est tombée aux mains des gardes-chevaliers ? Ils pourraient lui faire du mal.

— Je ne pense pas qu'ils le fassent.

Elise avait parlé d'un ton ferme, même si l'idée l'avait traversée aussi. Lorsqu'elle avait vu André dans le pavillon, elle n'avait pas imaginé que trois jours passeraient sans un mot de lui. Trois jours, et aucun message. Rien. Juste un silence aussi menaçant et oppressant que la chaleur de ce mois d'août.

— Il est possible qu'il ait essayé de prendre contact avec nous, murmura-t-elle.

Perle gigota dans ses bras.

— Mais avec les hommes de messire Gauvain postés dans la rue pour surveiller chacun de nos mouvements, il a pu avoir peur d'approcher.

Vivienne la regarda, les yeux brillants de larmes.

— Ils sont toujours là ?

Elise scruta la lumière grise du petit matin.

— Deux hommes sont adossés à la maison d'en face. Et, bien que je ne puisse pas les voir d'ici, je suppose que deux autres doivent être stationnés de chaque côté de la porte, comme hier. Je pense qu'ils sont quatre.

Elle soupira. Gauvain était tout sauf négligent, et cela ne lui plaisait pas. Elle avait vraiment l'impression d'être emprisonnée. Le fait qu'à chaque heure elle doive entendre les cloches de la cathédrale n'arrangeait pas les choses. Chaque horrible sonnerie lui rappelait le couvent. Prisonnière. Prisonnière. Prisonnière. Les cloches, la routine rigide… Elle croyait y avoir échappé.

— Je suppose que nous devrions être reconnaissantes de ne pas être enfermées, dit Vivienne. Qu'allons-nous faire ?

Perle poussa un vagissement. Elise la tendit à Vivienne et attendit qu'elle soit installée avant de reprendre la parole.

— Je vais retourner au Quartier des Etrangers.

— Les gardes vont-ils le permettre ?

Dehors, les hommes de Gauvain se tenaient aussi immobiles et solides que des piliers de bois sculpté. Leur expression ne trahissait pas le moindre signe de fatigue, même s'ils étaient restés là toute la nuit.

Elise pinça les lèvres.

— Messire Gauvain ne m'a pas formellement interdit de m'y rendre.

— Non, mais deux de ses hommes vous ont accompagnée quand vous êtes sortie acheter du pain hier.

— C'est vrai.

Elise soupira. Elle aurait voulu que les choses soient plus faciles entre Gauvain et elle. Si seulement elle pouvait se fier à lui ! Non, ce n'était pas juste. Elle pouvait lui faire confiance. Il ferait ce qu'il fallait — il faisait toujours ce qu'il fallait, et c'était justement le problème. Elle n'était pas sûre de ce qu'André avait manigancé, et elle voulait qu'il ait une chance d'arranger les choses. Mais l'envie de demander l'aide de Gauvain était forte.

— Je dois y résister, murmura-t-elle.

— Quoi ? fit Vivienne.

— Pardon, je pensais tout haut. Je vais au campement.

— En dépit des souhaits de messire Gauvain ?

— Ses hommes peuvent venir avec moi s'il le faut. Après tout, il sait que je suis une chanteuse et que je dois m'exercer. J'ai besoin d'espace, sinon je deviendrai folle. Comme André n'est pas revenu, je suis obligée de m'arranger autrement.

Elle n'allait pas admettre à quel point elle était inquiète. Pour André, bien sûr, mais pas seulement. La disparition du luthiste mettait son avenir en péril. Et depuis l'arrivée de Perle, ce n'était plus seulement l'avenir de Blanchefleur qui était menacé. Celui de Vivienne et Bruno l'était aussi. Sans André pour jouer, de quoi vivraient-ils ? Et si André ne revenait pas à temps pour l'accompagner au banquet ? Ils auraient dû être en train de mettre le programme au point, de répéter. Tant de chansons, tant de solos de luth… Sans André, la petite troupe d'Elise était face à un sombre avenir. Que cela lui plaise ou non, elle devait échafauder des plans. Que ferait-elle si André ne revenait jamais ?

Pendant des années, elle avait nourri le rêve de se produire au palais du comte Henri à Troyes et, chaque fois qu'elle l'imaginait, André était à son côté. Elle aimait chanter avec André, elle lui était attachée. Certes, il y avait d'autres luthistes qui pouvaient l'accompagner, mais André lui était familier. Il était avec elle depuis le début et lui donnait confiance. Et de la confiance, il lui en faudrait si elle devait chanter devant la fille du roi de France et la reine Eleanor d'Angleterre.

Je dois réussir.

Avant la disparition d'André, le succès de Blanchefleur comme chanteuse était vital pour Perle et elle. Elle regarda

Vivienne et Bruno et s'efforça de cacher son anxiété. Sans André, son succès était doublement important.

Vivienne tapota la tête de Perle et leva les yeux.

— Vous devrez être prudente, si les hommes du comte vous accompagnent.

— Ne vous inquiétez pas, je ne ferai rien d'irréfléchi.

Elle prit sa cotte accrochée au mur, l'enfila et chercha son peigne.

— Saviez-vous que Baderon de Lyon était au camp, cet été ?

— Le luthiste qui joue souvent à la cour de Poitiers ?

— Lui-même.

Elise tressa rapidement ses cheveux en une natte, prit son voile et se tourna vers l'escalier.

— J'ai besoin de m'exercer. Peut-être jouera-t-il pour moi.

— Soyez prudente, Elise, répéta Vivienne.

— Ne vous en faites pas.

Elle rit.

— Gauvain sait que je suis chanteuse. Il sait que j'ai des récitals à donner. Il ne peut pas s'attendre à ce que je ne répète pas.

Chapitre 5

— Où est-elle ?

Descendant de son cheval devant la maison de la rue du Cloître, Gauvain regarda son sergent avec incrédulité.

Ce dernier fit un pas hâtif en arrière.

— Elle a dit qu'elle allait au Quartier des Etrangers, messire. Elle… elle n'est pas seule. Deux hommes sont partis avec elle. Elle a dit qu'elle allait travailler.

— Travailler ?

— Vous n'avez pas dit qu'elle devait être gardée à l'intérieur, messire.

— Non.

Gauvain savait qu'il fronçait les sourcils mais ne pouvait s'en empêcher. Seigneur, que préparait-elle encore ? Au départ, il n'avait pas voulu venir ici ce matin. Il s'était dit que ce n'était pas nécessaire, et qu'il n'avait pas à rendre visite à Elise. Pas alors qu'il était à Troyes pour rencontrer sa promise.

Cependant, ce qu'elle avait dit à propos d'être emprisonnée avait pesé sur son esprit. Il avait voulu la voir, lui faire comprendre qu'il l'avait confinée rue du Cloître pour lui éviter un emprisonnement au château. Il espérait aussi qu'elle se rendait compte qu'il était impliqué maintenant, non parce qu'il voulait interférer dans sa vie, mais pour empêcher les gardes-chevaliers de traiter durement Vivienne qui était la nourrice de sa fille. Il avait encore du mal à le croire. Il avait une fille !

— Et les enfants ? Où sont-ils ? ne put-il se retenir de demander.

— Ils sont toujours dans la maison, messire.

— Bon.

Il n'avait pas dit à ses hommes que l'un des enfants était le sien ; ils n'avaient pas besoin de le savoir. Toutefois, il s'était assuré que, quoi qu'il arrive, ils comprennent qu'ils devaient veiller à la sécurité des petits.

Sa déception était grande. Elise n'était pas là. Seigneur ! Ce qu'elle était pénible ! Il ne lui avait pas formellement interdit de retourner au Quartier des Etrangers, mais elle devait savoir qu'il ne voulait pas qu'elle se rende là-bas. Avec l'épée entre les mains de messire Raphaël, le camp pourrait être plus dangereux pour elle qu'auparavant.

— Quand est-elle partie ?

— Il y a deux heures environ, messire.

Gauvain fixa sans la voir l'arcade romane au-dessus de la porte. Que faisait-elle ? Chantait-elle réellement, ou était-ce un prétexte pour couvrir une rencontre avec cet André de Poitiers ? Ou, pire, avec les faussaires ?

Un frisson de malaise le parcourut. Pour la première fois, il envisagea la possibilité qu'Elise soit impliquée dans la vente des faux objets de valeur. Il secoua la tête. Pas Elise. Pourtant, il ne pouvait ignorer le fait qu'elle était retournée au campement. Messire Raphaël avait accepté que les deux femmes soient logées rue du Cloître à la condition qu'il se porte garant de leur bonne conduite. Et lui, sot qu'il était, avait donné son accord. Il se rappelait même avoir dit à Raphaël qu'une chanteuse et une nourrice ne pouvaient guère représenter de menace pour le comté de Champagne.

— Restez ici, Gaston. Surveillez ces enfants.

— Oui, messire.

— Et si Elise Chantier revient avant moi, gardez-la ici. Je veux lui parler.

Gaston fit un salut.

— Oui, messire.

En marmonnant, Gauvain prit les rênes du Monstre des mains d'Aubin et mit le pied à l'étrier.

Comme Gauvain s'y attendait, le pavillon violet était vide, mais Elise ne fut pas difficile à trouver. Une femme chantait non loin de là.

C'était elle !

Sa voix était captivante. Elle était surnaturelle, magique. Bien qu'il ne l'ait entendue chanter que rarement, il aurait reconnu son timbre entre mille. Il suivit le son attirant jusqu'à une tente vert mousse. Ses hommes étaient postés devant.

Il leur fit un bref signe de tête.

— Aubin, attendez ici.

Quelqu'un accompagnait Elise ; il entendait un luth. Se raidissant, il s'arrêta devant le pan de l'entrée. Etait-elle avec André de Poitiers ? Il serra les poings. Si elle était avec son luthiste et ne lui en avait rien dit…

Les sourcils froncés, il entra.

Le chant s'interrompit.

Elise le regarda.

— Messire Gauvain !

Le luthiste était assis sur un tabouret pliant. Il fut plus lent à réagir à son entrée. Quelques notes s'égrenèrent dans l'air et s'éteignirent avant qu'il ne se lève. Il était plus âgé que Gauvain ne s'y attendait. Ses cheveux châtains grisonnaient sur ses tempes. Gauvain le regarda dans les yeux.

— Je suppose que vous êtes André de Poitiers.

Elise fit un mouvement vif.

— Non, messire, vous vous trompez. Ce n'est pas André.

— Non ?

— C'est Baderon, messire, Baderon de Lyon. Baderon, laissez-moi vous présenter Gauvain Estève, comte de Meaux.

Le soulagement — elle n'avait pas agi dans son dos, elle

était vraiment venue pour travailler son répertoire — fut si intense que Gauvain sentit un sourire se former sur ses lèvres. Il haussa un sourcil.

— Baderon de Lyon, murmura-t-il.

Ce nom lui était familier. Il connaissait peu de chose sur le monde d'Elise, l'univers des troubadours n'était pas le sien, mais même lui avait entendu parler de Baderon de Lyon.

— Excusez-moi de vous avoir interrompus.

Décochant un sourire distrait au musicien, il prit Elise par le bras et la tira dehors.

Ses hommes se redressèrent.

— Restez ici, leur dit-il.

Il longea le passage entre les tentes et conduisit Elise jusqu'à l'une des tentes-tavernes.

— Chanter donne soif, j'imagine ?

Le regard méfiant, elle hocha la tête et s'assit à l'une des tables. Gauvain commanda de la cervoise et la fixa.

— Ainsi, ce n'est pas André.

— Non.

— Aviez-vous prévu de le rencontrer ici ?

La bouche d'Elise prit un pli buté.

— Non. Mais j'aurais été heureuse de le voir. Vivienne est folle d'inquiétude.

Gauvain l'étudia.

— Vous êtes inquiète aussi, j'imagine.

Elle acquiesça et il la vit déglutir.

— Elise, je ne suis pas votre gardien, mais cela me préoccupe de vous trouver déambulant dans le Quartier des Etrangers.

— Je n'étais pas seule.

Elle indiqua d'un mouvement de tête les rangées de tentes.

— Vos hommes sont venus avec moi.

La serveuse arriva avec la cervoise. Tandis qu'elle posait les gobelets, de la mousse se répandit sur la table.

— Quoi qu'il en soit, reprit Gauvain, je pense que vous devriez éviter de voir votre André. Jusqu'à ce que cette affaire soit résolue, je préférerais que vous ne veniez pas dans ces parages.

Il devina les objections qu'elle allait formuler et, avant de s'en rendre compte, il avait placé un doigt sur sa bouche pour l'empêcher de les exprimer. Le désir de suivre du bout du doigt le dessin de ses lèvres le prit de court. Réprimant cette envie, il retira sa main.

— Avec l'épée confisquée et gardée au château, il peut y avoir du danger ici pour vous, Elise. Vous avez pris des risques et, si vous ne vous souciez pas de votre sécurité, je vous implore de penser à Perle. Que deviendrait-elle si elle perdait sa mère ?

Se mordant la lèvre, elle détourna vivement les yeux.

— Vous êtes venue pour trouver André.

Elle haussa les épaules.

— Bien sûr, j'espérais le voir, mais j'ai réellement besoin de m'exercer. Je suis une chanteuse. J'ai un public à satisfaire. Chanter est ma vie !

— Ah oui ?

Gauvain but sa cervoise.

Elle releva le menton, d'un air déterminé. Puis elle lui dédia l'un de ses sourires timides, à vous faire fondre le cœur, et il en éprouva une douleur sourde.

— Je vais me produire devant le comte Henri lui-même pendant que je suis à Troyes.

Elle paraissait si heureuse qu'il ne faisait pas de doute qu'elle disait la vérité. Bien. Il connaissait ses ambitions et était content pour elle. Il était même impressionné. Mais pour le reste, pouvait-il se fier à sa parole ? Pouvait-on compter sur elle pour ne pas se mêler à ces affaires malhonnêtes ? Il voulait qu'elle soit en sécurité.

— Avez-vous découvert quelque chose de plus à propos de votre ami André ?

Une mèche de cheveux sombres bouclait le long de sa tempe de la façon la plus captivante. Elle brillait au soleil et ondulait chaque fois qu'elle bougeait. Gauvain était sur le point de la ramener derrière son oreille lorsqu'il prit conscience de la direction de ses pensées et se retint de la toucher. De nouveau. Seigneur, elle le mettait au supplice ! Il referma les mains sur son gobelet.

— Non, messire.

— Me le diriez-vous, si c'était le cas ? Je me le demande.

— Mon seigneur…

La bouche de Gauvain s'incurva.

— Ne battez pas ainsi des cils, ma fille. Elise, devez-vous vraiment venir ici pour répéter ?

Il se tut, tapotant son gobelet. Occuper ses doigts ainsi l'aidait à détourner son esprit de ce qu'il avait vraiment envie de faire, à savoir vérifier si cette mèche lustrée était aussi douce qu'il se le rappelait.

— Si j'apprends quoi que ce soit au sujet d'André de Poitiers, je vous le ferai savoir, reprit-il. Je comprends que Vivienne et vous soyez malades d'inquiétude.

— Et mon chant, messire ? Comment vais-je m'exercer, si je ne peux pas rencontrer Baderon ?

— Rien n'empêche Baderon de venir à la maison de la rue du Cloître. A mon avis, vous pourriez y répéter tout aussi bien. Et même mieux. La tente de Baderon est beaucoup trop petite. Je lui parlerai.

— Merci, messire.

Il lui sourit.

— Vous chantiez très bien, à propos. C'était magnifique.

Avant qu'il puisse se retenir, il couvrit la main d'Elise de la sienne. Sa main était chaude, sa peau douce.

— Vous avez une voix fascinante.

Les yeux d'Elise brillèrent.

— Eh bien, merci, messire. C'est très aimable.

— Quand chanterez-vous devant le comte Henri ?

— Au banquet des Moissons.

Il en eut le souffle coupé.

— Au banquet même ? Celui qui a lieu au palais ?

Naturellement, il était heureux qu'elle ait trouvé un lieu

prestigieux où chanter. Hormis Poitiers ou la cour à Paris, il n'y avait rien de plus élevé que le palais du comte de Champagne. Mais le banquet des Moissons ?

Dame Roxane serait arrivée à Troyes d'ici là et, si tout allait bien entre eux, on s'attendait à ce qu'il annonce publiquement leurs fiançailles lors de ce banquet. Elise était au courant de son prochain mariage mais, pour une raison étrange, il était profondément troublé à l'idée qu'elle serait présente lorsqu'il le confirmerait.

— Vous devez chanter au palais ?

Les yeux sombres d'Elise soutinrent les siens.

— Qu'y a-t-il, messire ? Vous ne pensez pas que ma voix soit assez bonne ?

L'esprit de Gauvain s'emballait. Le banquet des Moissons. Elise allait y chanter le soir même où il annoncerait la date de son mariage. Cela lui mettait un goût amer dans la bouche. Dieu ait pitié de lui !

Sous sa main, les doigts menus bougèrent. Baissant le regard vers la table, il fut choqué de voir que ses doigts hâlés jouaient avec les siens. Les déliant vivement, il écarta sa main.

— Pas du tout. Non. Votre voix est parfaite.

— Merci, messire.

Le sourire d'Elise était chaud. Il regarda sa bouche, la boucle brune sur sa tempe, la main fine posée sur la table, et son estomac se crispa sous l'effet d'un lamentable éclair de lucidité.

Je ne veux pas de dame Roxane.

Une fois formée, la pensée sembla occuper tout son esprit. Sa promise pouvait être la plus belle femme sur terre, il s'en moquait. Il ne voulait pas d'elle, n'en voudrait jamais. Tandis que cette pensée se changeait en certitude, il prit son gobelet et le vida d'un trait.

Dame Roxane compte que notre mariage ait lieu. Mon oncle l'a voulu et ma tante l'attend. Sans mentionner que

le parrain de dame Roxane, le roi, soutient cette union.
Mon Dieu, je veux…

Il regarda les mystérieux yeux bruns d'Elise et se leva.
Elle n'avait pas perdu son charme au cours des mois où ils
avaient été séparés, et quelque chose lui disait qu'elle ne
le perdrait jamais. Le mot « devoir » lui vint en tête. Le
devoir. C'était un mot si lourd. Si froid… Il eut l'impression qu'une pierre s'était logée dans sa gorge. Il se força à
prononcer quelques mots.

— Vous avez fini de chanter pour aujourd'hui ?

Elle hocha la tête, et cette fascinante boucle brillante
accrocha la lumière.

— Oui, messire.

— Nous pouvons nous mettre d'accord avec Baderon
pour qu'il vienne à la maison, et ensuite je vous raccom-
pagnerai à pied rue du Cloître.

Les yeux pétillants, elle porta une main à sa poitrine.

— Une autre promenade ? Messire, vous me faites
beaucoup d'honneur !

Murmurant une vague réponse, il regarda vers le pavillon
de Baderon. La tentation était grande de demander à l'un
de ses hommes de lui amener son cheval. S'il s'écoutait,
il rentrerait rue du Cloître avec Elise assise devant lui sur
le Monstre. Il aspirait à sentir de nouveau son corps blotti
contre le sien.

Mais mieux valait éviter cela. Il ne devait pas la toucher.
Il ne devait même pas songer à le faire ! Pas alors que c'était
le souhait du roi qu'il épouse dame Roxane de Sainte-
Colombe. Le devoir. Seigneur !

Il n'aurait jamais pensé qu'un homme puisse se sentir
à ce point traqué. Et il n'était même pas encore marié…

La journée de lendemain commença par une légère
irritation. Gauvain ne pouvait toujours pas chasser Elise
de ses pensées. Tandis qu'il chevauchait vers le château de

Troyes avec son écuyer, il constata qu'il devait se cuirasser pour ne pas regarder dans la direction de la rue du Cloître. Il se dit qu'il n'avait pas besoin de s'inquiéter pour Elise, qu'il pouvait l'oublier complètement. Elle avait fait savoir très clairement qu'elle ne voulait pas qu'il interfère dans sa vie. La désirer, brûler de la posséder de nouveau n'avait pas lieu d'être. Il était promis à dame Roxane.

Il bâilla. Il n'avait presque pas dormi. Penser à Elise l'avait conduit à se tourner et se retourner dans son lit jusqu'à ce que les étoiles commencent à pâlir. La nuit n'avait cependant pas été entièrement stérile. Après avoir pris enfin quelques heures de repos, il s'était réveillé avec une ferme détermination.

Inutile de se mentir. Il désirait toujours Elise. La revoir lui avait fait comprendre qu'il n'avait jamais cessé de la désirer, mais peu importait. Il n'était plus libre. Pourtant, il ne pouvait la rejeter complètement, en partie parce qu'il craignait qu'elle ne soit de mèche avec ces malfaiteurs, mais surtout à cause de Perle. Sa fille. Il ne pouvait tout simplement pas négliger la petite Perle.

La solution, quand elle lui vint finalement, était simple. Il allait donner des terres à Elise. Une propriété serait quelque chose sur quoi elle pourrait compter si son chant ne suffisait plus à l'entretenir. Il ne pouvait supporter l'idée d'Elise et de Perle réduites à la misère. Il était bien conscient, toutefois, que dame Roxane pourrait réprouver le fait qu'il fasse un tel don. Devait-il le lui dire ? Ses actes antérieurs à sa rencontre avec sa promise ne pouvaient guère être retenus contre lui. Ses relations passées avec Elise Chantier ne concernaient en rien dame Roxane de Sainte-Colombe.

Jusqu'à ce que l'acte soit rédigé, ses hommes resteraient postés devant la maison et garderaient un œil sur Elise. Le sergent Gaston avait reçu l'ordre de le prévenir immédiatement si l'une des deux femmes s'aventurait hors des murs de la ville. Le sergent guetterait aussi André de Poitiers.

Avec ce plan bien précis, il pourrait sûrement cesser de penser à Elise.

— N'allons-nous pas à la maison, messire ? demanda Aubin en jetant un coup d'œil dans la rue du Cloître, alors qu'ils passaient devant.

Gauvain regarda fermement devant lui.

— Non, nous allons à la garnison. Je dois parler à messire Raphaël.

Le temps d'arriver aux murailles du château, Gauvain avait pris conscience d'une autre source d'irritation. Malgré sa décision de donner des terres à Elise, quelque chose qui ressemblait fortement à de la peur commençait à lui nouer les entrailles. Il n'était pas impatient de faire la connaissance de dame Roxane. Redouter de rencontrer la femme que le sort lui destinait était ridicule. Depuis qu'il avait obtenu ses éperons, il avait compris qu'afin de s'élever il devait faire un mariage solide. Et maintenant qu'il était comte, c'était encore plus important. Malgré tout, l'idée de conclure une bonne alliance était difficile à avaler ce jour-là. Il voulait Elise. Il brûlait pour elle. Elle était la mère de son enfant. Hélas ! la vérité brutale était qu'Elise n'était pas la femme qui convenait. L'épouser ne le réconcilierait pas avec sa tante. Ce mariage ne lui apporterait pas non plus de terres, ni l'approbation du roi. Et puis, de toute façon, Elise avait dit clairement qu'elle avait sa propre vie à mener.

Il lui donnerait le manoir et ensuite, sachant que Perle et elle avaient ce qu'il leur fallait, il pourrait cesser de penser à elle. Non seulement il ne pouvait pas l'épouser, mais encore il n'était pas homme à épouser une femme et à avoir une liaison avec une autre. Même en imaginant — sa bouche se plissa — qu'Elise puisse se montrer encline à accepter ce genre de situation, ce qui était plus que douteux.

Poussant un lourd soupir, il entra dans la cour intérieure

et guida le Monstre vers les écuries. Raphaël serait probablement dans la salle de garde ou pas loin.

Dans la salle de garde, un groupe de soldats se tenait à la
lumière de la croisée. Ils discutaient de l'endroit où pouvait
se trouver la reine Eleanor d'Angleterre. La souveraine, que
l'on l'appelait encore de temps en temps Aliénor d'Aquitaine,
avait mystérieusement disparu au printemps précédent, et les
Champenois étaient captivés par sa disparition. Ils avaient
de bonnes raisons de s'y intéresser. La comtesse Marie de
Champagne était sa fille, de son premier mariage avec le
roi de France. Gauvain saisit quelques phrases avant que
les hommes ne se tournent vers lui.

— La reine Eleanor est en Angleterre.

— Ce roi Henri l'a emprisonnée. Il…

Un sergent remarqua Gauvain.

— Puis-je vous aider, messire ?

— Pouvez-vous m'indiquer où trouver le capitaine
Raphaël ?

— Il n'est pas de service jusqu'à ce soir, messire.

Après avoir remercié l'homme, Gauvain tourna les
talons. Il savait où était Raphaël qui n'était jamais réellement de repos.

Gauvain allait bientôt quitter Troyes pour rencontrer le
père de dame Roxane près de Provins, et il ne voulait pas
apprendre qu'en son absence Raphaël avait mis Elise — ou
son amie Vivienne, par le fait — sous les verrous dans la
prison du château. Il fallait faire comprendre au capitaine
que si l'une ou l'autre des deux femmes était maltraitée, il
aurait à en répondre au comte de Meaux.

La moralité d'Elise n'était pas en question. Raphaël devrait
le comprendre aussi. Dommage que Gauvain ne puisse
se porter garant d'André. Elise et Vivienne s'inquiétaient
pour lui et, à vrai dire, lui aussi. Dans l'intérêt des deux
femmes, il réserverait son jugement sur André de Poitiers
le plus longtemps possible. Elise aimait manifestement
beaucoup son luthiste, et elle pouvait avoir raison en ce qui

concernait son honnêteté foncière. Le garçon était jeune, il avait pu se laisser entraîner.

Gauvain se rappelait avoir fait dans sa jeunesse des choses qu'il avait regrettées plus tard. A qui cela n'arrivait-il pas ? Mais ce n'était pas pour autant qu'il demanderait à Raphaël de cesser ses recherches. Les faussaires devaient être arrêtés.

Tandis que Baderon passait son luth sur son épaule pour partir, Elise alla jusqu'à la porte.

— Merci d'être venu ici jouer pour moi, dit-elle en souriant. C'est une bonne marche depuis le Quartier des Etrangers.

— Aucun problème. J'aime marcher. Et, à dire vrai, c'est un honneur de jouer pour Blanchefleur Le Fay.

Elise secoua la tête.

— Vous êtes trop modeste. C'est un plus grand honneur pour moi. Vous êtes renommé dans toute la chrétienté.

— Merci.

Avec un grand sourire, Baderon tapota sa bourse.

— Ai-je mentionné que grâce à messire Gauvain, cela valait la peine de venir répéter avec vous ?

Elise sentit son sourire s'évanouir. Elle s'étrangla presque.

— Messire Gauvain vous a payé pour venir ici ?

Le sourire de Baderon s'élargit encore.

— Il m'a glissé une petite rétribution.

— Quand ? Je ne l'ai pas remarqué.

— Elise, c'était juste un petit geste pour vous aider à vous exercer.

Son sourire se fit penaud.

— Et je serais venu sans cela. C'est un plaisir de jouer pour quelqu'un qui a votre voix. C'est un don que nous devons tous apprécier.

— Vous êtes trop aimable.

Alors qu'elle s'apprêtait à fermer derrière Baderon, son

regard croisa celui, vif, du sergent de Gauvain, de l'autre côté de la rue. Elle avait appris qu'il s'appelait Gaston. Elle lui dédia un bref sourire et ferma la porte en la claquant.

En haut, l'un des bébés se mit à pousser des cris perçants. C'était Perle. Elise le savait au ton de sa voix, sa fille s'ennuyait. Elle était peut-être minuscule, mais, quand elle voulait de la compagnie, tout le monde en était vite informé.

Depuis leur arrivée rue du Cloître, les deux enfants étaient agités. Elise pensait savoir pourquoi. Vivienne était malheureuse et tendue, et les nourrissons le sentaient.

Relevant l'ourlet de sa cotte, elle monta à l'étage. Penchée sur le berceau de Perle, Vivienne roucoulait doucement.

— Elle ne veut pas se reposer ? demanda Elise.

— Non. Ses langes sont secs et je l'ai nourrie. Elle ne devrait pas avoir besoin de téter de nouveau avant au moins deux heures.

Vivienne se frotta le front.

— Elle devrait être fatiguée.

— Il est possible qu'elle en ait assez de voir ces quatre murs. Je vais l'emmener se promener, déclara Elise.

Elise prit son châle et l'attacha autour d'elle de façon à pouvoir porter Perle dedans, contre sa poitrine. La petite fille aimait être portée ainsi et, d'ordinaire, elle ne lui posait pas de problème.

Elle jeta un coup d'œil éloquent au berceau de Bruno.

— Puisque Bruno dort, cela vous donnera une chance de vous reposer.

— Soyez bénie.

La chaleur saisit Elise dès qu'elle franchit le seuil. C'était comme d'entrer dans un four. Elle pouvait entendre les martinets qui piaillaient en allant et venant haut au-dessus du château. Adressant un signe de tête au sergent Gaston, elle s'engagea d'un pas vif dans la rue.

Perle cessa presque aussitôt de crier. Le mouvement l'apaisait, comme le fait d'être dehors. Elise sourit. Sa fille partageait peut-être son amour de la liberté. Se demandant si les hommes de Gauvain avaient reçu l'ordre de la suivre de nouveau, elle essaya de ne pas regarder par-dessus son épaule. C'était leur affaire. Elle pouvait sûrement emmener sa fille en promenade, non ?

Le contact du corps de Perle était réconfortant. Un peu chaud peut-être par cette canicule, mais apaisant. Les rues étaient bondées. La plupart des gens allaient dans une direction, celle de la foire. Elise reconnaissait l'endroit où elle se trouvait. Elle était venue par là avec dame Isabelle lors de sa dernière visite à Troyes.

Elle mit la main sur la tête de Perle.

— C'était avant que je rencontre ton père, murmura-t-elle.

Devant elle, la rue donnait sur une petite place. Il y avait là une taverne, le Sanglier noir. Elle y était allée aussi, toujours avec dame Isabelle. Etant donné la mauvaise réputation de l'endroit, l'insistance de dame Isabelle à s'y rendre l'avait choquée, mais elle avait des questions à poser et savait qu'elle trouverait des réponses au Sanglier noir.

Rien d'affreux ne leur était arrivé.

Je me demande…

Elle se laissa entraîner par le flot des citadins et, avant de s'en être rendu compte, se retrouva face à la taverne, une idée germant dans son esprit.

Le Sanglier noir était, pour le dire crûment, plus un bordel qu'une taverne. Elise ne fut pas surprise de voir deux jolies filles assises sur un banc près de la porte, dans des tenues aussi négligées que voyantes. Des lacets aux couleurs criardes étaient défaits, exposant de généreuses portions de chair. D'un côté, une demi-douzaine de chevaux — appartenant sans doute à de riches clients — s'abritaient à l'ombre d'un auvent de fortune. Du fait de la chaleur, les volets et fenêtres de la taverne étaient grands ouverts, et de la fumée sortait sur la place. Il y avait si peu de vent qu'une brume bleutée flottait au-dessus du sol.

Elle garda soigneusement les yeux fixés sur la porte plutôt que sur les filles. Pour des raisons évidentes, le bordel était populaire auprès des hommes de la garnison du château. Mais les soldats n'étaient pas les seuls à le fréquenter ; des marchands y logeaient également. Et André n'avait-il pas mentionné que ses amis s'y retrouvaient de temps en temps ? C'était une sorte de lieu de rencontre pour des hommes de tous les horizons.

Un frisson glacé la parcourut.

André. Où était-il ? Que faisait-il ? Quelqu'un à l'intérieur avait pu entendre dire quelque chose, et elle devait à Vivienne d'essayer de le découvrir.

La comtesse Isabelle n'avait pas craint de faire quelques recherches ici, alors elle n'aurait pas peur non plus. Cela valait la peine d'essayer. Gauvain désapprouverait probablement, mais personne n'allait lui faire de mal. Pas à une mère portant un nourrisson.

Elle se redressa, tint la tête de Perle contre sa poitrine et avança d'un pas assuré jusqu'à la porte.

Chapitre 6

A l'intérieur de la taverne, dans la pénombre jetée par une poutre de soutènement, le capitaine des gardes-chevaliers, messire Raphaël de Reims, arrondit les mains autour de sa coupe de vin. Gauvain Estève, comte de Meaux, était assis face à lui.

Personne ne se trouvait près de leur table, mais messire Raphaël parlait à voix basse.

— En somme, vous n'avez absolument rien entendu de plus au sujet de ces fraudeurs.

Gauvain secoua la tête en grimaçant et répondit sur le même ton :

— Rien que vous puissiez rapporter au comte Henri. Je suspecte qu'une troupe de comédiens est impliquée dans le trafic mais, pour l'heure, je n'ai pas de preuve. Et vous ? Il paraît probable que les faussaires aient une base quelque part en Champagne.

Ce fut au tour de Raphaël de grimacer.

— En effet. Mais je crains de ne pas avoir fait de progrès non plus. Si vous n'avez pas d'objections, j'aimerais que vous gardiez l'œil ouvert durant la semaine prochaine, en gros. Je crois savoir que votre maîtresse est sous bonne garde rue du Cloître ?

Une bouffée d'un sentiment qui ressemblait fortement à de la nostalgie traversa Gauvain.

— Elle n'est pas ma maîtresse.

Et c'était bien dommage. La question l'avait déstabilisé. Elle avait fait surgir dans son esprit des images qui n'avaient aucun droit d'y être. Des images qu'il s'était efforcé de chasser de sa tête pendant des semaines. Non, des mois. Des images d'Elise allongée contre lui, douce et chaude. Des images d'elle… Seigneur ! Il fallait que cela cesse ! Il serait bientôt marié. Il ouvrit la bouche pour dire à Raphaël que toute aide qu'il lui apporterait serait forcément limitée, étant donné qu'il quitterait Troyes sous peu, mais son ami avait repris la parole.

— Non ? Alors pourquoi tenez-vous tant à la protéger ? Regardez les choses en face, Gauvain ! Elle doit être impliquée. Bon sang, mon vieux, elle a partagé une tente avec ce luthiste pendant des années ! Il ne peut pas y avoir de secrets entre eux. Les deux femmes doivent être complices. Je ne veux pas qu'elles s'enfuient.

— Elles ne s'enfuiront pas.

Gauvain soupira

— Ces femmes sont aussi innocentes que des enfants.

— Elles savent sûrement quelque chose. Leur ami le musicien a disparu dès que nous avons commencé nos enquêtes. Ces femmes sont obligatoirement impliquées.

Un nœud se forma dans l'estomac de Gauvain. Raphaël pouvait être aussi tenace qu'un chien de chasse.

— Elles n'avaient jamais vu cette épée auparavant. Elles ne sont pas complices. Je gagerais ma vie là-dessus.

Les lèvres de Raphaël s'incurvèrent en un sourire cynique.

— Cette fille vous a ensorcelé. Elle vous a ensorcelé l'an dernier et, à mon avis, le sortilège est toujours là. Vous êtes entiché d'elle.

Le nœud se tordit.

— Ce n'est pas vrai. Nous avons été amants pendant quelque temps, c'est tout.

Alors même que les mots franchissaient ses lèvres, il lui vint à l'esprit qu'il n'avait pas besoin de se justifier devant Raphaël. Pire, il nuisait à Elise. Des pensées, des aspirations impossibles lui passèrent par la tête. La phrase « nous avons été amants » ne rendait guère justice à la sensation d'Elise dans ses bras, à ce qu'il avait éprouvé quand elle était sous lui. Et cette phrase désinvolte, songea-t-il avec une ironie désabusée, ne suffisait pas non plus à expliquer la peine qu'il avait eue quand elle était partie. Ni le fait que, maintenant encore, il restait éveillé la nuit en pensant à elle. La désirant. Ayant besoin d'elle. Non, il ne s'agissait pas de besoin, ce n'était pas cela. Il ne pouvait l'expliquer, sauf en disant qu'Elise était la mère de son enfant. L'idée qu'elle soit emmenée au château pour y être interrogée lui était insupportable.

— Raphaël, je suis content de vous avoir trouvé aujourd'hui. Je vais bientôt quitter Troyes et je vous demande de traiter les deux femmes avec courtoisie. Quoi que vous trouviez.

Les lèvres du capitaine s'incurvèrent.

— C'est bien ce que je disais. Vous êtes entiché d'elle.

Gauvain soupira.

— Non. Mais je ne veux pas découvrir qu'à la minute où je quitterai la ville, vous les ferez conduire au château. Je jure qu'elles seront suffisamment gardées rue du Cloître.

Raphaël haussa un sourcil et se pencha.

— Elles sont impliquées dans cette affaire.

Il eut un rire bref.

— Je ne peux pas fermer les yeux parce que vous vous êtes amouraché de l'une d'elles.

— Elles sont innocentes, vous dis-je.

— Prouvez-le. Amenez-moi les faussaires. Aidez-moi à coincer toute la bande, et je vous croirai.

Gauvain s'entendit soupirer de nouveau.

— Je le ferais si je le pouvais. Malheureusement, je vais partir pour Provins d'un jour à l'autre.

— Provins ?

Le regard de Raphaël s'acéra.

— Vous allez discuter de conditions de mariage avec Faramus de Sainte-Colombe, reprit-il.

— Quelque chose de cette nature.

Le capitaine tapota la table de ses doigts.

— Gauvain, je ne peux pas jurer que je n'interrogerai pas ces femmes. Si nous ne trouvons pas rapidement quelque chose, je n'aurai pas le choix.

Gauvain hésita. Il ne devrait pas souhaiter prolonger ses liens avec Elise. Qu'un homme courtise une femme tout en aspirant à une autre n'était tout simplement pas convenable. Et, pour autant qu'il le sache, le seul moyen d'oublier Elise était de s'assurer de ne plus jamais poser les yeux sur elle. Ses sentiments pour elle — ces bouffées de désir qui le privaient de sommeil — passeraient sûrement une fois qu'il aurait rencontré dame Roxane. Seigneur ! Maintenant qu'il y pensait, il n'avait pas eu de femme depuis Elise ! Il n'était pas un moine et l'abstinence semblait affecter ses facultés. Mais tout s'arrangerait, il en était sûr. Lorsqu'il aurait rencontré et épousé dame Roxane, ce désir d'Elise ne tarderait pas à s'estomper.

Pour autant, cela ne signifiait pas qu'il voulait que Raphaël fasse pression sur elle. Et il y avait Perle à prendre en compte. La pensée de sa fille, un nourrisson innocent, emmenée dans la prison du château pendant que sa mère était interrogée était inacceptable.

— L'enfer vous consume, Raphaël ! J'avais pensé continuer jusqu'à Meaux après avoir parlé à messire de Sainte-Colombe.

— Beaucoup de choses là-bas requièrent votre attention, j'en suis sûr.

— Si vous vous engagez à ne rien faire contre Elise et Vivienne pendant… disons une semaine, je reviendrai à Troyes après avoir réglé mes affaires à Provins.

Les yeux de Raphaël brillèrent.

— Vos hommes et vous allez m'aider à arrêter les fraudeurs ?

— A condition que vous épargniez Elise.

— Merci, Gauvain. Je savais que je pouvais compter sur vous.

Gauvain lui jeta un regard noir.

— Vous êtes dur en affaires.

— Je le dois. Entre la foire, le tournoi et le banquet, mes hommes sont tous débordés.

Le regard de Raphaël dériva vers une table près de l'entrée du fond. L'une des filles — Gauvain crut se souvenir qu'elle était la préférée de son ami — aguichait un marchand.

— Je savais que je pourrais vous faire plier, marmonna le capitaine en fronçant les sourcils. Il suffit de connaître la faiblesse d'un homme.

Sa favorite planta un baiser sur la joue du marchand et un muscle frémit dans sa mâchoire. Gauvain réprima un sourire. Ah oui, il suffisait de connaître la faiblesse d'un homme ?

— Cette fille est étonnamment jolie pour une ribaude, dit-il d'un ton détaché.

Raphaël lui lança un regard sombre.

— Elle s'appelle Gabrielle et ce n'est pas une ribaude.

— Non ?

Gauvain concoctait une réponse taquine quand la porte s'ouvrit et que le soleil coula à flots sur le sol. Elise entra, enveloppée dans un châle. Elise ? Au Sanglier noir ?

Raphaël se raidit et lui donna un coup de coude dans les côtes.

— Allez-y, demandez-lui. Demandez-lui si elle a des nouvelles de son luthiste.

Gauvain l'entendit à peine.

— Du calme…

L'apparition d'Elise à la taverne l'avait pris de court. Que diable faisait-elle là ? Avant Noël, le comte Luc avait mentionné qu'Elise avait accompagné dame Isabelle au Sanglier noir. Sur le moment, il n'y avait pas prêté beaucoup d'attention, mais il s'était toujours demandé comment la jeune comtesse, qui venait juste d'arriver en ville, avait pu savoir que le bordel était un bon endroit où se renseigner. Bien sûr, dame Isabelle avait peut-être juste misé au hasard sur la taverne. Ou alors… il se pouvait qu'Elise y ait des amis.

Elle alla jusqu'à la porte du fond et fit un signe à Gabrielle.

— Je vous disais qu'Elise Chantier était impliquée.

Le ton de Raphaël en disait long. Il repoussa son banc et voulut se lever.

Gauvain le retint en posant la main sur son bras. Assis comme ils l'étaient dans l'ombre de la grosse poutre, Elise ne les avait pas encore vus.

— Contenez-vous. Vous êtes trop pressé, mon ami. Observez. Attendez.

Raphaël céda. Ils regardèrent Gabrielle répondre à ce qu'Elise avait pu lui demander, puis s'approcher de la porte du fond. Le visage rubicond et les cheveux rouges d'une femme apparurent dans l'ouverture. Quelques mots furent échangés et Gabrielle se retourna vers Elise en secouant la tête. Une pièce passa d'une main à l'autre. Gabrielle remercia d'un sourire.

Alors qu'Elise se dirigeait vers la sortie, un bruit inattendu parvint aux deux hommes. Le cri d'un nourrisson. Gauvain se figea. Perle ! Elise cachait sa fille dans son châle !

Raphaël haussa les sourcils.

— Ce n'est pas souvent que l'on trouve un nourrisson au Sanglier noir !

Gauvain le regarda et se raidit.

C'est ma fille.

C'était son enfant innocente, et elle était déjà amenée dans une taverne de bas étage ! Elise était chanteuse, autrement dit une saltimbanque. Il le savait, mais il n'avait pas vraiment réfléchi à tout ce que cela impliquait. Quel genre de vie mènerait Perle avec elle ? Il devait lui parler. Il se leva brusquement.

Raphaël se redressa pour lui barrer le passage.

— Je vais le faire, dit-il.

Gauvain le regarda sans comprendre.

— Hein ?

— Je vais parler à Gabrielle. Elle me dira ce qu'Elise lui voulait. Si vous n'y voyez pas d'inconvénient.

Gauvain se rassit et passa la main sur son visage pendant que Raphaël se frayait un chemin entre les tables. Voir Elise en ce lieu lui brouillait les idées. Il fallait qu'il coupe les ponts avec elle ; il le fallait vraiment. Dans l'intérêt de dame Roxane et de son mariage, pour l'avenir de son comté. Mais comment le pouvait-il ? Il devait voir les choses en face : il était très probable que Perle fréquente à l'avenir des endroits encore moins recommandables que celui-ci.

Non !

Il ne pouvait accepter cela. Il se leva.

Il était à mi-chemin de la porte quand Raphaël l'intercepta.

— Jusqu'ici, dit-il, il semble que vous ayez vu juste en ce qui concerne Elise Chantier. Jusqu'ici.

— Hmm ?

Gauvain se pencha pour regarder par la fenêtre la plus proche. Elise se dirigeait vers le marché aux grains. S'il se hâtait, il pourrait la rattraper.

— Elle a posé des questions sur le luthiste, expliqua Raphaël. Elle ne sait vraiment pas où il est.

— Je vous l'ai dit : Vivienne et elle sont innocentes.

Il saisit le bras de Raphaël.

— Ecoutez, je comprends que vous deviez continuer la chasse pendant mon absence. Je veux simplement que vous me juriez de ne pas importuner les femmes de la rue du Cloître.

— Vous avez ma parole.

Gauvain le lâcha.

— Gabrielle lui a-t-elle dit quelque chose ?

— Gabrielle ne sait rien. Toutefois, des recherches vont être faites, pour le compte d'Elise.

Gauvain haussa un sourcil.

— Gabrielle vous dira ce qu'elle découvrira ?

Raphaël eut un sourire plein d'assurance.

— Si Gabrielle entend ne serait-ce qu'un murmure, vous pouvez être sûr que je serai le premier à le savoir.

— Elise !

Elise s'arrêta et ferma un instant les yeux.

Gauvain !

Lentement, elle se retourna. Il venait vers elle à grandes enjambées, le front plissé. Elle attendit en tapant du pied. Ses chiens de garde, qui l'avaient suivie jusqu'à la taverne sans discrétion, avaient disparu. Les avait-il renvoyés ?

Quand Gauvain la rejoignit, ses yeux sombres brillaient d'un éclat menaçant.

— Pas besoin de faire cette tête, dit-elle. Vos hommes savent exactement où je suis allée. J'ignore où ils sont passés, mais ils m'ont suivie à travers la ville.

Il tendit la main et écarta le châle du visage de Perle. Il la regarda en secouant la tête, et une mèche blonde tomba sur son front. Elle détourna vivement les yeux. Elle se souvenait de la texture de ses cheveux, de leur douceur, de leur chaleur, du parfum de son savon au laurier qui s'attardait dans ces mèches brillantes.

— Je suppose qu'ils se sont laissé distraire par les filles quand ils vous ont vue entrer au Sanglier noir, dit-il.

— Gauvain ?

Elle se mordit la lèvre. Il plissait les paupières, mais il était assez proche pour qu'elle voie les points gris dans ses yeux. Elle connaissait cette expression : il était en colère. Un grand doigt caressa la joue de Perle, et quelque chose se noua en elle. Il était doux, même dans sa colère. D'après son expérience, c'était une qualité rare chez un homme.

Son regard sombre croisa le sien et il émit un soupir exaspéré.

— Avez-vous perdu la tête ? Emmener Perle au Sanglier noir…

Sa voix vibrait d'une colère telle qu'elle faillit reculer d'un pas.

— C'est juste une taverne.

Il secoua la tête.

— C'est plus qu'une simple taverne ! Et vous le savez parfaitement, j'en suis sûr.

Elle le dévisagea.

— Cet endroit ne peut pas être mauvais à ce point, messire. La comtesse Isabelle y est venue l'hiver dernier. Je le sais, parce que je l'accompagnais.

— Ce n'est pas une raison !

Il se passa une main dans les cheveux et une autre mèche tomba.

— Emmener notre fille dans un lieu pareil…

Elle le regarda dans les yeux.

— Gauvain, l'innocence de Perle la protège.

Elle haussa les épaules.

— De toute façon, je ne suis restée qu'un instant et elle était enveloppée dans mon châle.

— C'était plus qu'un instant.

— Oh !

Tout à coup, elle comprit.

— Vous étiez là ! Pourquoi ne vous êtes-vous pas manifesté ?

Gauvain s'empourpra. De culpabilité ? De honte ? Elle tapa du pied et se mit à rire, d'un rire amer même à ses propres oreilles.

— Que faisiez-vous au Sanglier noir, Gauvain ? Profitiez-vous des délices du lieu ?

— Vous êtes insolente, et ce que j'y faisais ne vous regarde en rien !

D'un geste déterminé, il lui saisit le bras et le passa fermement sous le sien. Ignorant ses tentatives pour se dégager, il lui fit franchir la porte de Paris.

— Elise, je ne veux pas me quereller avec vous…

— Je suis une femme libre. Je ne vous appartiens pas.

Malgré tous ses efforts pour ne pas le regarder, elle ne put s'empêcher de lui jeter un coup d'œil de côté. Il paraissait affligé.

— Je sais. Je n'ai aucun droit de vous dicter votre conduite.

Il s'arrêta, lui prit le menton et l'obligea à croiser son regard.

— Tout comme vous n'avez aucun droit de mettre en cause mes raisons d'être au Sanglier noir.

— Très bien.

Elle se contraignit à sourire. C'était vrai. Ils n'avaient aucun droit à faire valoir l'un sur l'autre. Pourquoi, alors, la pensée de Gauvain allant à la taverne pour trouver une fille lui retournait-elle à ce point l'estomac ?

Cherchant une distraction, elle jeta un coup d'œil par-dessus son épaule.

— Vous avez renvoyé les hommes.

Il regardait de nouveau Perle, une expression indéchiffrable sur le visage.

— Ils ne sont plus nécessaires, puisque je vous raccompagne à la maison. Aimez-vous marcher ainsi ?

— Mais oui. De plus, Perle était agitée, et j'ai pensé qu'une promenade lui ferait du bien.

— Vous allez me permettre de vous escorter. Je vous emmène faire le tour des murs de la ville.

Les lèvres de Gauvain s'incurvèrent, et elle sentit son cœur faire un petit bond. Lorsqu'il lui souriait ainsi, il était quasi irrésistible. Une question la fit se crisper : que faisait-il au Sanglier noir ? Elle la repoussa tandis qu'ils se remettaient en marche.

Ils traversèrent la douve — une douve sèche, comme un profond fossé — et se dirigèrent d'un pas tranquille vers le nord, et la route étroite qui encerclait Troyes. Sur leur droite s'élevaient les murs de la ville, solides et imprenables. Un heaume brilla sur les remparts de l'une des tours. Une troupe de cavaliers passa au trot, laissant derrière elle un nuage de poussière.

Soutenant de la main la tête de Perle, Elise tentait de ne pas regarder Gauvain. Elle s'efforçait de ne pas faire une foule de choses, ce qui n'était pas facile. Elle essayait de ne pas savourer le contact de ce bras fort sous son autre main.

Et elle tentait d'ignorer le pincement malvenu dans sa poitrine tandis qu'elle se remémorait la joie qui l'avait submergée lorsqu'ils étaient devenus amants. Ce qu'elle avait éprouvé n'était pas de l'amour ; elle ne croyait pas vraiment en l'amour. Tout comme elle n'avait aucune idée de ce qui s'était passé entre eux.

Nous étions amants. Le désir entre nous était fort.

Cela ne se reproduirait plus. Elle ressentit tout à coup un autre pincement… Du regret ? Quoi que ce soit, elle aurait voulu ne pas l'éprouver. C'était douloureux.

Quand on y réfléchissait, il y avait de l'ironie dans sa situation. Blanchefleur Le Fay passait ses journées et ses soirées à chanter l'amour. Le désir pour un être hors d'atteinte et l'amour non partagé formaient la trame des meilleures chansons. Comme des fils d'or et d'argent dans une tapisserie, ils leur donnaient vie. Mais elle n'avait jamais connu elle-même une telle passion. Sauf avec Gauvain. Gauvain excepté, elle gardait son contrôle. Ce qui s'était passé avec lui était plus qu'étrange. Elle était Blanchefleur et, pour elle, l'amour était un mystère dont elle ne savait qu'une chose : tout le monde semblait y aspirer. Elle avait toujours espéré qu'un jour elle le percerait, ce mystère, mais elle n'était plus aussi confiante. Peut-être cela n'avait-il pas d'importance, après tout. Son chant ne semblait pas en avoir souffert. L'amour était impossible à atteindre. Tout le monde avait des rêves inatteignables. Cela, elle le comprenait. Et c'était ce qu'elle chantait, l'inatteignable.

Gauvain allait se marier.

Il s'éclaircit la voix et désigna la ville d'un geste.

— Mon manoir, le manoir des Rosières, se trouve derrière la parcelle boisée à l'est de la ville.

Elle hocha la tête, n'écoutant à moitié tandis que Gauvain

décrivait le manoir de son père. Elle ignorait pourquoi il s'en donnait la peine. Ce n'était pas comme si elle le verrait un jour. Dame Roxane, elle…

Sa mâchoire se crispa.

Gauvain énumérait les améliorations qu'il avait apportées aux courtines lorsqu'une mauvaise odeur la fit grimacer. Quelque chose pourrissait. Quelque chose de mort.

Il s'interrompit, plissant le nez.

— Que diable…

La source de l'odeur ne fut pas difficile à trouver. Quelqu'un avait déversé dans la douve ce qui semblait être tous les déchets de sa maison. Un nuage de mouches volait au-dessus. Elise put voir des tiges de chou, un pot de terre cassé, un reste de miche moisi. Et l'origine de cette puanteur ? Son estomac se retourna. Il y avait une patte poilue. Une queue.

— Pouah !

Se bouchant le nez, elle se détourna.

— Un chat mort, murmura Gauvain en la faisant avancer rapidement. J'en ferai part à Raphaël.

— Il faut informer les gardes-chevaliers à propos d'un chat mort ?

Les lèvres de Gauvain frémirent. Elle baissa les yeux pour ne pas s'attarder sur sa bouche.

— Ce n'est pas tant le chat, mais les détritus. Si la douve se remplit, comblée par des ordures, elle n'est plus une défense. Les gardes-chevaliers sont chargés de la tenir vide. Si Raphaël découvre le responsable, ce dernier aura une amende. Ce n'est pas la première fois qu'elle est utilisée comme dépotoir, et je dirais que ce ne sera pas la dernière…

Elle jeta un coup d'œil au fossé. Cette portion, heureusement, était épargnée.

— Je n'aurais pas pensé qu'un chevalier devait nettoyer la douve.

— Raphaël ne le fera pas en personne, ses hommes s'en occuperont.

Elle fit une grimace.

— Je n'aimerais pas être à leur place. Cela arrive-t-il souvent ?

— Oui. Parfois, c'est pire. Il n'y a pas que des chats qui sont jetés dans la douve. On y a trouvé des cadavres.

— Des gens ?

Ouvrant de grands yeux, elle s'arrêta et observa la longueur de la douve. D'abord vers le nord, puis vers le sud. Elle n'aurait su dire pourquoi, mais elle pensa à André et frissonna.

— Des gens ? répéta-t-elle.

De la sueur froide lui coula dans le dos et elle agrippa la manche de Gauvain.

— Gauvain, avez-vous le temps de faire tout le tour de la ville ?

Le regard sombre et grave de Gauvain se porta vers la douve avant de revenir à elle.

— Vous pensez à André.

Perle remua. Elle essaya de se débarrasser de ses langes et lâcha une plainte qui se changea vite en pleurs. Gauvain lui toucha la joue et, ce faisant, effleura les doigts d'Elise. Ce contact avait été accidentel, mais ses doigts la picotèrent.

— Perle va bien ? demanda-t-il.

— Oui. Elle a chaud, c'est tout. Et elle ne va pas tarder à avoir faim. Il va falloir nous presser.

Jetant un coup d'œil à la douve, elle prit la main de Gauvain.

— Gau… Messire, vous avez raison. Je songeais à André. Je ne peux pas m'empêcher de penser qu'il a dû avoir des ennuis après la perte de l'épée. Il pourrait être dans la douve…

— Vous pensez qu'il a été tué ?

— C'est possible.

Sa voix se brisa.

— Normalement, il ne part jamais longtemps.

— Alors vous n'avez vraiment pas eu de nouvelles de lui ?

— Aucune. Gauvain, si André allait bien, il aurait envoyé un message ! Il n'est pas cruel et il sait que Vivienne va s'inquiéter. Pourtant, il ne s'est pas manifesté.

Gauvain la regarda d'un air pensif. Quand Perle émit un autre vagissement, il les fit tourner dans la direction d'où ils étaient venus.

— Nous ne pouvons pas faire le tour de la ville maintenant. Cela prendrait beaucoup trop de temps. Je vais demander à mon sergent de le faire. Dès que Perle aura retrouvé Vivienne.

Quelqu'un frappait à la porte. Elise sortit vivement de son lit et se hâta de descendre. Elle savait que c'était le sergent Gaston. Chaque matin, depuis sa promenade avec Gauvain, il était venu faire son rapport sur l'état de la douve.

— Bonjour, damoiselle.

Le soldat inclina la tête. Il était toujours courtois.

— Bonjour, sergent.

— J'ai refait une patrouille ce matin à l'aube.

Il baissa la voix. Homme perspicace, il évitait de parler trop fort afin que Vivienne ne l'entende pas.

— J'ai pensé que vous aimeriez savoir que la douve est vide, au moins ce matin.

Elise relâcha son souffle.

— Dieu merci ! Et merci à vous, sergent. J'apprécie que vous ayez vérifié de nouveau.

Ce soldat se révélait une véritable bénédiction. Quand Gauvain avait dit qu'il lui ferait inspecter la douve, elle n'avait pas imaginé qu'il le ferait chaque matin.

— Merci beaucoup.

— Je vous en prie, damoiselle.

Elle ferma la porte et ouvrit les volets. Deux des soldats de Gauvain se tenaient juste devant la maison. Tandis qu'elle allait s'agenouiller près du feu pour ranimer les braises afin de faire chauffer de l'eau, elle les entendit parler.

— Elle est arrivée hier soir, dit l'un des hommes. Hervé a vu son escorte entrer au palais.

L'autre garde grogna.

— Est-elle aussi jolie qu'on le dit?

Elle se raidit. Avec soin, elle accrocha la marmite au-dessus du feu. Parlaient-ils de dame Roxane?

— Jolie? Mon Dieu, à entendre Hervé, on pourrait croire que c'est un ange. Elle a des cheveux comme de l'or filé, des yeux comme des saphirs et une taille qu'un homme peut serrer entre ses deux mains. Elle est un peu maigre, apparemment, mais avec une telle beauté cela n'a guère d'importance.

— Messire Gauvain est un fieffé chanceux! dit le deuxième homme. Comment a-t-il réagi quand il l'a vue?

— Messire Gauvain n'était pas au palais. Ils se rencontreront au tournoi.

Les sourcils froncés, elle ajouta lentement du bois dans l'âtre. Elle n'écoutait plus; elle en avait assez entendu. Le tournoi avait lieu ce jour-là. Gauvain et dame Roxane allaient faire connaissance à cette occasion. Ces nouvelles n'auraient pas dû l'affecter, pourtant c'était le cas. Un instant plus tôt, elle était heureuse. Heureuse de savoir que la douve était vide. Et maintenant? Elle se sentait perturbée.

Elle se redressa en se disant qu'elle ferait bien de se dépêcher. Baderon et elle avaient prévu une dernière répétition, et il allait arriver sous peu. Le banquet aurait lieu après le tournoi au Champ des Oiseaux et, comme André n'avait toujours pas reparu, Baderon avait accepté de jouer pour elle. Il fallait que leur performance soit parfaite.

A présent, elle redoutait de chanter au banquet. Oui, c'était sûrement pour cela qu'elle ne savait plus très bien où elle en était. Elle était tendue. Elle avait attendu si longtemps sa chance de chanter au palais du comte Henri! Ce n'était pas une sensation nouvelle. Blanchefleur était souvent tendue, et elle ne connaissait pas un musicien professionnel qui ne le soit pas. C'était juste que, d'habitude, elle ne se sentait pas aussi mal. Elle posa la main sur son estomac en se demandant comment elle avait pu songer à manger alors qu'elle se sentait dans un tel état.

Gauvain allait rencontrer dame Roxane dans quelques heures, au tournoi. Elle, si fière habituellement de son sang-froid, eut l'impression que l'air lui manquait soudain.

Des coups frappés à la porte la firent sursauter. Baderon ?

Elle alla ouvrir. C'était bien le ménestrel. Elle se força à sourire.

— Vous êtes en avance.

— Je suis désolé.

Il paraissait soucieux.

— Je n'ai pas pu dormir. Je me sentirai mieux quand nous aurons tout répété.

Elle hocha la tête.

— Je comprends. Entrez, je vous prie.

Il fallait qu'elle se reprenne. Avec fermeté, elle se dit qu'elle était tendue à cause du récital du soir. Son agitation ne pouvait en aucun cas avoir de lien avec la rencontre de Gauvain et de sa promise.

Baderon s'installa sur un tabouret et se mit à accorder son luth. Des gazouillis venant d'en haut indiquèrent à Elise que les enfants se réveillaient et donc que Vivienne descendrait bientôt. Baderon égrena un accord et sourit à Elise.

— Il m'est aussi venu à l'idée que vous seriez peut-être contente que nous terminions tôt.

— Ah oui ?

Il lui décocha un regard surpris.

— Le tournoi au Champ des Oiseaux, vous ne voulez pas le voir ?

Elle se pencha pour ajouter une bûche au feu.

— Je n'irai pas.

— Vous avez des amis qui y seront. La comtesse Isabelle…

Le regard de Baderon était perçant.

— … le comte Gau…

— Laissez cela, Baderon. Je n'irai pas au tournoi.

Chapitre 7

Un village de pavillons ou plus exactement deux villages avaient poussé comme des champignons du soir au lendemain dans le Champ des Oiseaux. Leurs couleurs — bleu, vert, jaune et noir, des toiles unies, d'autres rayées… — resplendissaient sur l'herbe blanchie par le soleil.

Les pavillons et les postes de lances appartenant à des chevaliers qui soutenaient le comte d'Aveyron se dressaient à une extrémité de la lice. Le pavillon écarlate du comte de Meaux se trouvait parmi eux, son étendard pendant dans la chaleur estivale, le griffon doré perdu dans les plis de la soie.

A l'autre bout s'élevaient les pavillons des tenants du comte de Champagne — les chevaliers de sa maison, les gardes-chevaliers, ses invités. Deux ou trois des marchands les plus riches soutenaient aussi des chevaliers et s'étaient joints également à l'équipe du comte Henri.

Les citadins voyaient le tournoi des Moissons comme une bataille entre la ville et la campagne, mais le comte d'Aveyron avait établi clairement que ces rencontres n'avaient pas pour but d'assouvir des rancœurs. Certes, les combats seraient durs et farouches, mais il ne devait pas y avoir de morts. Il ne s'agissait pas d'une guerre ; il s'agissait d'un exercice. Et aussi d'un divertissement. Des dames étaient présentes.

C'était presque l'heure de la parade. Près du pavillon

écarlate, Gauvain était en selle. Son heaume sous le bras, il se tourna vers son écuyer.

— Avons-nous reçu un message de dame Isabelle ? Dame Roxane est-elle arrivée à bon port ?

— Oui, messire. Dame Roxane a pris place dans la tribune des dames, près de la comtesse Isabelle. Dame Isabelle m'a chargé de vous dire que dame Roxane serait heureuse que vous acceptiez sa faveur.

L'estomac de Gauvain se crispa et il regarda la tribune des dames en plissant les yeux. Seigneur, cette femme escomptait qu'il la distingue en public alors qu'il n'avait jamais posé les yeux sur elle ? Qu'était-ce là ? Une sorte d'épreuve ? Comment saurait-il laquelle elle était ?

— Dame Roxane attend que je la salue devant tous alors que je ne l'ai pas encore rencontrée ?

La tribune des dames n'était guère plus qu'une plate-forme de bois surélevée, mais elle était ombragée par un auvent bleu, une attention du comte Luc. L'ombre serait la bienvenue, par cette chaleur. Une poignée d'enfants s'amusait à passer sous la barrière en riant aux éclats. Ils jouaient à s'attraper, pensa Gauvain. Il pouvait voir l'épouse de Luc, la comtesse Isabelle, assise parmi un essaim de dames et de chambrières. Laquelle était dame Roxane ? Il y avait une belle femme brune bien en chair et une mince blonde. Ce devait être la blonde… Mais, sacrebleu, il y avait au moins trois autres blondes sur cette estrade, et il n'avait pas la moindre idée de laquelle était sa promise. Il devrait suivre les indications d'Isabelle.

Jurant à mi-voix, il enfonça son heaume sur sa tête. Tout cela était une véritable corvée. Quatre blondes. Seigneur !

Il se mit à marmonner :

— C'est facile, pour les dames. Elles nous reconnaissent à nos couleurs.

Le caparaçon écarlate du Monstre et le griffon peint sur son écu ne laissaient aucun doute sur son identité.

— Sans oublier la présentation du héraut, dit Aubin en dissimulant un grand sourire.

Le diable emporte le garçon ! Il goûtait la déconfiture de son seigneur.

— Soyez prévenu, Aubin ! Nombre d'autres garçons sont avides de prendre votre place.

Le sourire d'Aubin s'élargit. La menace était creuse, et il le savait. Son maître l'aimait bien. Un peu d'impudence mis à part, il était le plus dévoué et le plus zélé des écuyers.

— Oui, messire. Bonne chance.

Alors que Gauvain mettait le Monstre au pas et prenait place pour la parade, il se demanda si Aubin lui souhaitait bonne chance pour sa rencontre avec dame Roxane ou pour le tournoi.

Elise se frayait un chemin dans la foule sur le côté de la tribune des dames. Elle essayait d'atteindre l'avant. Le soleil était haut dans le ciel, et ses lourdes nattes et son voile lui tenaient chaud. D'un geste irrité, elle écarta ses cheveux de sa nuque. Il restait encore quelques minutes avant le début de la parade.

Elle n'était pas venue pour voir Gauvain, vraiment pas. Elle était là parce que, peu après le départ de Baderon de la rue du Cloître, elle s'était avisée qu'elle n'avait d'autre choix que d'assister au tournoi des Moissons. Elle voulait voir dame Roxane de Sainte-Colombe avant son récital au palais. Elle avait *besoin* de la voir avant. Non parce qu'elle était jalouse de cette femme, même si elle avait le sentiment humiliant qu'elle l'était peut-être bien… Non, il fallait qu'elle voie dame Roxane afin d'éviter que le premier regard qu'elle lui jetterait lui fasse manquer une note. Quelle histoire, si elle perdait le fil au milieu d'une chanson ! Elle ne pouvait se le permettre. Pas alors qu'elle allait enfin chanter à la cour de Champagne !

Sa performance devant le comte Henri devait être

éblouissante, et elle le serait. A condition qu'elle ne soit pas distraite par la femme qui allait épouser Gauvain. Elle déglutit péniblement. La jalousie… Etait-ce ce qu'elle éprouvait ? C'était terriblement laid.

Dame Roxane avait intérêt à apprécier Gauvain. Elle avait intérêt à être une bonne épouse. Il méritait le meilleur.

Elle s'arrêta devant la tribune des dames, la main sur la barrière de bois, bien consciente de ne pas être à sa place près des dames assises sur ces bancs garnis d'épais coussins. Elle regarda les cottes de soie aux tons vifs, les voiles délicats et vaporeux, l'éclat des cercles de tête en or et en argent. Elle venait d'un monde très différent. Certes, elle avait revêtu une des cottes de Blanchefleur, celle en damas argenté aux rubans rouge cerise, et savait qu'elle avait belle allure. Blanchefleur scintillait de son propre éclat, mais elle ne faisait que jouer un rôle. Ces dames étaient réelles.

Elle avait un plan : elle ferait mine de passer par là, simplement, en espérant que dame Isabelle la verrait et la reconnaîtrait. Cela devrait lui donner le temps de découvrir qui était dame Roxane. Ainsi, il n'y aurait pas de choc à redouter le soir, et sa performance au palais serait parfaite.

Un garçonnet aux joues roses sortit la tête de sous la barrière et lui adressa un grand sourire.

— Holà.

Elise lui rendit son sourire.

— Holà.

Quel bel enfant ! Elle se sentit fondre. Souriant toujours, elle reprit sa marche. Dame Isabelle était assise au centre de la tribune. Feignant de ne faire que passer, Elise se déplaça lentement, ses yeux passant les dames en revue. Elle avait entendu dire que dame Roxane était blonde, mais…

— Elise ? Elise Chantier ?

En un instant, dame Isabelle quitta son banc et vint à la barrière.

— Elise ! Quel plaisir de vous voir !

Elle désigna le long banc couvert de coussins.

— Venez vous joindre à nous.

Le cœur d'Elise bondit.

— Oh ! non, ma dame, je ne pourrais pas !

S'asseoir dans la même tribune que dame Roxane ? Ce n'était vraiment pas possible.

— Sottises !

La comtesse la tira par le bras.

— J'ai souvent pensé à vous. Venez, et racontez-moi ce que vous avez fait depuis que nous nous sommes vues. Vous semblez aller bien. Chantez-vous toujours ?

Dans un bruissement de soie et de brocart, les gentes dames de Champagne et de France se glissèrent le long du banc pour lui faire de la place. Avant de s'en rendre compte, elle se retrouva assise sur un gros coussin à côté de la comtesse Isabelle. Elle ne se sentait pas à sa place parmi ces dames bellement parées et richement parfumées. Elle n'était pas de ce milieu ! Se sentant complètement piégée, elle fixa la barrière devant elle en se demandant dans combien de temps elle pourrait s'excuser. Il y avait des règles, ici, une étiquette certainement aussi précise et contraignante que la règle qu'elle avait connue au couvent. Elle avait trouvé assez difficile de se plier à cette dernière, mais ici… elle n'avait aucune idée de ce qu'elle devait faire. Elle allait sûrement commettre une erreur et causer de graves offenses.

— Vous chantez en ce moment, Elise ? demanda dame Isabelle.

— Oui, ma dame, je chante.

Elle n'allait pas mentionner Perle. Elle ne dirait rien de tous les mois où elle n'avait pas pu chanter, des mois où il avait fallu se débrouiller pour survivre. Cela ne servirait à rien ; on ne pouvait attendre que la comtesse Isabelle comprenne une vie si différente de la sienne.

— Où séjournez-vous ? Pas dans le Quartier des Etrangers, j'espère ?

Elise sourit tristement. La façon dont dame Isabelle baissait la voix pour parler du campement était une preuve de plus, si nécessaire, de l'abîme qui existait entre elles. La jeune comtesse ne mettrait jamais les pieds dans un endroit comme le Quartier des Etrangers. Et si, une fois, elles avaient bravé ensemble le Sanglier noir, une chose pareille ne se reproduirait jamais. Le comte d'Aveyron ne le tolérerait pas.

— J'étais au Quartier des Etrangers.

Plusieurs regards curieux étaient posés sur elle. Des dames se penchaient pour entendre ses réponses. De grands yeux avides la parcouraient de haut en bas, jaugeant sa cotte, son voile. Elle se redressa et joua avec l'une de ses nattes, tordant et détordant le ruban cerise qui la liait. Dieu merci, elle s'était habillée avec soin. Elle ne savait pas vraiment pourquoi elle avait choisi le damas argenté. Par instinct, supposait-elle. Par fierté. Elle n'aurait certes jamais rêvé que la comtesse Isabelle l'invite dans la tribune des dames, mais venir au Champ des Oiseaux dans une belle tenue lui avait donné de l'assurance.

Dame Isabelle haussa les sourcils.

— Vous étiez ?

Les joues d'Elise s'embrasèrent.

— J'ai un logement, maintenant.

Elle jeta une œillade de côté à l'une des autres dames et se demanda si celle-ci serait choquée d'apprendre que son logis lui avait été trouvé par Gauvain Estève, comte de Meaux. Qu'en déduiraient ces dames ?

En s'efforçant de rester discrète, elle les étudia. Laquelle était dame Roxane ? La dame très mince sur la gauche ? Ou cette autre, très jeune, à la droite de dame Isabelle ? Ce pouvait même être la femme à la grosse poitrine assise légèrement derrière elles...

— Vous logez en ville ?

— Oui, ma dame, dans la rue du Cloître.

— Très bien.

Les sourcils de dame Isabelle grimpèrent d'un cran.

— Vous avez eu de la chance de trouver ce logement.

— En effet.

Un autre regard discret poussa Elise à conclure que dame Roxane ne pouvait pas être à la droite de la comtesse. Cette personne était bien trop jeune. Non. Dame Roxane devait être soit la dame très mince en rouge, soit celle derrière elle. Toutes deux étaient d'une beauté remarquable. Non que cela ait de l'importance…

Elise toucha le bras de la comtesse.

— Ma dame, je vous remercie de m'avoir invitée ici. J'espère que vous comprenez combien j'ai été désolée de quitter la Corbelière au début de l'année.

— Je me suis inquiétée quand vous avez disparu, mais votre message m'a tranquillisée.

Dame Isabelle sourit.

— Toutefois, c'est bon de vous revoir. C'était une période difficile pour moi, et je ne vous ai jamais remerciée d'avoir été un tel soutien. Vous m'avez manqué.

— Vous êtes trop aimable.

— Non, c'est vrai.

Le regard de la comtesse se fit vague.

— Tout de suite après votre départ, le château entier a été sens dessus dessous. Je me souviens que Gau…

Une sonnerie de trompettes l'interrompit et tous les yeux se tournèrent vers la lice.

— Nous échangerons nos nouvelles plus tard, reprit-elle. La parade va commencer.

Le comte d'Aveyron participait aux joutes préliminaires. Gauvain et lui devaient conduire leur équipe tandis qu'ils paradaient autour du champ.

Gauvain accrocha son heaume au pommeau de sa selle et guida le Monstre sur la droite de Luc. Le caparaçon rouge de son destrier dansait comme une flamme ; le griffon peint sur son écu brillait.

L'étendard de Luc, avec son corbeau noir sur un champ bleu, était suspendu au-dessus de la tribune des dames. Quand Gauvain jeta un coup d'œil dans cette direction, il eut un frisson glacé. Il n'y en avait plus pour longtemps ; il allait bientôt rencontrer dame Roxane. Cette sensation de froid s'installa dans ses entrailles. Il s'aperçut avec stupeur qu'il n'avait jusque-là jamais beaucoup réfléchi au mariage. Il avait supposé avec légèreté que se marier serait facile. Une fois que sa promise avait été choisie par le roi et son oncle, il n'avait à aucun moment songé à remettre leur choix en question. Il avait été content d'entendre parler de la beauté renommée de dame Roxane, content de savoir qu'il épouserait une héritière ayant de bonnes relations en France. Maintenant, cela ne signifiait plus rien pour lui. Il ne s'en souciait tout simplement pas. Il ne pouvait penser qu'à deux grands yeux bruns. Il fit rouler ses épaules. Il ferait son devoir, bien sûr, mais…

— Luc Vernon, comte d'Aveyron ! cria le héraut en lisant sur son rouleau de parchemin les titres et marques honorifiques de Luc.

Une clameur monta de la foule. Luc avait rendu à ces tournois leur gloire d'antan. A vrai dire, il les avait tant améliorés qu'ils étaient encore mieux que du temps de son père. Cela l'avait rendu populaire. Etant donné que Luc était l'organisateur du tournoi, Gauvain lui laissa la préséance, retenant le Monstre jusqu'à ce que le héraut annonce son nom.

— Gauvain Estève, comte de Meaux, seigneur des…

Gauvain n'était pas sur son domaine, mais il avait été intendant de la Corbelière et sa famille possédait le manoir des Rosières près de Troyes depuis des générations. Bon nombre de gens le soutenaient en Champagne. Le Monstre fit un bond en avant dans un chœur de cris et d'applaudissements. Le bruit de ses sabots sonnait creux sur le sol très sec tandis qu'il se dirigeait vers la tribune des dames.

Lorsque Gauvain tira sur les rênes, un nuage de poussière grise flotta autour de lui, et il eut l'impression que la moitié vint se loger dans sa gorge. Un gobelet de cervoise aurait été le bienvenu pour la faire passer.

Sur sa gauche, Luc avait relevé sa visière et exécutait un tour qui avait la faveur des dames : son destrier pliait un genou et courbait la tête. C'était une manœuvre délicate à réaliser pour un cheval, surtout quand il portait un chevalier en cuirasse. Le caparaçon de soie bleue ondulait autour des jambes de l'animal. Les dames applaudirent, sourirent et tournèrent des regards pleins d'attente vers Gauvain. Un petit silence tomba.

— A votre tour, fit Luc avec un grand sourire.

— Allez rôtir en enfer, Luc.

C'était un défi que Gauvain ne pouvait ignorer, même si, pour la première fois de vie, il avait envie de tourner bride. Ce n'était pas la pensée de rencontrer sa promise. C'était la pensée de toutes ces femmes, de gentes dames, qui l'observaient. Cela ne lui plaisait pas, mais il ne pouvait y échapper. Il devait faire au moins aussi bien que le tour de Luc. Sa bouche se releva d'un côté. Il n'allait pas faire aussi bien que Luc ; il allait faire mieux ! Il claqua fortement de la langue, se pencha en avant sur sa selle, donnant des ordres de la voix, des mains et des genoux.

— Danse, Monstre. Danse.

Lentement, majestueusement, le destrier se dressa sur ses postérieurs et se mit à tourner. Le terrain parut osciller et Gauvain perdit les dames de vue. Il put voir en revanche les corbeaux qui volaient au-dessus d'un bouquet d'arbres, l'extrémité de la lice, son pavillon rouge, les écuyers qui faisaient rouler les râteliers à lances…

Quand les dames revinrent dans son champ de vision, il entendit un soupir monter de la tribune. La foule cria son approbation. Les antérieurs du Monstre frappèrent la

125

terre battue et Gauvain se retrouva face à deux yeux bruns. Son cerveau se paralysa.

Elise ! Il ne vit personne d'autre. Il releva sa visière. Par tous les diables ! Son esprit lui jouait-il des tours ?

Non, elle était bien là, jouant paresseusement avec le ruban cerise qui attachait ses cheveux. Il serra les dents et sentit ses joues s'embraser. Elise... Sa cotte était d'un subtil damas gris qui n'aurait pas paru déplacé à la cour de France. Son voile était aussi léger que de la gaze. Elle était magnifique et avait tout d'une dame. Il fronça les sourcils. Pourquoi était-elle là ? Si belle qu'elle soit, elle ne devrait pas être dans cette tribune.

Sans doute dame Isabelle l'avait-elle invitée. Seigneur ! Allait-il devoir faire la connaissance de dame Roxane avec Elise observant chacun de ses gestes ? Cette rencontre pouvait-elle devenir encore plus difficile ?

Luc était toujours devant lui. Il s'était avancé jusqu'à la barrière, la comtesse Isabelle s'était penchée pour attacher une faveur bleue au bras de son époux. Bien trop tôt, Luc recula, l'abandonnant à son épreuve.

La comtesse lui fit signe d'avancer. Rivant les yeux sur elle, déterminé à ne pas regarder du côté d'Elise, il s'approcha de la barrière.

— Messire Gauvain.

Le regard de dame Isabelle, fixé sur son visage, se fit soudain scrutateur, puis il la vit jeter un coup d'œil en direction d'Elise.

— C'est un plaisir de vous voir ici aujourd'hui.

— Le plaisir est pour moi, ma dame.

— Messire.

La comtesse fit un geste et la jouvencelle assise à sa droite se leva.

— Permettez-moi de vous présenter dame Roxane de Sainte-Colombe.

Une enfant ! Sans savoir comment, Gauvain garda un visage impassible. Il regardait une enfant parée d'une cotte écarlate assortie au rose de ses joues. De la soie bruissa lorsqu'elle bougea. Son voile — une chose bleue, diaphane — était tenu en place par un cercle en or serti de pierres précieuses rouges qui jetaient des feux. Une simple croix en or était accrochée à son cou. L'or était véritable, aucun doute là-dessus, et les pierres devaient être des rubis. Gauvain éprouva une sensation de malaise. Il y avait quelque chose de mis en scène dans l'apparence de dame Roxane. La cotte et les ornements avaient été choisis avec soin pour s'assortir à ses couleurs, et il ne pouvait rien y redire. C'était un geste de courtoisie. Pourtant…

Regardant au-delà du tableau qu'offrait sa promise, Gauvain ne vit qu'une très jeune fille. Elle paraissait terriblement nerveuse.

Dame Roxane est une enfant. Une enfant trop maigre.

L'enfant s'avança et une toute petite main blanche fut placée dans la sienne. Elle tremblait un peu.

Derrière elle, aucune des dames ne bougeait. Tout le monde semblait retenir son souffle, y compris elle-même. Elle écarquillait de grands yeux bleus et, tandis qu'elle l'étudiait, le rose disparut de ses joues. Seigneur, cette situation pouvait-elle encore empirer ? Il en doutait. Dame Roxane avait peur. De lui ? D'un rejet ? Il était content d'avoir relevé sa visière. Avec un peu de chance, cela le rendait moins intimidant.

Il s'efforça d'ignorer la pensée troublante que des yeux bruns l'observaient. Il mit un sourire dans sa voix.

— Dame Roxane, c'est un grand plaisir de vous rencontrer.

— Me… merci, messire.

Sa voix était agréable, même si elle tremblait presque autant que sa main.

— J'espère que vous me ferez le grand honneur de m'accompagner au banquet ce soir, dit-il gentiment.

La petite main frémit dans la sienne. De longs cils s'abaissèrent, cachant les yeux.

— Oui, messire. Je… je m'en fais une joie.

C'était le moment où elle devait lui offrir sa faveur. Comme rien ne se passait, il lui pressa les doigts.

— Dame Roxane ?

— Messire ?

— Votre faveur ?

— Oh ! Oui, oui, bien sûr.

Un foulard écarlate apparut, au bord brodé d'or. Ses couleurs, encore. Dame Roxane tremblait peut-être de nervosité, mais elle avait été bien éduquée et tout avait été soigneusement préparé. Elle attacha le foulard autour de son bras.

— Merci, ma dame. Je vais m'efforcer de vous faire honneur.

Après avoir incliné la tête devant sa promise, il fit voleter le Monstre, laissant la place aux autres chevaliers qui se mettaient en file pour se présenter à la tribune de la comtesse Isabelle.

Le reste de la parade se déroula dans une sorte de flou. Gauvain aurait dû étudier leurs adversaires, mais son esprit n'y était pas. Il vérifia la longueur de ses étriers. Changea d'avis, deux fois, sur l'épée qu'il utiliserait et cria après Aubin qu'il trouvait trop lent. Sa concentration était brisée. A plusieurs reprises, il fut tenté de regarder dans la direction de la tribune des dames et, chaque fois, il se contrôla.

Il ne devait pas se permettre d'être distrait. Ce n'était pas parce qu'Elise — il jura, coupa court à cette pensée en train de se former —, ce n'était pas parce que dame Roxane était assise à côté de dame Isabelle qu'il avait besoin de regarder sans cesse vers cette tribune.

A côté de lui, le harnais de Luc craqua. Le comte d'Aveyron se racla la gorge et fit un mouvement de la tête vers les dames.

— Alors, qu'en pensez-vous ? Elle est jolie, non ?

Gauvain le regarda d'un air absent. Il s'efforçait de ne penser à aucune des dames de la tribune, et il fallut un moment à la question pour pénétrer son esprit.

— Gauvain, m'avez-vous entendu ?

Gauvain s'ébroua pour s'éclaircir les idées.

— Elle est renversante, parvint-il à dire.

Le foulard rouge attaché à son bras parut frissonner.

Luc pencha la tête de côté, attendit, puis leva un sourcil.

— Est-ce tout ce que vous trouvez à dire ? Vous allez finalement épouser l'héritière de vos rêves, une héritière qui a l'air d'un ange, et tout ce que vous pouvez dire, c'est qu'elle est « renversante » ?

Gauvain pinça la bouche en une ligne ferme.

— Qu'y a-t-il d'autre à dire ?

Il fronça les sourcils.

— C'est une enfant !

Luc lui décocha un regard étrange.

— Elle a dix-sept ans. C'est jeune, oui, mais elle a certainement un âge suffisant.

— Dix-sept ans ?

Oui, Gauvain se rappela tout à coup qu'on le lui avait dit. A ses yeux, elle semblait avoir douze ans.

— C'est une enfant, répéta-t-il.

La parade était presque terminée. Le dernier des chevaliers de l'équipe de Troyes s'approchait de la tribune de la comtesse Isabelle. Des dames agitèrent des faveurs sous son nez, mais il les ignora toutes. Il fixait une silhouette discrète dans une cotte gris argenté. Gauvain se raidit. Il vit dame Isabelle parler à l'homme, en indiquant les nombreuses faveurs exposées devant lui. Le chevalier secoua la tête. Il regardait Elise comme s'il était envoûté. Il dut la demander expressément, car la comtesse fit signe à Elise de venir jusqu'à la barrière.

Le pouls de Gauvain se mit à pulser à ses tempes. Il était vaguement conscient de Luc qui parlait à son écuyer, Joris. Quelque chose à propos de l'usage de lances émoussées au début du tournoi. Trop occupé à observer Elise qui souriait gentiment au chevalier, il n'entendit pas grand-chose. Elle détacha le ruban cerise de ses cheveux et l'attacha à son bras. L'homme salua, souriant jusqu'aux oreilles, puis se retira et alla prendre sa place dans l'équipe troyenne.

Son écu était bicolore — rouge et noir, avec ce qui semblait être une colombe blanche ou un bateau au centre. Gauvain ne put identifier ces couleurs. Il avait l'estomac noué.

— Luc, qui est cet individu ?

Luc s'interrompit et se tourna vers lui.

— Hmm ?

Gauvain lui désigna l'homme du doigt.

— Le chevalier qui vient juste de rejoindre les Troyens. Qui est-ce ? Son écu est bicolore, rouge et noir. Le motif ressemble à un bateau ou à un oiseau d'argent.

— C'est messire Olier des Landes.

Elise était de nouveau sur le banc à côté de la comtesse, et il sembla à Gauvain que ses joues étaient rougies. Dame Isabelle lui adressa une remarque, et sa rougeur s'intensifia.

— Des Landes ?

Remarquant que Luc le regardait d'un air pensif, il baissa brusquement sa visière. Il ne voulait pas que son ami déduise trop de choses de son intérêt pour cet homme.

— Jamais entendu parler de lui.

— Ses possessions sont dans le Sud-Ouest, en Aquitaine, je crois. C'est un grand domaine, mais la terre est assez pauvre. Pourquoi ?

— Pour rien en particulier. C'est juste que je ne le reconnaissais pas.

Il désigna d'un signe de tête les postes avec les lances.

— J'espère que nous allons bientôt commencer. Cette attente est interminable.

Luc rit.

— Entièrement d'accord.

Ce tournoi n'était pas le premier auquel assistait Elise, et elle avait des sentiments mélangés à leur endroit. Tandis qu'elle regardait les étendards accrochés le long de la barrière, la forêt de lances aux couleurs vives dans les râteliers, elle se rappela la dernière fois où elle était venue au Champ des Oiseaux. Elle était avec dame Isabelle, également, mais elles n'avaient pas vu de joute. L'un des chevaliers du comte Luc avait été assassiné avant que le tournoi ne commence. Elise avait vu le corps. Le pauvre garçon — il était jeune pour un chevalier — avait été égorgé. Son sang avait éclaboussé le pavillon du comte ; du sang aussi rouge que le rouge de l'écu de Gauvain.

Du sang… Elle se mordit la lèvre. L'écu de Gauvain était couleur de sang. Bizarrement, elle avait toujours pensé que ce rouge représentait le feu, mais cela pouvait tout aussi bien être du sang. Il était un guerrier. Le cœur au bord des lèvres, elle déglutit.

Sainte Marie, faites que son sang ne soit pas versé aujourd'hui !

S'il devait être blessé, elle n'était pas sûre de pouvoir contrôler sa réaction.

— Elise, allez-vous bien ? demanda doucement dame Isabelle. Vous êtes toute pâle.

Elle fit une grimace.

— Je me rappelais la dernière fois où nous étions ici.

— Vous pensez à messire Geoffroy.

La comtesse lui adressa un sourire rassurant.

— C'était tragique, mais n'oubliez pas que cela n'avait aucun rapport avec le tournoi. C'était lié au vol de la relique de Conques.

— Je m'en souviens.

— Je doute que du sang soit versé aujourd'hui, continua la comtesse. Luc a décrété que les lances seraient émoussées dès le début. Ils ne font que s'exercer.

Malgré cette assurance, Elise ne put s'empêcher de frissonner. Elle regarda d'abord les couleurs des chevaliers de Troyes, puis celles des hommes qui se rassemblaient du côté du comte Luc.

— C'est à la guerre qu'ils s'exercent, ma dame. A la guerre.

Elle se sentait vaguement nauséeuse. Si Gauvain était blessé ? S'il gagnait ? Seigneur ! elle n'était pas sûre de pouvoir se contenir dans un cas comme dans l'autre. S'il gagnait un point, elle aurait du mal à rester assise. Et s'il était jeté à bas de son cheval…

Je l'aime. Je ne veux pas qu'il soit blessé !

Il lui vint à l'esprit que l'épouse d'un guerrier comme Gauvain devrait s'habituer à ce genre de sentiments. Certes, une épouse ne tiendrait peut-être pas autant à lui qu'elle, mais s'il était bel et bien blessé… Les dames devraient toutes être entraînées à l'art de guérir. Dame Roxane paraissait terriblement jeune. Possédait-elle les bons talents ?

Le banc craqua quand Elise se tordit le cou pour voir au-delà de la comtesse. Elle croisa le regard de dame Roxane.

— Excusez-moi, ma dame…

La jeune fille tourna de grands yeux bleus vers elle.

— Oui ?

— Mes félicitations pour vos fiançailles, dit Elise.

Sa voix avait un son étrange. Les mots l'étouffaient presque.

— Merci.

— Vous avez attendu ce moment longtemps ?

Elise sentait que dame Isabelle la regardait avec curiosité, mais elle ne pouvait s'arrêter. Elle devait avoir la certitude que si Gauvain était blessé, dame Roxane serait capable de le soigner.

Dame Roxane parut perplexe.

— Pas très longtemps, en vérité. Mon père a signé les accords avec le comte de Meaux très récemment.

— Je vois. Mais vous avez dû être préparée au mariage en général, insista Elise.

Elle savait que les dames nobles étaient formées avec rigueur. Plus haut était son statut, plus une gente dame

132

avait à apprendre. Quelqu'un comme dame Roxane, la filleule du roi de France, avait dû être entraînée à diriger plusieurs maisonnées ; elle avait sûrement appris comment commander aux serviteurs afin que Gauvain et elle puissent aller promptement d'une propriété à une autre ; on avait dû aussi lui enseigner à se débrouiller seule en l'absence de son époux. Et, le plus important, elle avait certainement appris tout ce qu'il y avait à savoir dans l'art de guérir.

Les yeux bleus de dame Roxane, intrigués, croisèrent les siens.

— J'ai été entraînée à m'occuper d'un grand domaine, avec tout ce que cela comprend.

Elise s'efforça de garder un sourire éclatant. Du moins espérait-elle qu'il était éclatant. Il lui semblait plutôt forcé.

— Pour ma part, j'ai toujours eu un intérêt particulier pour les simples et l'art de la guérison.

Dame Roxane inclina poliment la tête.

— C'est très intéressant.

Ce qui ne révéla absolument rien à Elise. Consciente que la comtesse Isabelle écoutait chacun de ses mots, elle se recula avec un soupir. Elle devrait s'en tenir à cela. Si elle en disait davantage, elle pourrait éveiller les soupçons, et la dernière chose qu'elle souhaitait était de provoquer une brèche dans le mariage de Gauvain avant même qu'il ait été célébré. Malgré ce qu'elle éprouvait pour lui et bien qu'elle lui ait donné un enfant, Gauvain n'était pas à elle et ne le serait jamais.

Elle ne devrait d'ailleurs pas être dans cette tribune. Ce n'était pas son monde, et elle n'y avait pas sa place.

Elle toucha le bras de dame Isabelle.

— Ma dame, vous avez été très aimable de m'inviter à m'asseoir près de vous, mais je pense que je vais rentrer en ville.

La comtesse la regarda, soucieuse.

— Vous ne vous sentez pas bien ?

— Rien de grave.

Elise toucha sa tempe.

— J'ai juste une légère migraine. Ce doit être la chaleur.

Venir avait été une erreur. Elle aimait Gauvain. L'amour l'avait saisie par surprise… En vérité, la pensée « Je l'aime » lui semblait aussi familière qu'une vieille amie. Elle l'aimait probablement depuis longtemps. Etait-ce déjà le cas l'année précédente ? C'était possible. Il était quelqu'un de bien et méritait l'amour de n'importe quelle femme. Elle regrettait de n'avoir pas compris plus tôt que ce qu'elle éprouvait pour lui était de l'amour. Elle ne serait pas partie aussi rapidement au début de l'année ; ils auraient pu avoir plus de temps ensemble.

— Si vous avez soif, je peux demander des boissons, proposa dame Isabelle.

— Non, merci, ma dame.

Elle baissa la voix et prit un ton confidentiel.

— Pour tout dire, je suis un peu tendue.

— Oh !

— Je chante au banquet des Moissons ce soir, et j'ai besoin de me préparer.

Le visage de la comtesse s'éclaira.

— Vous chantez au palais ? Elise, c'est merveilleux ! Je suis impatiente de vous entendre.

— Merci. Ce sera bon de savoir que j'ai des amis, ce soir.

Dame Isabelle lui pressa la main.

— Tout ira bien.

L'estomac d'Elise se crispa. Elle n'en était pas si sûre : elle allait chanter devant Gauvain le soir de ses fiançailles. Elle secoua la tête pour chasser ces pensées qui ne servaient à rien, puis se leva et fit la révérence à la comtesse.

— Merci de votre amabilité, ma dame. Je pense vraiment qu'il vaut mieux que je rentre en ville.

Jusque-là, elle n'avait jamais éprouvé le besoin de se reposer avant un récital, mais elle ne s'était jamais sentie à ce point anxieuse.

Dame Isabelle jeta un coup d'œil entendu vers Gauvain qui se préparait à entrer en lice et murmura :

— C'est peut-être sage.

Elise sut alors qu'elle avait pris la bonne décision.

Chapitre 8

Elise et Baderon étaient attendus au palais tout de suite après les vêpres. Le luthiste frappa à la porte de la rue du Cloître un moment avant que les cloches ne sonnent.

— Bonsoir, Blanchefleur, dit-il.

Avec un grand sourire, il lui fit une courbette accompagnée d'un geste l'invitant à le suivre.

Elise prit son châle et sortit. Il faisait bien trop chaud pour se vêtir d'une mante et, même à l'heure tardive où elle rentrerait, il ferait encore bon.

Baderon la regarda de haut en bas d'un air appréciateur. Les hommes d'armes de Gauvain la fixèrent, bouche bée. Elle portait la plus belle cotte de Blanchefleur. L'étoffe, une rare et coûteuse soie dorée, était la plus précieuse de toutes celles qu'elle ait jamais possédées. Elle scintillait et brillait au moindre mouvement. Le drapier à qui elle l'avait achetée à Poitiers avait juré qu'elle venait de Byzance. Elle ne l'avait pas tout à fait cru, mais elle savait reconnaître une belle étoffe quand elle en voyait une.

— Eh bien ?

Elle releva l'ourlet de ses jupes et tournoya afin que la cotte se déploie autour d'elle. En tant que Blanchefleur Le Fay, elle avait l'habitude qu'on la regarde et lui décoche des coups d'œil admiratifs.

— Est-ce assez bien pour le palais ?

Baderon soupira et tendit la main pour toucher l'étoffe.

— De la soie lamée d'or ? Seigneur, quelle cotte ! L'avez-vous faite spécialement pour ce soir ?

Elise secoua la tête.

— J'ai acheté le tissu dans le Sud voilà près de deux ans.

Ses lèvres s'incurvèrent.

— Blanchefleur a insisté pour que je l'achète.

Consciente que converser était une distraction qui calmerait leur nervosité, elle passa le bras d'une façon bon enfant sous celui de Baderon et ils se mirent en marche. Ils n'étaient qu'à un jet de pierre du palais.

— Blanchefleur est beaucoup plus extravagante que moi. L'étoffe était horriblement chère, et il se trouve qu'elle ne l'a presque pas portée. Quand Perle s'est annoncée, cette cotte est vite devenue trop juste.

Baderon s'arrêta pour lui dédier une autre courbette courtoise.

— Quoi que vous l'ayez payée, cela en valait la peine. Blanchefleur, vous avez l'air d'une princesse !

Elise mit la main sur son cœur.

— Eh bien, merci, aimable sieur.

On leur avait dit de demander l'intendant dans la loge du portier près des écuries. Une rangée de nids de martinets courait sous les chevrons. Pendant qu'ils attendaient l'arrivée de l'intendant, ils restèrent dans la cour à écouter les oiseaux piailler en fendant l'air au-dessus d'eux. Les cloches des vêpres se mirent soudain à sonner, et Elise frissonna.

Baderon lui toucha la main.

— Elise ? Qu'y a-t-il ?

Elle haussa les épaules.

— Un écho du passé. Ce n'est rien.

Elise adorait la musique et prenait plaisir à entendre presque tous les sons harmonieux. Sauf celui des cloches. Il n'en avait pas toujours été ainsi. Lorsqu'elle était petite, elle aimait les cloches, mais les années de couvent l'avaient privée de ce plaisir particulier. Désormais, les cloches de

138

la cathédrale servaient à lui rappeler la période où elle était cloîtrée, quand chaque jour était une journée perdue — une journée passée en prison.

— Je vais bien, Baderon. Vraiment.

— Bon.

Le musicien se tourna pour contempler un bâtiment imposant.

— Ce doit être la grande salle.

Même si le soleil n'était pas encore couché, de la lumière brillait à travers les hautes croisées ajourées. A l'intérieur, de nombreuses bougies devaient être allumées. Une large volée de marches conduisait à la porte à deux battants flanquée par des gardes. Le surcot bleu, blanc et or qu'ils portaient sur leur armure les désignait comme des hommes du comte Henri. Les portes ouvertes laissaient échapper des éclats de rire. Elise entendit le faible pincement d'une harpe, suivi par d'autres rires.

— Voilà qui paraît prometteur, dit Baderon. Notre tour de chant se passera mieux si les gens s'amusent déjà.

— Oui.

Elle hocha distraitement la tête et secoua ses jupes. Cette performance devait être un triomphe ; son avenir en dépendait. Elle mettrait tout son cœur dans son chant et prierait pour ne pas être distraite par Gauvain. Elle ne le permettrait pas. Il serait dans la grande salle, sur l'estrade probablement, assis parmi ses pairs. Dame Roxane serait à son côté et…

Non. Elle ne le laisserait pas la distraire. Blanchefleur Le Fay chanterait de tout son cœur et, après le récital, les engagements afflueraient.

— Baderon, voudrez-vous bien noter toutes les demandes que Blanchefleur pourra recevoir à la suite de cette soirée ?

Normalement, il incombait à André de s'occuper des propositions. Comme il était absent et que Vivienne était avec les enfants, Elise espérait que Baderon s'en chargerait. Blanchefleur elle-même ne pouvait s'abaisser à discuter des conditions de ses récitals. Le fait que de telles tractations soient triviales pour elle faisait partie de son mythe.

Baderon acquiesça.

— Bien volontiers.

L'intendant, l'un des chevaliers du comte Henri, arriva, l'air affairé, et leur fit franchir une petite porte donnant sur un couloir sombre longeant un côté de la grande salle. Le son de la harpe et le bruit des rires se firent plus forts. L'air était riche d'odeurs — des parfums entêtants et ceux, plus domestiques, de pain chaud et de viandes rôties, de jonchées foulées par de nombreux pieds. Un flot de serviteurs passait par là, et Elise aperçut de grands plateaux de fromage et de pâtisseries, d'autres chargés de coupes et de verres. Un chien gronda. Un autre jappa.

— Vous pouvez attendre dans cette chambre, dit l'intendant. On vous appellera juste avant votre tour.

Il les fit entrer dans une pièce minuscule seulement meublée d'une chaise à pieds croisés, d'un tabouret et d'une table basse. Un pichet de vin, quelques coupes et un chandelier étaient posés dessus, ainsi qu'un plateau de pain et de fromage. L'intendant désigna l'ensemble.

— Restaurez-vous. S'il vous faut autre chose, demandez à l'un des serviteurs. Ils seront heureux de vous servir.

— Merci, messire, répondit Elise. Je ne mange jamais avant un récital, mais Baderon a peut-être faim.

— Non, non, ça va, merci.

L'intendant sortit et Baderon le suivit, sans doute avec l'intention d'aller écouter les autres baladins. Il pouvait y avoir des acrobates, des danseurs...

Elise se laissa choir sur la chaise et contempla ses mains. Elles tremblaient un peu, ce qui n'avait rien d'étonnant. Il lui avait fallu des années pour arriver ici. Sa nervosité n'était pas inattendue ; elle avait toujours su que ce serait dur. Ce qu'elle n'avait pas escompté, c'était qu'elle devrait affronter un public qui comprenait non seulement le comte de Champagne et la moitié des nobles de France, mais aussi l'homme qu'elle aimait.

L'idée qu'elle aimait Gauvain ne la surprenait plus. En vérité, elle était déjà probablement amoureuse de lui à la fin de l'année, mais elle s'y attendait si peu qu'elle avait été lente à reconnaître ses sentiments. Elle y avait vu un goût prononcé pour Gauvain. De l'admiration. Du désir.

Je l'aimais tout ce temps et je ne m'en rendais pas compte…

Il avait fallu ces derniers jours pour qu'elle discerne la vérité. Gauvain s'était montré si aimable. Découvrir qu'il était père avait dû être un énorme choc pour lui et, cependant, il avait été si tendre avec Perle, si attentionné au sujet d'André.

Gauvain n'avait jamais été à elle, pas même l'année précédente. Lorsqu'ils étaient amants, il était seulement chevalier, plus proche d'elle par le rang que le comte de Meaux, mais ils venaient de mondes différents. Elle l'avait su dès le début. Etait-ce pour cela qu'elle n'avait pas compris que ce qu'elle éprouvait pour lui était de l'amour ? Probablement. Il y avait aussi le fait que, l'hiver dernier, son unique but était d'apprendre comment Morwenna était morte. Cette quête avait éclipsé tout le reste.

Peu importait. Gauvain n'était tout simplement pas pour elle. Elle l'aimait, mais il ne devait jamais l'apprendre. Il se mariait selon les volontés du roi et de sa famille, et cette union lui apporterait des terres et du prestige. Ce banquet était en quelque sorte son festin de fiançailles, et elle en était le divertissement.

Gauvain courtisait dame Roxane ; il lui faudrait fermer les yeux là-dessus. Elle devrait chanter, c'était pour cela qu'on la payait. Chanter, tout simplement.

Elle ressentit une douleur aiguë dans la poitrine et, distraitement, se massa le sternum. Elle pouvait le faire. Elle chanterait comme un rossignol et personne, en particulier Gauvain, ne se douterait que son cœur se brisait.

Elle chanterait pour lui. Ce serait le récital le plus difficile de sa vie. Il mobiliserait toute la discipline à laquelle elle s'était astreinte au fil des années, mais elle savait qu'elle pouvait y arriver. Il le fallait. Elle noua les mains sur ses genoux et fixa la croisée sans la voir. Elle se sentait davantage portée à hurler qu'à chanter, mais hurler était hors de question. Hurler pourrait abîmer sa voix, et il était capital qu'elle chante bien.

Pour Gauvain. Pour elle-même. Et pour Perle. Ses yeux la picotèrent.

La porte grinça. Baderon était de retour. Il la regarda, le front soucieux.

— Seigneur, Elise, vous ne pleurez pas, n'est-ce pas ? Nous sommes les prochains.

Elle se leva, défroissa ses jupes dorées et lui décocha un grand sourire.

— Certainement pas. Blanchefleur Le Fay ne pleure jamais.

Baderon lui jeta un coup d'œil.

— Préparez-vous, il est là.

— Là ? Qui ?

— Messire Gauvain.

Dans un bruissement de soie, elle continua à sourire en traversant la pièce.

— J'imaginais bien qu'il y serait.

Elle s'arrêta, ses joues s'échauffant.

— Savez-vous s'il a eu du succès au tournoi ?

— Son équipe a gagné.

— A-t-il l'air d'aller bien ? Il n'a pas été blessé ?

Baderon lui pressa le bras pour la rassurer tandis qu'elle passait devant lui et sortait dans le corridor.

— Il a l'air bien. Je ne puis en dire autant d'un autre de vos admirateurs.

Elise regarda en arrière.

— Oh ?

— Messire Olier, je crois qu'il s'appelle.

Baderon haussa un sourcil.

— Vivienne m'a dit qu'il vous a courtisée.

Elle se raidit.

— Messire Olier ne me courtise pas. Il s'amuse.

— Pas d'après Vivienne. Elle m'a raconté que lorsque vous étiez à Poitiers, au printemps dernier, il vous a demandée en mariage.

— Messire Olier n'était pas sérieux. Les chevaliers n'épousent pas les filles de troubadours, Baderon.

— Pas même Blanchefleur Le Fay ?

Elle eut un sourire en biais.

— Blanchefleur Le Fay n'existe pas.

— Vraiment ? Vivienne est convaincue que la proposition de messire Olier était sincère.

— Vivienne se trompe. Messire Olier ne pense pas ce qu'il dit. Il s'amuse, c'est un jeu.

— Pourtant, Vivienne est formelle, messire Olier le pense. Elle m'a parlé des fleurs qu'il envoie… des présents…

Cette fois, Elise fronça les sourcils.

— Vivienne parle trop. Messire Olier fait cela pour la galerie, et je lui en suis très reconnaissante. Refuser son offre ne fait qu'ajouter au mystère de Blanchefleur. Il n'est pas sérieux. Je vous le répète, les chevaliers n'épousent pas des personnes comme moi.

Baderon indiqua d'un mouvement de tête la porte de la grande salle.

— Messire Olier porte votre faveur, ce soir. J'ai reconnu le ruban. Il faut que je vous prévienne : il a un œil au beurre noir et tout le visage couvert de bleus.

— Oh ! le pauvre ! Qu'est-il arrivé ?

Les lèvres de Baderon frémirent.

— Messire Gauvain l'a désarçonné.

Elise se figea.

— Gauvain l'a fait tomber de son cheval ?

— Il s'est jeté sur lui comme un démon dans la mêlée, paraît-il.

Baderon fit rouler ses épaules.

— J'aurais aimé voir ça. Il paraît que messire Gauvain a été à deux doigts d'être disqualifié pour mauvais comportement.

Elise le dévisagea un instant de plus, redressa les épaules et partit vers la grande salle et la performance de sa vie.

Gauvain était assis à la place d'honneur à la haute table du comte Henri, à côté de dame Roxane.

La table était nappée de damas blanc et, selon la tradition, Gauvain et sa promise partageaient un hanap et un tranchoir. Gauvain contemplait d'un air sombre un plat de grue rôtie. Il ne tenait pas à la grue rôtie. Leur hanap était en argent et incrusté de pierres précieuses ; les flammes des bougies se reflétaient sur sa surface brillante.

Au-dessus d'eux, les poutres étaient hérissées de bannières de chevaliers. Des franges dorées luisaient à la lueur du feu, des broderies argentées brillaient. Le griffon de Gauvain étincelait derrière le dais. Des oriflammes bleu et argent, les couleurs de Sainte-Colombe, pendaient à côté.

Le bruit était assourdissant. Le tintement des plats en métal, les éclats de rire, les appels de table à table, le son de la harpe…

— Voudriez-vous choisir un autre vin, ma dame ? demanda Gauvain en faisant signe à un page.

Il réprima un soupir. Dame Roxane semblait déterminée à suivre le protocole, et il était résigné à une longue soirée pleine de raideur et de formalisme.

— Non, merci, messire. Je préférerais que vous le choisissiez.

Le page s'approcha.

— Mon seigneur ?

— Nous reprendrons du bourgogne, s'il vous plaît.

Au moins, le comte Henri savait ce qu'était un bon vin.

— Bien sûr, mon seigneur.

Quand le jeune garçon eut rempli le hanap, Gauvain invita dame Roxane à goûter le vin. Elle secoua la tête.

— Non, merci, messire.

Gauvain prit le récipient. Ressemblant plus à un ornement qu'à une coupe, il était si ouvragé, avec son pied garni de pierres précieuses, qu'il était difficile à manier. Gauvain but une gorgée et s'efforça de ne pas grimacer. Non seulement l'objet était malcommode, mais il préférait boire dans du verre ou de l'argile. L'argent altérait le goût du vin.

Dame Roxane le regarda timidement.

— Messire Gauvain, si ce vin n'est pas à votre goût, je suis sûre que ce garçon ira en chercher un autre.

Gauvain secoua la tête.

— Inutile, il n'y a rien à redire au vin.

Leurs regards se croisèrent tandis qu'ils se comprenaient sans parler. La bouche de dame Roxane s'incurva et elle se pencha légèrement vers lui. Elle roulait le bord de la nappe damassée entre ses doigts ; elle l'avait fait toute la soirée. Ils étaient assis côte à côte depuis des heures, en représentation devant tous les seigneurs et dames du pays, et elle avait toujours peur de lui.

— C'est la coupe, n'est-ce pas ? murmura-t-elle. Elle donne un mauvais goût à tout.

En hochant la tête, Gauvain la regarda pensivement. Une main tremblante se tendit vers lui, effleura sa manche et se retira vivement. Un battement de cils, et il n'aurait pas vu ce geste.

— Avant que vous n'en disiez plus, messire, je pense que vous devriez savoir que ce hanap est un présent de fiançailles de mon parrain.

Gauvain haussa les sourcils.

— C'est un présent du roi ?

— Oui, messire.

Les lèvres de dame Roxane frémirent.

— Il ne faut pas être grossier à propos du cadeau du roi.

— Je n'y songerais pas.

Gauvain l'étudia. Elle était peut-être trop jeune à son goût, mais elle faisait de son mieux pour obéir aux souhaits de son roi et de son père. Il fronça les sourcils et posa le hanap.

— Ma dame…

Il tendit la main.

— Nous sommes restés assis si longtemps que j'ai l'impression de me changer en pierre. Je suis sûr que personne ne verrait d'inconvénient à ce que nous nous dégourdissions les jambes. La nuit est chaude, et il y a une petite cour au bord du canal. Aimeriez-vous la voir ?

Baissant les yeux, dame Roxane acquiesça d'un murmure et plaça sa main dans la sienne.

— Un canal, messire ?

— Troyes en est pleine. Les commerçants les utilisent pour transporter les marchandises à travers la ville.

Gauvain tourna le dos à la grue rôtie, conscient que tous les yeux étaient rivés sur eux. Les baladins utilisant un corridor, il prit l'autre. Il jeta un bref coup d'œil par-dessus son épaule avant de sortir. Elise avait mentionné qu'elle chanterait ce soir. Attendait-elle là ? Elle avait disparu de bonne heure lors du tournoi — non qu'il ait particulièrement regardé dans sa direction — et il s'était demandé pourquoi. Il espérait qu'elle n'avait pas entendu dire quelque chose de fâcheux à propos de ce maudit André.

— Nous ne devons pas nous attarder. Une de mes amies chante ce soir, dit-il en invitant dame Roxane à franchir la porte. Je ne veux pas manquer son récital.

Il devait reconnaître qu'il était curieux d'entendre Elise chanter en public. C'était une créature si timide, si délicate ; il était difficile de l'imaginer se produisant devant une grande salle pleine de monde. Néanmoins, elle avait manifestement travaillé en vue de son moment de gloire et il voulait y assister. Il voulait être là pour l'applaudir.

Dame Roxane prit ses jupes dans une main tandis qu'ils sortaient dans la cour. Le ciel était enflammé de rouge et d'or ; des martinets voletaient au-dessus d'eux.

— Vous connaissez Blanchefleur Le Fay, messire ?

— Blanchefleur Le Fay ?

— Vous avez dû entendre parler d'elle. La fameuse chanteuse venue du Sud. On m'a dit qu'elle se produisait ce soir.

— Je ne connais pas grand-chose au monde des troubadours, ma dame.

— Cela se comprend. Vous êtes un guerrier.

Gauvain haussa les épaules.

— Quoi qu'il en soit, je pense que mon amie est moins connue.

— Il faudra que vous me la montriez, lorsqu'elle chantera.

— Certainement.

La cour était petite et déjà éclairée par des torches. Des marches descendaient jusqu'au canal. Donnant le bras à dame Roxane, Gauvain la conduisit en haut de l'escalier. L'eau brillait comme du jais poli. Une chauve-souris sortit de nulle part et disparut. Apercevant un banc de pierre, Gauvain se dirigea vers lui. Les jupes de dame Roxane bruissèrent lorsqu'ils s'assirent.

Il prit une grande inspiration.

— Ma dame, j'ai besoin de connaître votre cœur.

— Messire ?

— Nos fiançailles vous agréent-elles ?

— Mais oui, bien sûr.

Elle le regardait comme s'il était devenu fou.

— Le roi… Mon père…

— Oui, oui, ils soutiennent cette union. Mais est-elle à votre goût ?

Il inspira encore.

— Ma dame, ce que j'essaie de vous demander, c'est si vous pensez que vous pourrez en venir à m'apprécier.

— Je vous apprécie déjà, messire Gauvain.

— Je ne suis pas sûr que vous ayez saisi ce que je veux dire.

— Messire ?

Lentement, afin de ne pas l'effaroucher davantage, Gauvain tendit la main vers elle.

— Je crois que nous devrions le vérifier.

Elle ne résista pas. Il commença par un chaste baiser sur la joue et recula la tête pour voir sa réaction. Elle était assise immobile sur le banc, une main crispée sur le bord comme pour se soutenir.

— Tout va bien jusqu'ici ?

— Ou... oui.

Il s'approcha et posa un léger baiser sur ses lèvres. Il s'attarda, mais pas longtemps. Leurs langues ne se touchèrent pas ; Gauvain était trop conscient de cette main agrippée au banc. Sa promise était complètement raidie. Une bûche aurait paru plus accueillante.

— Et cela ?

— Cela va aussi.

Elle avait fermé les yeux, les paupières serrées, mais elle gardait la tête levée vers lui comme si elle s'attendait à un autre baiser. Manifestement, on avait essayé de l'instruire sur ce qui pourrait se passer entre eux. Hélas ! sa réaction ne laissait aucun doute. Il ne lui plaisait pas. Pas de cette façon.

Il se dit qu'elle pourrait se détendre à son égard avec le temps. Pour sa part, lui n'était pas sûr d'éprouver du désir pour elle. Il allait faire un autre essai. Dame Roxane ne lui déplaisait pas, mais il avait espéré au moins un peu de chaleur dans son mariage.

Doucement, il fit glisser un doigt le long de sa joue.

— Ma dame, ouvrez les yeux.

De grands yeux méfiants s'ouvrirent en papillonnant.

— Mettez votre main sur mon épaule.

Elle ne résista pas lorsqu'il desserra sa main crispée sur le banc et la plaça sur son épaule. Son autre main était serrée en un poing entre eux. Craignant de la voir partir en courant, il laissa cette main tranquille. Il lui prit le menton, posa ses lèvres sur les siennes et recula aussitôt.

Une sensation de froid intérieur le gagna. Elle était

terrifiée — il pouvait presque sentir l'odeur de sa peur. Il n'était pas habitué à ce que les femmes réagissent ainsi à ses avances. L'expérience lui laissa un goût amer dans la bouche. Les saints le préservent ! Son oncle avait souhaité cette alliance, le roi l'approuvait. Qu'allait-il faire ? Est-ce qu'un peu de chaleur était trop demander ?

— Détendez-vous, ma dame. Je ne vous ferai pas de mal.

Elle courba la tête et son voile trembla. Sa main glissa de l'épaule de Gauvain et elle saisit la croix qu'elle portait au cou.

— Je vous ai mécontenté, messire Gauvain, et j'en suis désolée. Je jure que j'essaierai de vous complaire dans notre mariage. Je veux être une bonne épouse.

— Je suis sûr que vous le serez.

Il sourit et s'écarta légèrement d'elle. Il était blessant de voir comme elle respirait plus facilement quand il était à une certaine distance.

— Ma dame, si vous prévoyez de vous rendre dans la propriété de votre père, je serai honoré de vous escorter. Le comte Faramus et moi avons beaucoup à discuter.

— Bien sûr. Messire Gauvain, si vous êtes d'accord, je pensais partir demain.

Gauvain hocha la tête.

— Demain me convient.

Il se leva et lui tendit la main.

— Venez, retournons dans la grande salle.

Cette dernière retentissait d'applaudissements, à tel point qu'il semblait que le plafond allait finir par se soulever. Le luthiste Baderon était déjà assis sur un tabouret d'un côté de la cheminée, et une chanteuse en cotte dorée se mettait en place près de lui.

Gauvain regarda mieux, trébuchant presque sur les jonchées tandis qu'il se dirigeait vers l'estrade.

Baderon.

C'était donc Elise, dans la cotte dorée. Dieu merci, il n'avait pas manqué son récital ! Il l'observa en clignant des yeux, gêné par les flammes dansantes des bougies. Sa robe était éblouissante. Elle faisait ressortir à la perfection sa beauté brune.

Regarder Elise lui faisait mal, et cette douleur lui était familière. Il l'avait souvent ressentie. C'était de la nostalgie, une aspiration vers elle. La lumière du feu, derrière elle, découpait sa superbe silhouette, si féminine — cette taille fine, la douce courbe de ses hanches. Seigneur, il la voulait ! Ses lèvres se pincèrent quand il comprit que l'image d'Elise debout devant la cheminée dans le palais du comte Henri serait désormais gravée dans sa mémoire à jamais.

Il se dit que c'était la cotte dorée qui lui faisait éprouver tout cela. C'était juste l'éclat de son voile et de sa robe. Elle paraissait éthérée, comme une fée. Dans cette tenue, elle était complètement ensorcelante. Il n'était pas le seul sous le charme. Autour de lui, les hommes comme les femmes la fixaient, bouche bée, le souffle coupé. Seigneur, la reine Cléopâtre d'Egypte aurait tué pour avoir une robe comme celle-là !

Déglutissant avec peine, Gauvain se rappela qu'il n'était pas libre et qu'il ne devait pas humilier la filleule du roi devant la moitié des nobles de la chrétienté. Il devait suivre le protocole et agir à bon escient. Arrachant son regard d'Elise, il prit le bras de dame Roxane et l'arrêta sur le chemin de l'estrade.

— Ma dame, voici l'amie dont je vous ai parlé tout à l'heure.

Dame Roxane regarda vers la cheminée et son front se plissa.

— La dame en doré ?

— Son nom est Elise.

— Mais, messire, c'est la célèbre chanteuse dont toute la ville parle. C'est Blanchefleur Le Fay.

— Blanchefleur Le Fay, marmonna Gauvain en fronçant les sourcils, les yeux rivés sur le dos de sa promise qui le précédait vers leurs places.

Ce nom ne lui disait pas grand-chose.

— Je ne m'en doutais pas. Et cette Blanchefleur est très connue ?

Dame Roxane regarda en arrière.

— Blanchefleur Le Fay est fêtée dans toutes les régions du Sud. De Poitiers à Carcassonne, on dit que des seigneurs se sont battus afin qu'elle chante pour eux. Je crois savoir que la comtesse Marie désirait grandement l'entendre depuis un certain temps. Le comte Henri a espéré pendant des années qu'elle chanterait ici.

— Vraiment ?

Lorsqu'ils furent assis, Gauvain regarda par-delà les tables, vers le feu. Au même moment, Elise se tourna dans sa direction et leurs regards se croisèrent brièvement. Il avait conscience que dame Roxane babillait à propos de la fameuse Blanchefleur Le Fay, mais il l'entendait à peine. Son esprit était en ébullition. Elise était célèbre, si célèbre que le comte Henri avait souhaité pendant des années qu'elle chante ici ! Vaguement, il entendit sa promise lui dire que Blanchefleur s'était produite devant la reine d'Angleterre.

Elise ne m'a jamais dit à quel point elle était connue.

Il pouvait comprendre qu'elle ne se soit pas confiée à lui l'année précédente, quand elle était venue en Champagne juste pour apprendre comment sa sœur était morte, mais elle n'avait eu aucune raison de ne pas le mentionner depuis qu'ils s'étaient revus. Il se plaisait à penser qu'elle avait de l'affection pour lui. Elise lui avait toujours semblé être une personne très réservée, et il avait supposé qu'elle ne serait jamais venue dans son lit à moins d'éprouver une forte passion pour lui. De la chaleur… Cette chaleur qu'il souhaitait dans son mariage. Il se rembrunit. Il jurerait qu'il y avait eu une vraie chaleur entre Elise et lui. Mais pourquoi n'avait-elle jamais parlé de sa renommée ?

— Bien sûr, continua dame Roxane, lorsqu'elle a disparu

si étrangement au début de l'année, cela n'a fait qu'ajouter à son mystère.

Gauvain fit un effort pour saisir ce que sa promise disait.

— Lorsqu'elle a disparu ? Qui ? Vous référez-vous à la reine d'Angleterre ?

La reine Aliénor avait disparu l'année précédente, et l'on venait juste d'apprendre qu'elle avait été enlevée par son propre époux. Si la rumeur disait vrai, la reine était à présent retenue de force en Angleterre.

— Non, messire. Je parle de votre amie Blanchefleur. Il est clair que vous ne la connaissez pas aussi bien que vous le pensez. Elle a disparu au printemps, et sa disparition a causé presque autant de vagues que celle de la reine Aliénor. Certains disaient que Blanchefleur avait arrêté de chanter. D'autres juraient qu'elle était réellement une fée et qu'elle avait été transportée par magie dans un autre monde.

— C'est ridicule !

Gauvain souffla tandis que les mots de dame Roxane résonnaient en lui. « Il est clair que vous ne la connaissez pas aussi bien que vous le pensez. » Il fixa la silhouette dorée devant la cheminée. A quel point la connaissait-il ? Il l'avait crue timide et réservée, et pourtant elle était là, prête à chanter devant une grande salle bondée. Elle était entourée de secrets — sans mentionner son succès comme chanteuse. Elle avait été lente à lui parler de Perle, et puis il y avait cette histoire de faussaires.

Une chose était cependant claire : la disparition de Blanchefleur avait dû coïncider avec la période de sa grossesse. Elle avait dû être obligée de s'arrêter pour cette raison.

— Blanchefleur Le Fay est une vraie femme, dit-il. Faite de chair et de sang.

Elle a eu un enfant. Mon enfant.

Dame Roxane rit.

— Vous ne pouvez pas l'avoir entendue chanter.

— Pas devant un public.

Mais Elise avait chanté pour lui, en privé, et il devait

reconnaître que, bien que n'étant pas mélomane, il avait été ému.

— Vous allez voir, messire. Blanchefleur Le Fay est une briseuse de cœurs. Lorsqu'elle commencera à chanter, vous le constaterez.

Chapitre 9

Elise se tenait debout devant le feu de la grande salle. La chaleur lui donnait le tournis, même si les flammes étaient basses — on avait allumé ce feu pour apporter de la lumière plus que pour chauffer. Son pouls s'emballa tandis qu'elle résistait à l'envie de s'avancer dans la salle. On lui avait dit de se tenir là, près de Baderon.

De la sueur perlait sur son front et elle avait les paumes moites. Des frissons de panique lui couraient dans le dos. La nervosité. Elle sourit en direction de l'estrade, l'air vague. L'importance que des inconforts mineurs pouvaient prendre avant une performance était surprenante. Et c'était comme cela chaque fois. Elle avait les nerfs à vif parce qu'elle devait mettre toute son âme dans son chant. Ce n'était pas facile. Elle devait s'autoriser à ressentir des émotions et, ce soir-là, il y en avait trop en elle. Et certaines étaient loin d'être jolies... La grande salle était bondée, mais elle n'était consciente que de la présence d'un homme. Un seul.

Mon Dieu, aidez-moi !

Elise gardait le regard vague. C'était une bénédiction que Baderon ait assez d'expérience pour lui indiquer quand commencer à chanter sans qu'elle ait à regarder la table haute. Le luthiste verrait le signal du comte Henri. Ce dernier était assis trop près de Gauvain pour qu'elle se risque à porter les yeux dans cette direction. Elle avait peur de ce qui pourrait arriver. Tant d'émotions se bousculaient en elle, et elle devait lutter pour les contenir. L'amour. La colère et la peur. Le regret. La jalousie. Elle se mit à trembler. Ces sentiments étaient un don, se dit-elle fermement, ils devaient être utilisés. Il fallait qu'on les ressente ; elle aurait besoin d'eux lorsqu'elle chanterait.

Il lui semblait qu'une nuée de papillons était enfermée dans son estomac, mais elle l'ignora. Elle tenait un rameau d'églantier sur sa poitrine. Délibérément, elle appuya son pouce sur une épine et l'y laissa, se concentrant sur la petite piqûre. Cela l'aiderait à garder l'esprit à ses chansons. Cela empêcherait son attention de dériver vers le beau chevalier aux cheveux blonds assis sur l'estrade.

Elle l'avait vu revenir discrètement dans la grande salle avec dame Roxane. Les joues de celle-ci étaient aussi roses que le soleil couchant. Il n'y avait pas de doute dans l'esprit d'Elise sur ce qu'ils avaient fait : ils s'étaient embrassés. Posément, dame Roxane avait repris sa place à table et maintenant elle babillait sans arrêt tandis que Gauvain, assis à côté d'elle, faisait tourner une précieuse coupe en argent entre ses mains, encore et encore.

Un premier silence se fit. Un banc craqua et le silence sembla s'approfondir.

Elise prit une grande inspiration et cessa d'être Elise pour devenir Blanchefleur.

Blanchefleur échangea un coup d'œil avec son luthiste. Elle garda son pouce sur l'épine. Elle le faisait pour Gauvain. Tandis que les premières notes du luth l'introduisaient dans la chanson, son entraînement prit le dessus. Afin de donner l'impression qu'elle chantait pour le comte et la comtesse de Champagne, elle regardait vers le griffon qui pendait sur le mur derrière l'estrade — il était tout flou.

En tant que Blanchefleur, elle chanta Tristan et Yseut, l'amour gagné et perdu. Elle chanta la trahison. L'émotion se déversait d'elle en un formidable flot. Elle devenait ce qu'elle chantait. La chanson était dans sa poitrine, dans tout son être. Sa voix résonnait dans la salle, forte et juste.

Quand elle chanta la dernière note et baissa les yeux, les applaudissements furent assourdissants. Si André avait été auprès d'elle, il aurait souri jusqu'aux oreilles.

Le cœur d'Elise tambourinait dans sa poitrine et une nouvelle émotion s'ajouta à celles qui bouillonnaient en elle. Le triomphe. Sa première chanson était un triomphe !

On ne lui laissa pas le temps d'en profiter. Les applaudissements diminuèrent et, à part les craquements du feu, le silence se fit de nouveau.

Les convives avaient cessé de manger. Ils la regardaient en retenant leur souffle, affamés de chansons et non de nourriture. Aussi fit-elle un signe de tête à Baderon qui joua les premières notes d'une chanson épique sur la défaite de Roland à Roncevaux. Elise sourit. Elle savait que les hommes aimaient les chansons sur les héros.

Blanchefleur chanta la vie et la mort, le courage et la lâcheté. Elle chanta la terrible et magnifique fragilité de l'humanité.

Les dames tapèrent dans leurs mains ; les soldats frappèrent le sol de leurs talons. Les jonchées bruissaient ; les chiens aboyaient. Le succès était une sensation enivrante, plus grisante que le vin.

Le sang d'Elise pulsait dans ses veines. Puis revint le silence plein d'attente et elle se concentra pour la chanson finale, la plus éprouvante — l'histoire du roi Arthur et de la reine Guenièvre. Elle chanta le pardon et la douleur de la perte. Elle chanta l'amour vrai.

Elle avait l'impression que son cœur allait éclater. Toute joie avait son prix. Elle chantait à travers sa souffrance.

Alors que les dernières notes s'éteignaient, Gauvain constata qu'il avait dans la gorge une boule qui l'empêchait presque de respirer. Près de la cheminée, l'éclat doré qu'était Elise parut momentanément se perdre dans un brouillard. Battant vivement des paupières, il toussota. Il serait le premier à admettre n'avoir pas la fibre musicale, mais même lui pouvait dire que la voix d'Elise était exceptionnelle. Qui aurait cru qu'elle avait le pouvoir d'emplir une si grande salle d'un son aussi magnifique ? Le temps de ses chansons, tous les convives avaient été transportés : en Cornouaille, à Roncevaux, à Caerleon… Et elle avait fait paraître la chose facile.

Dame Roxane tourna la tête tandis que les applaudissements et tambourinements secouaient leur table. Souriant timidement, elle le regarda avec attention.

— Je vous ai dit qu'elle brisait les cœurs. Même vous, vous êtes ému. Avouez-le.

Gauvain avait perdu l'usage de la parole. Il ne put que hocher la tête. Et observer. Le récital était manifestement terminé et nombre de personnes se pressaient autour de la cheminée.

Elise — Blanchefleur Le Fay — était prise d'assaut par des admirateurs, dont la plupart étaient mâles. Ses yeux brillaient d'excitation. Elle paraissait transportée par sa performance. Dame Roxane avait vu juste en disant qu'il ne connaissait pas Elise aussi bien qu'il le pensait. En réalité, il ne la connaissait pas du tout. Ce qu'il voyait là — ses admirateurs qui se bousculaient autour d'elle — avait déjà dû arriver maintes fois.

Elise se déplaçait vers le corridor, avec aux lèvres un sourire assez éclatant pour éclairer toute la Champagne. Elle acceptait de nombreuses offrandes — des fleurs, des rubans, des babioles. L'un des pages du comte Henri se précipita pour les porter. La foule se pressait autour d'elle et Gauvain se retrouva en train de fixer une douzaine de dos d'hommes. Il vit l'un des admirateurs lui glisser une bague au doigt. Il devait occuper une place élevée dans ses faveurs, car elle lui toucha le bras et se pencha vers lui pour lui parler brièvement. Gauvain ne saurait jamais ce qu'elle lui avait dit, mais l'homme la suivit lorsqu'elle quitta la grande salle. Un ruban cerise était attaché à la manche de sa tunique.

Messire Olier ! Reposant brusquement le hanap en argent sur la table, Gauvain jura à mi-voix et repoussa sa chaise.

— Excusez-moi un instant, ma dame. J'aimerais féliciter personnellement Blanchefleur Le Fay de sa performance. Je ne serai pas long.

La colère flambait en lui, l'aveuglant. Lui qui d'ordinaire se targuait de son contrôle sur lui-même ne vit quasiment rien tandis qu'il s'élançait derrière messire Olier. Il arriva dans le corridor juste à temps pour voir le page et messire Olier entrer dans une pièce sur le côté. Il les suivit.

La chambre était petite. Elise disait au page de poser ses présents sur un coffre. Sa main, remarqua-t-il, tremblait ; elle exultait après son récital, les joues encore toutes roses. Il faudrait probablement un moment avant qu'elle retombe sur terre. Baderon, assis sur un tabouret, tournait une clé sur son luth et messire Olier, avec ses contusions, souriait à Elise avec une expression pleine d'adoration.

Gauvain serra les poings, accrocha le regard du page et indiqua la porte d'un brusque mouvement de tête.

— Vous, dit-il, dehors.

Le page écarquilla les yeux, surpris, et obéit.

Gauvain alla jusqu'à messire Olier.

— Vous avez terminé votre conversation avec Blanchefleur, je crois.

— Mais, messire…

Gauvain le toisa et l'homme se recroquevilla.

— Vous pourrez lui parler plus tard, l'interrompit Gauvain en s'efforçant de garder son calme.

Elise s'approcha. Il se mordit presque la langue lorsqu'elle toucha le bras de messire Olier — le bras qui portait sa faveur rouge cerise.

— Messire Olier, je serai contente de vous parler tout à l'heure, dit-elle.

Le chevalier grogna et, quand la porte se fut refermée derrière lui, Elise soupira.

— Gauvain, au nom du ciel...

Gauvain se tourna vers Baderon et fit un brusque signe de tête.

— Vous aussi, Baderon. Dehors.

La mâchoire du luthiste lui en tomba.

— Mon seigneur ?

— Vous m'avez entendu. Nul ne doit entrer dans cette pièce jusqu'à ce que je la quitte. Compris ?

Serrant son luth et un jeu de cordes, Baderon se leva, plein d'incertitude.

— Elise ? Tout ira bien ?

— C'est bon, Baderon. Je vous appellerai dans un moment.

Sa voix se fit dure.

— Je suis sûre que ce que messire Gauvain a à me dire ne prendra pas longtemps.

« Ne prendra pas longtemps » ? Gauvain serra les poings. Vaguement, il perçut le bruit du loquet, puis tout ce qu'il put entendre fut le sang qui rugissait dans ses oreilles. Et tout ce qu'il pouvait voir, c'était Elise — Blanchefleur — dans cette cotte brillante. C'était la robe. Cette maudite chose était ensorcelée ! Il s'approcha.

— Qui êtes-vous ?

— Messire ?

Des yeux sombres l'étudièrent tandis qu'elle glissait une mèche de cheveux sous son voile.

— Qui êtes-vous ? Je pensais vous connaître, mais je ne vous connais pas. Qui êtes-vous ?

Elise le regarda, interloquée. Un frisson la parcourut. Depuis leur récente rencontre, elle s'était trouvée à plusieurs reprises en sa compagnie, mais c'était la première fois qu'elle se sentait mal à l'aise. Elle se reprit et fit bouffer ses jupes dorées, puis ajusta son voile. De toute évidence, elle était encore sous l'effet de la folle excitation qu'elle venait de vivre et se montrait trop sensible.

— Que se passe-t-il donc ? demanda-t-elle. Je ne pensais pas vous parler ce soir.

— Je ne suis pas venu pour converser.

— Pour quoi, alors ?

— Dieu seul le sait.

Le ton de Gauvain était si sec qu'elle enfonça ses ongles dans ses paumes. La sensation d'ivresse qu'elle éprouvait encore un instant plus tôt disparut instantanément. Il était en colère, très en colère. Détendant les doigts, elle les essuya sur ses jupes.

— Dame Roxane sait-elle que vous êtes ici ?

— Ceci n'a rien à voir avec dame Roxane.

Son ton abrupt la fit déglutir. Elle avait soudain la bouche terriblement sèche. Que faisait-il ici ? Que voulait-il ?

Ils se dévisagèrent pendant ce qui sembla durer des heures, mais ne fut sûrement pas long. Gauvain était si grand qu'elle devait pencher la tête en arrière pour le regarder. Ses cheveux blonds brillaient à la lumière des bougies. Un muscle frémissait dans sa mâchoire. Seigneur ! Il grinçait des dents ! Il eut un sourire crispé tandis qu'il la détaillait de haut en bas. Il était venu au banquet en costume d'apparat, un surcot rouge orné de son griffon doré. Sa colère émanait de lui par vagues. L'aimable et courtois chevalier avait disparu pour laisser place à un étranger courroucé.

Il était promis à dame Roxane. Quelle raison avait-il d'être en colère contre elle ?

— Messire Gauvain…

Dans l'espoir que le formalisme lui donnerait une chance de recouvrer son calme, elle tendit la main.

Des doigts puissants se refermèrent sur les siens. Gauvain se racla la gorge et baisa le dos de sa main. C'était un geste courtois. Le cœur d'Elise fit un petit bond. Il lui avait donné un baiser exactement de cette façon l'année précédente, après le tournoi de la Toussaint. Et il avait aussi gardé ses yeux sombres rivés aux siens, comme maintenant. Pas tout à fait un étranger, mais presque. Elle pensa — espéra — qu'il se calmait.

— Blanchefleur Le Fay…, murmura-t-il.

— C'est bon de vous voir, messire.

Il l'attira à lui et la cotte dorée bruissa quand leurs corps se rencontrèrent.

— Vraiment ? Vous m'avez trompé !

Elle se mordit la lèvre et tenta de ne pas savourer la sensation de leur contact.

— Vous vous référez à Blanchefleur… Oui, je regrette de ne pas vous avoir tout dit. Cela ne semblait jamais être le bon moment.

Il ne portait pas de cotte de mailles sous son surcot ; elle pouvait sentir la chaleur de son corps. Sa force. Un autre frisson la parcourut. Il y avait un pli entre les sourcils de Gauvain. Il n'était pas encore lui-même, une tension demeurait.

Sa tête blonde s'inclina, sa bouche plana un pouce au-dessus de la sienne. Un curieux sourire en relevait les coins.

— Est-ce que tout n'était que mensonge ?

— Messire ?

— Vous ne me vouliez pas dans votre vie. Vous ne vous fiiez pas à moi.

Elle fit un mouvement vif, mais il continua :

— J'étais simplement un moyen pour parvenir à une fin. Si vous m'aviez fait confiance, vous m'auriez parlé de Blanchefleur Le Fay. Vous avez seulement dit que vous étiez chanteuse. Blanchefleur est visiblement beaucoup plus que n'importe quelle chanteuse. Son succès fait partie intégrante de vous et, cependant, vous n'en avez pas soufflé mot. Vous avez couché avec moi uniquement pour pouvoir entrer à la Corbelière.

Elise secoua la tête.

— Gauvain, l'attirance que j'éprouvais pour vous était sincère.

— Vraiment ?

Il lui saisit l'épaule d'une main, fermement, toucha sa joue de l'autre et le pli de son front s'accentua. Son expression était celle d'un homme qui venait de recevoir un coup d'une direction inattendue. A la pensée que c'était elle qui en était la cause, Elise sentit son cœur se serrer.

Des doigts forts remontèrent le long de son cou et son estomac se crispa douloureusement.

Je me souviens de cette sensation.

Elle ne l'avait connue qu'avec lui. Se disant qu'elle n'avait pas à réagir de cette façon à son contact, elle se tint immobile.

Il contemplait le cercle de tête doré de Blanchefleur avec un dégoût évident. Puis il le lui ôta et le jeta sur la table. Il trouva les liens de son voile, tira dessus et le jeta aussi de côté. Quand sa main alla au nœud argenté de son corselet, le cœur d'Elise bondit. Elle mit sa main sur la sienne.

— Que faites-vous ?

— Je cherche Elise Chantier.

Il chassa sa main et étudia la façon dont le ruban était lacé.

— Messire ?

— Vous m'avez dupé, Blanchefleur. Vous m'avez dit que vous n'étiez pas très connue. Mais peu importe. Je suis ici pour voir Elise.

Son emprise sur son épaule se desserra. Il se pencha sur le ruban et tira sur le nœud.

Il me déshabille ! Dame Roxane l'attend dans la grande salle avec la moitié de la noblesse de France, et il essaie de me dévêtir !

Elle posa de nouveau une main sur la sienne.

— Gauvain, arrêtez ceci !

Il secoua sa tête blonde. Dans la pénombre, ses yeux bruns paraissaient noirs. Indéchiffrables. Il n'avait plus l'air en colère. Un petit sourire jouait sur ses lèvres, mais…

— Gauvain ?

— Il faut que je parle à Elise.

Il tira sur les lacets et, en un clin d'œil, délaça suffisamment le corselet pour le faire glisser sur une épaule.

Elise déglutit en voyant la façon dont son regard s'abaissait, s'attardait sur la courbe de son épaule, allait jusqu'à l'ombre entre ses seins.

— Vous pouvez parler à Elise sans me dévêtir.

Il l'ignora. Avec un soupir, il resserra son bras autour de sa taille, l'attira vers lui et embrassa son épaule nue. Des sensations coururent le long de chaque nerf d'Elise. Elle retint un gémissement. Ce n'était pas bien ! Il était fiancé !

— Gauvain, il ne faut pas.

Il ne l'écoutait pas. Ses yeux sombres plongèrent dans les siens assez longtemps pour qu'elle aperçoive les points gris qui les piquetaient, puis il inclina de nouveau la tête et lui taquina le cou, la mordillant sous l'oreille.

Les pensées d'Elise s'éparpillèrent. Elle n'avait jamais été capable de lui résister quand il faisait cela. Elle ferma les yeux et se cuirassa pour ignorer les picotements qui la parcouraient. Ce n'était pas facile. Elle adorait ces picotements. Et elle pouvait sûrement, juste pendant quelques instants, s'accorder ce plaisir.

— C'est mal.

Elle poussa sur son torse. Elle pouvait sentir le vin dans son haleine.

— Gauvain, vous vous oubliez. Nous sommes dans le palais du comte Henri, et vous allez bientôt vous marier.

Il sourit.

— Oui, c'est vrai. Mais il y a une difficulté… Elle n'est pas la femme qui me convient.

Elise ouvrit de grands yeux.

— Gauvain, vous n'êtes pas sérieux ! Vous devez épouser dame Roxane.

— Vraiment ?

Il haussa les épaules.

— Peut-être.

Elle le regarda en secouant la tête.

— Combien de vin avez-vous bu ?

— Pas beaucoup. Il avait mauvais goût.

Par tous les saints, il était impossible de le comprendre dans cette humeur bizarre. Mais, Dieu merci, sa colère semblait s'être dissipée. Il se pencha en avant, sa bouche rencontra la sienne, et ce fut de nouveau l'éblouissement.

Le monde autour d'elle s'estompa. Elle n'avait plus vraiment conscience d'être dans une petite pièce à côté de la grande salle du comte Henri. Il n'y avait que les bras de Gauvain serrés autour d'elle et ses lèvres qui taquinaient les siennes pour les ouvrir. Son corps était aussi fort et chaud que le soir de la Toussaint, près d'un an plus tôt. Un port d'attache dans un monde sombre et désespéré.

Les bruits s'atténuèrent. Quelque part, Baderon montait probablement la garde dehors, dans le corridor. Des gens devaient parler dans la grande salle, et rire. Mais elle ne les entendait pas. Tandis que Gauvain écartait sa bouche de la sienne pour scruter son visage, elle percevait son propre souffle syncopé ; elle entendait la respiration de Gauvain et son marmonnement :

— L'an dernier, vous êtes partie sans dire au revoir.

— Je ne pouvais pas.

Elle n'en avait pas été capable…

Son odeur emplissait ses narines, le parfum piquant du musc et du laurier, fort et masculin. Il écarta l'encolure de sa cotte, la tirant vers le bas, dénudant de la peau qui devenait brûlante sous son regard.

Blanchefleur Le Fay était perdue. Partie. C'était Elise qui s'agrippait aux épaules de Gauvain ; Elise qui glissait les mains dans ses cheveux éclaircis par le soleil et attirait ses lèvres vers les siennes. C'était juste Elise et Gauvain. Et, tout comme après le tournoi de la Toussaint, les mots n'étaient pas nécessaires. Sauf…

— Gauvain, réfléchissez.

Elle entendit un sanglot dans sa voix.

— Vous êtes fiancé…

Lentement, inexorablement, il fit glisser l'étoffe dorée de son autre épaule.

— Vous avez choisi sagement votre nom de scène. Mais même comme Elise, vous m'envoûtez.

Il lui prit la main et regarda d'un air renfrogné la bague qu'elle portait.

— Qu'est messire Olier pour vous ?

Elle cligna des yeux, fronça les sourcils.

— Il est l'un des admirateurs de Blanchefleur. Gauvain, qu'avez-vous fait à son visage ?

Il haussa les épaules.

— Rien. Il s'est mis sur mon chemin.

Elise essaya de s'écarter, mais son emprise se resserra.

— Il vous suit comme un chiot perdu. Vous a-t-il demandé d'être sa maîtresse ?

— Non.

Elle releva le menton.

— Il m'a demandé de l'épouser.

— Mon Dieu ! Il a offert le mariage ?

— Ne suis-je pas digne de me marier ? répliqua-t-elle en se raidissant.

— Par l'enfer, Elise, ce n'était pas ce que je voulais dire.

Il scruta ses yeux.

— L'avez-vous accepté ?

La réponse d'Elise n'aurait pas dû importer.

Gauvain savait que quoi qu'il y ait entre eux, cela devait rester fermement dans le passé. Néanmoins, il retint son souffle en attendant sa réponse. L'année précédente, elle s'était servie de lui — elle avait voulu être certaine de pouvoir entrer à la Corbelière. A l'époque, un regard sur ses yeux bruns, un aperçu de cette ensorcelante combinaison de force et de vulnérabilité, et il avait été perdu. Et il était en train de se passer la même chose. Qu'avait donc cette fille ? Elle le dépouillait de sa volonté, semait le désordre dans son esprit.

En entrant en trombe dans cette chambre, il s'était préparé à l'effet qu'elle pourrait avoir sur lui. Elle l'attirait comme nulle autre, mais il était déterminé à résister. Il voulait lui parler du manoir, l'informer de son don avant de partir pour Sainte-Colombe. Ainsi, il se sentirait plus tranquille. Il voulait qu'elle sache qu'elle disposait d'une certaine sécurité. Hélas ! dès l'instant où il l'avait regardée, sa détermination avait fondu comme neige au soleil.

— L'avez-vous accepté ?

Elle pinça les lèvres et les entrailles de Gauvain se nouèrent. L'effet de la frustration ? Du ressentiment ? Il n'en avait aucune idée.

— Vous devez le refuser.

Elle recula la tête.

— Je vous demande pardon ?

— Elise, vous devez le refuser. Il ne vous convient pas.

Un élan de possessivité le traversa, si puissant qu'il eut envie de frapper quelque chose. Pas Elise, bien sûr, il ne lui ferait jamais de mal, même si elle le déstabilisait complètement. Il baissa les yeux sur cette femme-poupée qui était et n'était pas celle qu'il avait rencontrée l'hiver précédent.

Elle était tout apprêtée dans cette cotte dorée, une cotte en pure soie, s'il ne se trompait pas. Elle avait peint son visage, de manière subtile et efficace. La fine ligne de charbon de bois qui soulignait ses yeux les faisait paraître immenses. Elle avait rougi ses lèvres et peut-être ses joues. Cela ajoutait à son allure et à son charme, et lui donnait du pouvoir. « Ne touchez pas », disaient ces apprêts. Les utilisait-elle pour tenir ses admirateurs à distance ?

Gauvain resserra son emprise sur elle et lui caressa la lèvre inférieure du pouce. Il voulait retrouver la jeune fille qu'il avait rencontrée tous ces mois plus tôt. Il voulait Elise. L'envie était aussi irrésistible que celle qui l'avait poussé à d'abord la réconforter, puis à partager sa couche avec elle après le tournoi de la Toussaint.

Il était troublant de découvrir que ce désir était aussi puissant qu'à l'époque. Elle ne pouvait pas épouser messire Olier ! Ce serait un simulacre. Cependant, il savait qu'il n'avait aucun droit de diriger la vie d'Elise, et il se rendait compte qu'elle le savait aussi. Ses yeux qui l'observaient étaient plissés, ses lèvres serrées.

— Qu'avez-vous fait à votre bouche ?

Il fixait la trace de rose qui tachait son pouce.

— Et vos joues ? Vos sourcils ?

— C'est… Blanchefleur use de fards pour améliorer son apparence.

— Améliorer ?

Il fronça les sourcils.

— Vue de près, vous avez l'air d'une ribaude.

Escomptant plus ou moins une réponse acerbe, il attendit. Ce genre de réponse serait presque la bienvenue, car elle lui donnerait une excuse pour abandonner toute réserve et lui dire exactement à quel point il avait été déçu quand elle avait fui la Corbelière aussi abruptement au tournant de l'année. Elle essaya de reculer, mais il tint bon.

— Blanchefleur Le Fay n'est pas une ribaude.

Elle avait parlé avec un calme remarquable.

Avec précaution, il passa son pouce sur sa joue, notant la façon dont elle semblait se pencher vers sa caresse.

— Vous aimez que je vous touche, dit-il en bougeant sa main pour saisir une épaule nue et tentante.

Elle ne le nia pas. La rougeur de ses joues s'accrut tandis qu'elle observait le mouvement de sa main. C'était une rougeur naturelle, pas due au fard, et il y réagit aussitôt. Loin au fond de lui, il sentit la pulsation insistante du désir.

D'immenses yeux bruns l'étudiaient.

— Gauvain…

En déglutissant, elle rajusta l'encolure de sa cotte.

Il secoua la tête et la tira avec insistance dans l'autre

sens, parvenant à faire glisser le corselet doré presque complètement sur un sein. Il tira encore et une partie plus importante du sein, plus crémeuse et plus pleine que dans son souvenir, apparut. Le désir flamba en lui. Elle était encore plus femme que le soir de la Toussaint.

Elle tenta de repousser sa main.

— Non, Elise. Je veux vous voir.

— Gauvain, vous ne le pouvez pas !

Ses yeux étaient écarquillés, choqués.

— Mettez-le sur le compte du bourgogne. Je ne suis pas moi-même.

Il tira de nouveau sur le corselet de soie, dénudant encore un peu plus sa superbe poitrine féminine.

— Seigneur, Elise, je sais que je ne le devrais pas, mais je vous veux toujours…

Puis il s'entendit dire ce qu'il s'était juré de garder pour lui.

— Je n'ai jamais cessé de vous vouloir.

Elle secoua la tête et sa longue tresse brillante se balança. Il fronça les sourcils.

— Défaites-les.

— Quoi ?

— Vos cheveux.

Il lui embrassa l'épaule et entendit son souffle s'accélérer, ce qui lui indiqua que c'était Elise qu'il avait dans les bras, et non Blanchefleur Le Fay.

— Cette première nuit, vous aviez les cheveux libres. Défaites-les.

— Je ne le ferai pas.

— Alors moi, je vais le faire.

Gardant un bras autour de sa taille, il fit passer ses cheveux par-dessus son épaule. Un ruban argenté était entremêlé à la tresse et, trouvant le bout, il le dénoua. Elle ne se débattit pas. Ses yeux sombres l'observaient, assez tristement, pensa-t-il. Son cœur se contracta tandis que la senteur entêtante de l'ambre gris l'enveloppait.

— Gauvain…

Des doigts menus s'agrippèrent à sa tunique écarlate tandis qu'il libérait ses cheveux.

— Magnifiques, murmura-t-il en caressant une vague châtaine, brillante, et en l'étalant sur sa poitrine.

Puis il se pencha, souffla dessus et vit son téton se raidir. Il entendit son souffle s'entrecouper de nouveau.

— Gauvain, vous devez arrêter. Si quelqu'un entrait ?

— Baderon les en empêchera.

— Gauvain, non. Vous allez le regretter.

— Je vous ai manqué, dit-il en prenant son sein dans sa paume à travers ses cheveux.

Elle secoua la tête.

— Si. Lorsque vous êtes retournée à vos amis et à votre chant, je vous ai manqué. Je ne manque peut-être pas à Blanchefleur Le Fay, mais à vous, Elise, j'ai manqué.

Elle soupira et fixa la gorge de Gauvain.

— Oui, vous m'avez manqué.

Son cœur s'allégeant pour la première fois depuis qu'il était entré dans cette chambre, Gauvain baissa la tête et sa bouche s'empara de celle d'Elise. Il ne put se retenir.

Elle glissa les doigts dans ses cheveux et il s'entendit grogner de plaisir. Il l'embrassa doucement, avec soin, afin d'absorber la sensation, de la savourer pleinement. La pulsation qui l'habitait devint plus insistante. Il se pressa contre elle et, avec un gémissement, elle réagit de la même façon, se poussant légèrement en avant. La soie bruissa. En s'écartant, il passa la main sur le corselet et soupira d'aise en arrivant à sa taille. Elle était adorable. Adorable.

Un pendentif en forme de marguerite était accroché à son cou par un cordon de soie. Bijou délicat, il était en or avec des pétales en émail blanc. Il l'avait déjà vu, le soir de la Toussaint.

— Une fleur blanche… Blanchefleur, murmura-t-il en rencontrant son regard. Je n'avais pas compris son sens, alors. Pourquoi ne m'avez-vous rien dit ?

— Cela… cela ne semblait pas nécessaire.

L'esprit de Gauvain était embrumé de désir, mais il se sentit blessé.

— « Pas nécessaire » ? Votre identité de chanteuse touche au cœur de ce que vous êtes. Bien sûr que c'était nécessaire.

— Je suis désolée, messire. Je ne pensais pas que la vie d'une chanteuse vous intéresserait.

Elle sourit et fit glisser une main sur son épaule.

— Vous étiez tellement… « chevalier ».

Les yeux d'Elise étaient sombres. Les genoux de Gauvain flanchèrent et, apparemment, les siens aussi. Il y eut un autre échange de baisers, vifs et presque avides. Leurs langues se mêlèrent et, quand Gauvain reprit ses esprits, il était assis sur un tabouret avec Elise sur les genoux, le corselet doré rabattu sur sa taille, ses seins dénudés pour leur délice mutuel. La chambre était silencieuse tandis que l'échange de baisers se poursuivait. Une bougie crachota pendant que Gauvain bougeait pour semer une traînée de baisers sur un sein, puis sur l'autre. Lorsqu'il voulut saisir un téton, elle lui attrapa la tête et l'écarta.

— Non, Gauvain, je vous en prie.

La fleur blanche brilla à la lumière comme elle se mettait à remonter son corselet.

Gauvain la laissa faire. La joie de l'avoir dans ses bras était telle qu'il n'arrivait plus à penser. En outre, il y avait d'autres parties d'elle à explorer. D'autres parties à redécouvrir. Pendant qu'elle se tortillait pour remettre son corselet en place, il attrapa ses jupes et les remonta. Elle avait les jambes nues. Pour la première fois depuis des semaines, il bénit la chaleur.

— Trop chaud pour des bas…, murmura-t-il en lui caressant la jambe.

Perdu dans une brume sensuelle, Gauvain continua à la caresser. L'expression d'Elise était peinée, mais elle soupira, ferma les yeux et ne l'arrêta pas. Il la caressa encore, tout en lui taquinant le cou. Il lui écartait les jambes, en espérant

171

que Baderon aurait le bon sens de ne pas les déranger, quand un coup sec frappé à la porte la fit bondir de ses genoux.

— Un instant ! lança-t-elle en tirant sur sa cotte.

Le temps que Gauvain atteigne la porte, elle était juste à peu près décente. Son corselet était d'aplomb, et elle avait réussi à tordre ses cheveux en un semblant de natte. Les joues rouge coquelicot, elle paraissait troublée. Perdue. Brièvement, Gauvain ferma les yeux. Il savait exactement comment elle se sentait. Ses propres entrailles étaient complètement emmêlées.

— Je ne vous comprends pas, dit-elle en faisant un geste de la main en direction de la grande salle. Ce qui vient de se passer n'aurait pas dû arriver. Ce soir, c'est aussi votre soirée de fiançailles.

— Je ne comprends pas moi-même, marmonna-t-il.

Le loquet fut soulevé et Raphaël passa la tête dans l'entrebâillement de la porte.

Il adressa un bref signe de tête à Elise.

— Gauvain, je suis désolé d'interrompre votre conversation avec Blanchefleur, mais j'ai pensé bon de vous faire savoir que dame Roxane est sur le point de venir vous trouver.

Raphaël disparut dans le corridor et Gauvain entreprit de le suivre. Sur le seuil, il se retourna et prit la main d'Elise.

— Adieu. Je pars demain matin pour rencontrer le comte Faramus de Sainte-Colombe.

— Vous y allez afin de discuter de votre mariage.

Gauvain fit la grimace, il ne pouvait pas parler de ce sujet avec Elise, mais il y avait une chose encore qu'il devait lui dire.

Chapitre 10

— Elise, avant que je parte, il y a quelque chose que vous devez savoir. Je vais prendre des dispositions pour que l'acte de propriété du manoir des Rosières soit mis à votre nom. Un bail à vie pour Perle et vous.

Elise en resta bouche bée.

— Je… je vous demande pardon ?

— On ne sait jamais ce qui nous attend dans la vie, dit-il doucement, et je dormirai mieux en sachant que Perle et vous aurez toujours un toit. Mais il y a des formalités, des documents à signer. Comme le manoir se trouve en Champagne, le comte Henri devra approuver. Le sergent Gaston vous préviendra quand tout sera réglé. Si je ne suis pas revenu d'ici là, il veillera à ce que vous vous installiez au manoir.

Aussi pâle qu'un spectre, elle le fixa.

— Vous… vous me donnez un manoir ?

— A vous et à Perle, oui. Faites-en ce que vous voulez. Vos amis peuvent y loger avec vous. Les vignobles et les fermes produisent quelques revenus. L'intendant vous expliquera tout en temps voulu. Pour aujourd'hui, je souhaite juste que vous le sachiez. Vous pouvez prévoir d'emménager au manoir très bientôt.

Elle se massa les tempes.

— Que pense dame Roxane de cette décision ?

— Dame Roxane n'en sait rien.

Se courbant sur sa main, Gauvain la baisa et rejoignit Raphaël dans le corridor.

A la lueur des torches, Baderon avait l'air embarrassé.

— Je suis désolé, messire, j'ai essayé d'arrêter messire Raphaël, mais il s'est montré très insistant.

— Ne vous inquiétez pas, le rassura Gauvain.

Il était encore sous le coup de l'effet qu'Elise produisait sur lui. Un regard, un contact, et il n'avait plus su où il en était.

— C'était probablement aussi bien, ajouta-t-il. Je m'étais attardé trop longtemps.

A l'entrée de la grande salle, Raphaël l'arrêta d'un geste et baissa la voix.

— Je serai bref. J'ai des nouvelles concernant André de Poitiers.

— Allez-y.

— Un homme correspondant à sa description a été vu quittant Troyes par la route de Provins.

Une porte claqua et une torche vacilla à l'autre bout du corridor. Baderon était retourné auprès d'Elise.

— C'est Gabrielle qui vous l'a dit ? demanda Gauvain.

Raphaël hocha la tête. Ses manières étaient beaucoup trop graves au goût de Gauvain.

— Raphaël ? Qu'est-ce qui ne va pas ?

— Rien, si ce n'est que j'ai besoin de plus d'hommes.

— Vous pensez que la source de Gabrielle est fiable ?

— Oui, oui.

Gauvain le saisit par l'épaule.

— Eh bien, comme je dois me rendre à Sainte-Colombe demain et que ce n'est qu'à un jet de pierre de Provins, voulez-vous que je fouine un peu quand je serai là-bas ?

Le visage de Raphaël s'éclaira.

— Si cela ne vous ennuie pas.

— Considérez que c'est fait.

— Merci, mon ami.

*
* *

Baderon revint dans la chambre alors qu'Elise regroupait les présents faits à Blanchefleur. Elle les enveloppa dans son châle — la nuit était si chaude qu'elle n'en avait pas besoin.

Elle était consciente que Baderon parlait, disait qu'il était content que leur performance se soit aussi bien passée. Comprenant que c'était sa façon d'évacuer sa tension et qu'il n'attendait pas de réponse, elle le laissa continuer. Qu'il n'escompte pas de réaction de sa part était aussi bien, car une seule chose occupait son esprit.

Gauvain lui avait donné un manoir. Elle ne pouvait y croire. Un manoir !

— Ce ne peut pas être vrai, murmura-t-elle.

Baderon se tenait près de la porte, prêt à partir.

— Qu'est-ce qui ne peut pas être vrai ?

— Messire Gauvain m'a apparemment donné un manoir.

Le luthiste écarquilla les yeux.

— Quoi ?

— Il m'a donné le manoir des Rosières.

Elle prit son baluchon et, ensemble, ils sortirent dans le corridor.

— C'est incroyable !

Baderon lui prit le bras et le passa amicalement sous le sien.

— Il veut que vous soyez sa maîtresse.

Elise secoua la tête. Elle avait le cœur lourd.

— Croyez-vous ? Ce pourrait plutôt être sa façon de dire adieu.

Des torches flambaient à intervalles réguliers le long des murs de la cour. Elles brillaient comme des charbons ardents dans l'obscurité.

Baderon lui tapota le bras.

— Il veut que vous soyez sa maîtresse. Il n'y a pas d'autre explication, ma chère.

Il regarda son baluchon.

— Vous êtes habituée à recevoir des cadeaux, mais laissez-moi vous assurer que les comtes ne donnent pas

175

de manoirs à des chanteuses simplement parce qu'ils apprécient leur voix.

Elise chercha une réponse convenable. Elle n'était pas sûre que Baderon sache que Perle était la fille de Gauvain. S'il le savait, il comprendrait certainement que la raison principale pour laquelle il lui donnait le manoir était d'assurer l'avenir de Perle. Elle se mordit la lèvre en se rappelant ses yeux brûlants lorsqu'il l'avait attirée sur ses genoux et avait fait glisser sa cotte sur ses épaules. Elle n'aimait pas penser que Baderon pourrait avoir raison, que Gauvain pourrait la vouloir comme maîtresse. Elle avait toujours estimé qu'il était un homme trop honorable pour envisager une telle chose à la veille de son mariage. Néanmoins, elle devait reconnaître que sa conduite ce soir n'avait rien eu d'exemplaire. Et le don du manoir était ambigu.

D'un côté, ainsi qu'il l'avait dit, il pouvait simplement vouloir s'assurer que Perle aurait toujours un toit sur la tête. De l'autre, se pouvait-il qu'elle l'ait mal jugé ? Pourrait-il projeter de l'avoir comme sa maîtresse, aussi ? Si oui, il allait être déçu. C'était une chose d'avoir une liaison avec un homme célibataire, mais avec un homme marié ? Non, elle ne le pourrait pas.

— Baderon, messire Gauvain va épouser dame Roxane.

— Il ne sera pas le premier à rompre ses vœux de mariage.

— Messire Gauvain est un homme honorable. Chaque fois que je l'ai rencontré, il s'est conduit avec une parfaite correction.

La tête de Baderon se découpait dans la lumière qui brillait à la fenêtre de la maison derrière lui. Son petit rire atteignit Elise à travers l'obscurité.

— A part vous embrasser le soir de ses fiançailles, voulez-vous dire.

Il fit une pause tandis qu'une chauve-souris passait sans bruit.

— C'est honorable, ça ?

Comme Elise n'avait pas de réponse, ils continuèrent en

silence. Les pensées tourbillonnaient dans son esprit, se fondant les unes dans les autres dans une totale confusion.

Elle, qui n'était personne, se voyait offrir un manoir. Il était aisé d'évoquer l'image de Gauvain regardant sa fille, lui caressant doucement la joue. Le don du manoir n'avait pas simplement pour but de soulager sa conscience. Il était doté d'un fort côté protecteur. Il voulait que Perle soit en sécurité. Elle soupira. Comme ce serait merveilleux s'il voulait qu'elle soit en sûreté aussi ! Elle avait envie qu'il l'aime. Elle le désirait tant que sa poitrine lui faisait mal.

Et pourtant…

Les sourcils froncés, elle jeta un coup d'œil à son châle empli de présents. De petits présents. Des gages d'admiration, des babioles faciles à accepter. Le présent de Gauvain — un manoir ! — prouvait simplement combien il la comprenait peu.

— Je ne suis pas sûre de vouloir un manoir, dit-elle lentement.

C'était trop. Cela l'attacherait. Que ferait-elle d'un manoir ? Si Gauvain la comprenait vraiment, il saurait qu'elle aimait sa vie sur la route. Elle ne voulait pas que sa liberté soit restreinte.

Baderon lui jeta un regard de côté.

— Pardon ?

— Baderon, comme vous, je passe ma vie à voyager. Je suis libre et je ne suis aucune règle à part les miennes.

— Notre vie est dure, Elise. Avec un manoir, vous n'auriez plus jamais à vous inquiéter de savoir d'où viendra le prochain sou. Vous auriez un foyer.

Une autre chauve-souris sortit de l'obscurité et disparut.

— Perle est mon foyer. Mon chant est mon foyer. Comment chanterais-je si j'étais attachée à un manoir ?

Baderon grogna.

— Vous n'êtes pas obligée d'y passer toute l'année. Chantez durant l'été et retournez au manoir en hiver. Le chant ne tient pas chaud la nuit, par un soir glacial de janvier. Ce serait mieux pour Perle, aussi.

Elise marcha en silence, réfléchissant. A quoi cela ressemblerait-il de vivre dans un manoir donné par l'homme qu'elle aimait ? Le manoir des Rosières était la maison de famille de Gauvain. Le verrait-elle à tout bout de champ ? Elle n'était pas sûre de pouvoir le supporter.

— Baderon ?

— Hmm ?

— A quoi sert l'amour ?

Le luthiste s'arrêta.

— Vous me le demandez ? Vous ?

Son ton était incrédule.

— J'aurais cru que vous seriez la première à connaître la réponse.

— Je ne comprends pas…

— Seigneur, Elise, vous gagnez votre vie avec l'amour ! Vous le chantez de l'aube au crépuscule. Et vous me demandez à quoi il sert ?

Elle lui saisit le bras.

— Dites-le-moi, Baderon. Quel est l'objet de l'amour ?

La douleur dans sa poitrine était grande. Elle voulait que Gauvain l'aime même s'il épousait quelqu'un d'autre. Elle voulait qu'il la comprenne. Ce n'était pas bien, mais c'était la vérité. Pourquoi éprouvait-elle ces sentiments ? Elle ne pourrait jamais l'accepter comme son amant mais, elle ne pouvait le nier, elle souhaitait qu'il lui ait donné le manoir parce qu'il tenait à elle. Elle désirait sa compréhension. L'amour, si c'était bien ce qu'elle ressentait pour Gauvain, faisait mal.

Baderon couvrit sa main de la sienne.

— L'amour est un grand mystère, ma chère, et c'est ce qui le rend merveilleux. En outre, il est utile.

— Utile ?

— Chanter l'amour met du pain et de la viande dans le ventre des gens comme vous et moi.

— L'amour fait souffrir, marmonna-t-elle. Il est vraiment douloureux.

Dans l'obscurité, elle le vit hocher la tête.

— Il fait mal, certes, mais la douleur ne compte pas. Vous, vous êtes une chanteuse. Et, à mon avis, l'une des plus grandes en vie aujourd'hui.

Elise s'empourpra. Baderon, le célèbre Baderon, pensait qu'elle était une grande chanteuse ?

— Je suis navré que vous souffriez, bien sûr, poursuivit-il doucement. Mais la souffrance ne fait que rendre votre chant plus profond. Elle ajoute de la couleur à votre voix et la rend vibrante. Le jour où vous êtes venue me trouver, j'ai remarqué tout de suite combien votre voix avait mûri. Votre intonation retentit profondément. Cela se sentait déjà auparavant, mais maintenant…

Sa voix faiblit.

— C'est émouvant au-delà des mots. Vous avez un grand talent.

Il toucha son baluchon de présents.

— Ce n'est pas une coïncidence si vous avez reçu autant de preuves d'admiration aujourd'hui. Je ne suis pas le seul à l'avoir remarqué. Votre expérience nourrit votre chant.

Elle plissa les yeux pour le voir dans le noir. Elle ne le distinguait pas assez bien pour déchiffrer son expression.

— Vous l'avez toujours su ?

— A propos de vous et de messire Gauvain ? Je n'étais pas certain que c'était lui. Quelque chose vous avait changée. Votre chant a toujours été bon, mais dernièrement… Elise, vous seriez la bienvenue dans n'importe quelle cour du pays. Vous avez eu un enfant. Il n'était pas difficile d'en conclure que le père de l'enfant pouvait être responsable de la richesse de votre voix. Il était facile de déduire que cet homme devait être messire Gauvain. Il s'est particulièrement intéressé à vous depuis votre arrivée à Troyes. Je suppose que Vivienne et André savent qu'il est le père ?

Elise hocha la tête.

— J'ignore combien d'autres le savent aussi.

Ils continuèrent à marcher. La lune se levait au-dessus des toits.

— Lorsque j'ai parlé de Perle à Gauvain, j'avais l'intention lui demander comment il se sentirait quand d'autres apprendraient qu'elle était de lui. Je savais que c'était une question de temps avant que le bruit se répande. Néanmoins, une fois que j'ai eu vent de ses fiançailles, cela n'a jamais semblé être le bon moment.

— Je suis sûr que vous pourrez discuter de ces questions avec lui en temps voulu. Il vous veut pour maîtresse.

Avec un soupir, Elise secoua la tête et ses cheveux hâtivement nattés commencèrent à se défaire.

— Ce ne serait pas bien, Baderon.

Ils avaient atteint la maison de la rue du Cloître. Elle mit de la chaleur dans sa voix.

— Bonne nuit. Merci de m'avoir accompagnée ce soir. Je ne doute pas que c'est votre jeu, plus que mon chant, qui a été à l'origine de notre succès.

A son tour, Baderon secoua la tête.

— Croyez-le si vous voulez, mais je connais la vérité. Messire Gauvain a mis du feu dans vos veines.

Il lui toucha légèrement le menton.

— Ne soyez pas abattue. Il reviendra.

Elise s'était glissée sans faire de bruit dans son lit. Elle mourait d'envie de parler du don du manoir avec Vivienne, mais son amie était épuisée de s'occuper en permanence des enfants, et il aurait été cruel de la réveiller.

Elle parvint à se contenir jusqu'au lendemain matin, quand Vivienne se fut installée sur le banc garni de coussins pour nourrir les petits. Des particules de poussière dansaient dans la lumière qui filtrait à travers les volets. Elise entendait le sourd bourdonnement de voix — le sergent Gaston et ses hommes parlaient dehors.

Vivienne haussa un sourcil.

— Ces hommes sont vraiment très diligents, dit-elle. Ne se fatiguent-ils jamais ?

Elise alla jusqu'au banc.

— Il se peut que vous ayez à vous y habituer.

— Oh ?

Un compotier d'abricots se trouvait sur la table. Elise en piocha un et l'offrit à Vivienne, qui refusa d'un signe de tête.

— Je le prendrai plus tard.

— Vivienne, j'ai des nouvelles.

La jeune femme pâlit.

— Vous avez entendu dire quelque chose. André n'est pas…

— Non. Non. Vivienne, il ne s'agit pas d'André.

Se maudissant de sa maladresse, Elise s'empressa de s'excuser.

— Je suis désolée, je ne voulais pas vous inquiéter.

— Elise, si vous aviez appris quelque chose, vous me le diriez ?

— Bien sûr. Je n'ai rien entendu dire. Je ne cesse de demander en ville et j'essaierai encore plus tard. Quelqu'un a dû le voir. Il ne peut pas tout simplement avoir disparu.

Vivienne poussa un gros soupir.

— Le ciel soit loué ! J'ai craint un instant que… Aucune importance.

Elle écarta les cheveux de Bruno de son front.

— Que vouliez-vous dire ?

— Quelque chose d'extraordinaire s'est produit. Messire Gauvain m'a donné son manoir. Je ne sais pas très bien que faire.

— Son manoir ? fit Vivienne sans comprendre.

— Il a un manoir non loin de la ville.

— Le manoir des Rosières, oui, je me souviens d'en avoir entendu parler.

Vivienne plissa le front.

— Il vous l'a donné ?

— Apparemment.

Les yeux de Vivienne s'embuèrent. Elle parut sur le point de fondre en larmes, puis elle battit des cils, et pencha vivement la tête vers Bruno. Elise en resta à se demander si elle avait imaginé ces larmes. Elle tourna l'abricot entre ses doigts.

— Il veut s'assurer que Perle ne sera pas élevée comme une vagabonde.

Vivienne se redressa en souriant.

— Si messire Gauvain est sérieux, je suis heureuse pour vous. On dirait qu'il veut faire en sorte que vous soyez toutes les deux en sécurité.

Elle hésita.

— Etes-vous certaine qu'il ne changera pas d'avis ?

— Je me fie à lui.

Elise contempla l'abricot, passant son pouce sur la peau veloutée.

— Hier soir, quand il me l'a dit, j'ai eu du mal à le croire. Après tout, les nobles ne donnent généralement pas de manoirs à leurs maîtresses congédiées.

Le regard de Vivienne se fit réprobateur.

— Il ne vous a pas congédiée. Si je me souviens bien, c'est vous qui l'avez quitté.

— Notre arrangement était temporaire.

Elise sourit tristement.

— Nous n'avions pas signé de contrat.

— Votre liaison doit avoir beaucoup compté pour lui, lui fit remarquer Vivienne.

Elle toucha la joue de Perle et observa sa minuscule main qui s'ouvrait et se refermait sur son sein.

— Et je suis sûre qu'il veut voir Perle en sécurité.

Elle leva les yeux.

— Vous comprenez ce que cela signifie ?

— Je ne suis pas sûre de pouvoir accepter son présent.

— Vous refuseriez un manoir ? s'exclama Vivienne, stupéfaite. Etes-vous folle ?

Elise se mordit la lèvre. Seigneur ! Cette affaire devenait de plus en plus compliquée ! Si elle acceptait le manoir de Gauvain, elle pourrait abriter Vivienne et sa petite famille par les temps difficiles. Si elle le refusait… Dieu du ciel ! En songeant à rejeter le cadeau de Gauvain, elle ne pensait qu'à elle-même. Elle se montrait égoïste.

— Vivienne, j'ai besoin de votre avis. Si j'accepte le manoir, cela signifie que vous et moi n'aurons plus à nous inquiéter de savoir où nous logerons si les engagements diminuent. Gau… Messire Gauvain a dit qu'André et vous pouviez y habiter aussi.

Les yeux de Vivienne s'élargirent.

— C'est généreux de sa part. Elise, vous devez accepter.

— Vous semblez très sûre de vous.

— Je le suis. Vous ne pouvez pas refuser cette offre. Pensez à Perle, au moins.

Elise soupira. Vivienne avait raison ; elle devait penser à Perle. Tout pouvait arriver, et il serait bon de savoir que sa fille aurait toujours un endroit où habiter.

— Vous avez raison, bien sûr. Je dois penser à Perle.

— Le ciel soit loué !

En souriant, Vivienne secoua la tête.

— Vous m'avez inquiétée, un instant. Irez-vous le voir bientôt ?

— J'imagine.

Elise fixa avec insistance les barreaux des fenêtres.

— Il y aura plus d'espace, au manoir. Et des terres. Messire Gauvain a dit que les revenus seraient pour moi. Vivienne, vous rendez-vous compte de ce que cela signifie ? Nous n'aurons plus à nous faire de souci.

— Elise, c'est votre manoir.

— Vous ne viendrez pas avec moi ? Dites que vous viendrez ! J'aurai besoin d'André et de vous.

Elle écarta les mains.

— Quelle expérience ai-je de diriger un manoir ?

— Elise, je n'en ai pas plus que vous !

— Je préférerais apprendre avec des amis auprès de moi. J'aurai besoin d'aide et j'aimerais avoir des gens de confiance à mon côté.

Elise fit un mouvement de tête en direction de la rue.

— Le sergent Gaston a beau se montrer utile, je ne le connais pas vraiment. En outre, Perle ne sera pas sevrée avant quelque temps — elle a besoin de vous, aussi.

— Il y a d'autres nourrices, dit lentement Vivienne.

— Je vous en prie, dites que vous viendrez !

Alors, comme si Perle comprenait de quoi elles parlaient, elle choisit cet instant pour cesser de téter et dédia à Vivienne un sourire si béat qu'Elise se mit à rire.

— Vous voyez ? Perle est d'accord avec moi.

Les lèvres de Vivienne s'incurvèrent.

— Elise, elle digère. Je ne suis pas sûre que ce soit un vrai sourire.

— C'en est un. Perle veut que vous veniez avec nous. S'il vous plaît, dites oui !

— Je vais y réfléchir.

— Merci.

Un éclat de rire, dehors, attira l'attention d'Elise. Elle regarda par une fente du volet. Gabrielle, la fille du Sanglier noir, badinait avec l'un des hommes d'armes. Son rire était léger et son expression insouciante. Puis elle jeta un coup d'œil à la maison et le cœur d'Elise fit un bond. Avait-elle des nouvelles d'André ? Bien qu'elle ne semblât pas porteuse de mauvaises nouvelles, Elise refusait d'entendre ce qu'elle avait à dire en présence de Vivienne. Dans le cas où ce n'était pas bon, elle voulait avoir du temps pour trouver la meilleure manière de l'apprendre à son amie.

Elle se leva, prit son châle qu'elle enroula autour d'elle avant de soulever Perle et de la placer contre son cœur.

— Je vais aller chercher de la farine, dit-elle. Jusqu'à ce que nous nous installions au manoir, nous devons continuer à faire la cuisine.

Vivienne battit des cils.

— Nous aurons un cuisinier, au manoir ? Seigneur !

Elle marqua une pause.

— Non que j'aie accepté de venir avec vous, comprenez-moi bien. Je vais attendre le retour d'André. Nous déciderons ensemble.

— Bien sûr.

Elise inclina la tête de côté.

— Nous aurons un intendant et des hommes d'armes. Il se peut même que nous ayons aussi une chambrière.

Les yeux de Vivienne s'écarquillèrent.

— Une chambrière ?

— Je pensais que cela pourrait vous tenter, dit Elise avec un grand sourire. Réfléchissez-y. Je ne serai pas longue.

Chapitre 11

Dans la rue, Elise fit signe à Gabrielle. En rejetant la tête en arrière et avec un sourire d'adieu aux hommes de Gauvain, celle-ci la suivit jusqu'au carrefour. Enveloppée dans le châle, Perle gazouillait. Un petit bras sortit du bord frangé.

Gabrielle se pencha pour lui effleurer la joue.

— Elle est magnifique, dit-elle doucement, et un peu de sa gaieté parut s'envoler.

— Je trouve aussi, répondit Elise. Mais je suis forcément de parti pris.

Gabrielle soupira et fit un pas en arrière.

— De quel côté allons-nous ?

Le palais de l'évêque se dressait sur leur droite, le pont sur le canal était sur leur gauche. Elise fit un mouvement de tête vers le pont.

— Je vais au marché. J'irai avec vous jusqu'à la taverne.

Elle croisa le regard de Gabrielle.

— Merci de votre discrétion, tout à l'heure à la maison. Je ne veux pas inquiéter Vivienne inutilement, et je peux voir que vous avez appris quelque chose.

Gabrielle releva l'ourlet de ses jupes pour éviter un ballot de foin qui avait dû tomber de la charrette d'un marchand.

— Ce n'est pas grand-chose, mais j'ai pensé que vous aimeriez le savoir. Hier matin, des gardes du château sont venus à la taverne. Ils parlaient de vous.

Elle sourit.

— Enfin, pas exactement de vous. Ils parlaient de Blanchefleur Le Fay. Ils savaient qu'elle allait chanter au palais. L'un d'eux était déterminé à vous entendre. Il se demandait comment vous chanteriez sans votre luthiste et s'en inquiétait beaucoup.

— J'ignorais que vous saviez que j'étais Blanchefleur.

Gabrielle eut un sourire malicieux.

— Je ne le savais pas au début, mais il est difficile de garder des secrets à Troyes. Quoi qu'il en soit, votre admirateur de la garde, en patrouille sur les murs de la ville, avait vu André prendre la route de Provins. Il trouvait curieux qu'il ait emporté son luth, et en avait déduit que votre musicien comptait s'absenter quelque temps.

— André allait vers Provins ?

Elise réfléchit rapidement. Provins était une autre ville de marché du comte Henri. Aussi réputée que Troyes, elle se trouvait à mi-chemin entre Paris et Troyes. André n'avait jamais mentionné qu'il connaissait quelqu'un à Provins, mais s'il s'était acoquiné avec des brigands et des faussaires ailleurs en Champagne, il aurait de bonnes raisons de ne pas le dire. Seigneur, dans quoi trempait-il ? Se pouvait-il qu'André soit impliqué à ce point ?

Dans le châle, Perle geignit. Elle la serrait trop fort. Relâchant son emprise, elle embrassa sa fille sur le front et se concentra sur ce que disait Gabrielle.

— Votre admirateur n'avait pas entendu dire que Baderon jouerait pour vous, et il était très soucieux à votre sujet. Il guettait le retour d'André.

Elise saisit le bras de la jeune femme.

— Savez-vous quand André est parti, exactement ?

— Le garde ne l'a pas dit, mais j'ai eu l'impression que c'était assez récent. Au cours des deux derniers jours, probablement.

Elles traversèrent le pont sur le canal et prirent la rue

principale. Il était encore tôt, mais les rues s'emplissaient déjà de gens.

Gabrielle jeta un coup d'œil au ciel. Il n'y avait pas un nuage en vue. Elle soupira.

— Il va encore faire très chaud, aujourd'hui.

— Je le crains.

Gabrielle toucha la main d'Elise.

— Je suis désolée de ne pas avoir plus à vous dire.

— Vous avez été d'une grande aide, merci. Au moins, nous savons qu'André était en vie il y a quelques jours.

— Qu'allez-vous faire ? Irez-vous à Provins ?

Au-dessus d'elles, une hirondelle cria, allant et venant à toute allure par-dessus les hautes maisons de bois. Les yeux sur l'oiseau qui décrivait des zigzags dans le ciel, Elise hésita.

— Je ne sais pas…

Les pensées se bousculaient en elle. Il faudrait sans doute qu'elle aille à Provins, mais elle était réticente à le dire à Gabrielle. Certes, celle-ci lui avait apporté de l'aide, mais elle la connaissait à peine. Pouvait-on compter sur sa discrétion ?

— Provins est sur la route de Paris, ajouta Gabrielle. Cela fait un bon bout de chemin. Montez-vous à cheval ?

— Un peu.

— Vous pourriez faire le trajet à pied en quelques jours, mais vous auriez sûrement des ampoules à l'arrivée. Et avec cette chaleur…

— Ce serait insupportable.

— Exactement.

Gabrielle lui jeta un regard de côté.

— Il est bien dommage que messire Gauvain soit occupé avec dame Roxane, sinon vous auriez peut-être pu vous joindre à sa troupe. J'ai entendu dire qu'il se rendait à Provins.

Elise la regarda froidement.

— Il devait aller à Sainte-Colombe.

— Qui est à deux pas de Provins, précisa Gabrielle avec un grand sourire.

A grand-peine, Elise réprima un soupir. Tout le monde savait-il, pour Gauvain et elle ?

— Je ne suis pas certaine d'avoir besoin d'y aller. André va probablement revenir dans un ou deux jours.

— Sans doute.

Gabrielle regarda le soleil en plissant les paupières.

— Ciel, il est tard ! Agnès a besoin d'aide à la cuisine.

Elle indiqua une ruelle encore plongée dans l'ombre.

— Je vais par là, c'est plus rapide. Portez-vous bien.

— Vous aussi, Gabrielle. Et merci beaucoup.

— C'était volontiers.

Gabrielle fit quelques pas dans la ruelle, évita un tas de choux jaunissants et se retourna.

— Elise, encore une chose… Si vous vous rendez à Provins et ne pouvez pas trouver votre ami, vous pourriez vous renseigner à propos des caves.

— Des caves ?

Le sourire de Gabrielle était ambigu. Elle ajouta d'une voix basse, précipitée.

— Demandez les caves. Adieu.

Elle se remit en marche et Elise resta à la suivre du regard, immobile dans le flot de gens qui passaient près d'elle.

Des caves ? Quelles caves ? Il était clair que Gabrielle en savait plus que ce qu'elle ne l'avait dit. Elle fixa sans le voir un cadre de porte qui s'affaissait et grimaça. L'odeur de chou pourri, dans cette ruelle, était insupportable.

Une main sur le nez, elle reprit pensivement la direction du marché. Provins… Seigneur ! Avec Gauvain courtisant dame Roxane à proximité, c'était le dernier endroit où elle souhaitait aller. Bien sûr, André ne s'était peut-être pas rendu à Provins ; il avait pu s'arrêter en route. Sauf qu'il semblait très probable que Provins ait été sa destination. Une ville semblable à Troyes serait exactement le genre d'endroit que des faussaires pourraient choisir comme repaire. Il devait y avoir quantité de cachettes. Des caves ?

Qu'André aille bien était le plus important. Qu'elle le veuille ou non, elle devait aller à Provins, et y aller rapidement. Avant que les gardes-chevaliers n'apprennent que le luthiste avait été vu sur la route y menant. André avait besoin d'elle et, à côté de cela, se soucier d'éviter Gauvain était une broutille. De toute façon, il devrait être facile d'éviter le comte de Meaux. Il évoluerait dans des cercles très différents, et séjournerait chez le comte Faramus à Sainte-Colombe. Si elle se rendait à Provins, les risques qu'elle le voie étaient infimes. André avait de graves ennuis, cela ne faisait aucun doute. Et, avant de se mettre en route, elle découvrirait ce qu'étaient ces caves.

Baderon ! Le moral d'Elise remonta. Le luthiste connaissait la Champagne comme le dos de sa main. Il serait certainement en mesure de la renseigner sur les caves de Provins.

Vivienne jeta la cuillère de bois de côté et claqua le couvercle de la marmite.

— Je viens avec vous !

Elise tressaillit.

— Doucement, ma chère ! Je viens juste d'acheter cette marmite.

— Jésus, comme si je m'en souciais ! André est en péril. Je le sais. Nous le savons toutes les deux. Je viens avec vous.

Elise secoua la tête. Le soir était déjà tombé et les enfants dormaient dans leurs berceaux à l'étage. Depuis une heure, Vivienne et elle discutaient en vain. Vivienne avait décidé qu'elle aussi irait à Provins, et Elise essayait de la persuader de n'en rien faire.

— Vivienne, je vous en prie, restez calme ! dit-elle en désignant le plafond. Si vous venez, nous devrons emmener les petits. Ils nous ralentiraient. Pire, ils pourraient même être mis en danger. Vous devez rester ici. Le sergent Gaston veillera sur vous et s'assurera que vous ne manquez de rien.

— Il me faut André !

Vivienne serra les poings.

— Je n'ai pas besoin du sergent Gaston, et je n'ai certainement pas besoin que vous me donniez des ordres.

Sa voix se brisa et elle se couvrit le visage de ses mains.

— J'ai juste besoin d'André…

— Je ferai tout pour le trouver. Seigneur, nous ne sommes même pas sûres qu'il soit à Provins ! Tout ce que l'on m'a dit, c'est qu'on l'a vu prendre la route de Provins.

Allant jusqu'au feu, Elise passa le bras autour des épaules de Vivienne et l'étreignit.

— Je ferai de mon mieux pour le trouver.

En soupirant, Vivienne lui rendit son étreinte.

— Je le sais. Je suis désolée de vous parler de façon aussi brusque, mais il me manque tant ! Lorsqu'il n'est pas avec moi, j'ai l'impression d'être déchirée en deux.

Elise hocha la tête. Elle comprenait parfaitement. La pensée de Gauvain se rendant à Sainte-Colombe avec dame Roxane lui faisait le même effet.

Le regard embué, Vivienne battit des cils.

— Mais je ne veux pas non plus que vous vous jetiez la tête la première dans le danger. Vous ne pouvez pas y aller seule.

— Je m'en étais avisée moi-même, répliqua Elise un peu sèchement.

— Qu'allez-vous faire ?

— Baderon connaît toutes les routes et tous les chemins de Champagne. Je lui ai demandé de m'accompagner.

Le visage de Vivienne s'éclaira.

— C'est une bonne idée. Pensez-vous qu'il sera d'accord ?

— Il a sauté sur ma proposition. Provins est aussi importante que Troyes. Il aura quantité d'occasions de jouer au château.

— Vous pourriez chanter aussi ! Poursuivre sur le succès

de la performance d'hier soir au palais. Vous aurez toute la Champagne à vos pieds.

Vivienne lui dédia un sourire tremblant et Elise sut qu'elle pourrait agir à sa guise. Vivienne et les enfants resteraient à Troyes, en sûreté sous la garde vigilante du sergent Gaston.

Gauvain devait reconnaître qu'il était accueilli avec chaleur au château de Jutigny, le fief de Sainte-Colombe. Tandis que sa troupe à cheval entrait dans la cour intérieure, le comte Faramus apparut en haut d'une longue volée de marches en pierre. Dame Roxane et lui furent bientôt conduits dans la grande salle.

Messire de Sainte-Colombe sourit avec bonhomie en enlaçant brièvement sa fille, avant de fixer son attention sur Gauvain.

— Du vin, messire ? De la cervoise ? Vos désirs sont des ordres.

— Merci.

Gauvain accepta une coupe de vin. Son surcot, couvert de la poussière de la route, était plus gris que rouge. Il avait chaud, se sentait moite et son cou le grattait.

— J'avoue que je tuerais pour un bain.

— Bien sûr. On a rarement subi une chaleur pareille.

Le comte Faramus, un homme rond et moustachu d'une cinquantaine d'années, était moins imposant que Gauvain l'avait imaginé. C'était donc là l'allié que son oncle avait tant tenu à conserver ? Il ressemblait davantage à un oncle bienveillant qu'au formidable guerrier dont il avait tellement entendu parler. Il s'efforça de paraître intéressé et écouta à moitié tandis que le comte énumérait les divertissements prévus pour les semaines à venir. Il lui était difficile de se concentrer et plus encore de garder le sourire. La perspective de son mariage à venir l'inquiétait de plus en plus.

Une porte s'ouvrit au bout de la grande salle et une dame

majestueuse fit son entrée. Ce devait être la comtesse de Sainte-Colombe. Elle tendit les bras et Gauvain vit avec stupeur le visage de dame Roxane s'illuminer. Rayonnante, elle courut se jeter dans les bras de sa mère. Il était vexant de la voir paraître si heureuse. Ce n'était pas qu'il ne souhaitait pas son bonheur, mais le mieux qu'il avait pu tirer de sa promise était un sourire poli. Enlacées, les deux femmes quittèrent la grande salle, sans doute pour se rendre dans la chambre de jour des dames.

Gauvain retint un soupir. Il avait pris son temps durant le trajet depuis Troyes. Ils avaient passé une nuit dans une auberge. Il avait espéré que sa promise se montrerait moins effarouchée en sa présence et que, s'il lui fournissait l'occasion de rester seule avec lui, elle verrait qu'il n'était pas un ogre. Naturellement, ils n'avaient pas été vraiment seuls. Une escorte de vingt hommes et deux chambrières s'en étaient assurées. On aurait néanmoins pu penser qu'elle se serait réconciliée avec l'idée de l'épouser. Il s'était montré poli, attentif. En vain. Elle était restée assise en serrant sa croix dans les doigts et en se mordant la lèvre, visiblement si terrifiée que parfois elle avait été à peine capable de parler. Craignait-elle tous les hommes, ou était-ce juste lui ?

— Vous n'aimez pas les tournois ?

Le comte Faramus avait remarqué son froncement de sourcils et pensait qu'il avait des réticences concernant ses plans pour les jours à venir.

— J'ai entendu parler de vos prouesses au Champ des Oiseaux, et j'ai supposé…

— Non, non. Bien au contraire.

Gauvain se força à sourire.

— Un tournoi est toujours très plaisant. Merci, messire.

— Si les faucons n'avaient pas été en pleine mue, j'aurais aussi aimé organiser une chasse. Ce sera pour une autre fois…

Le comte désigna l'un des hommes qui se tenaient à quelques pas de là.

— Et maintenant, messire, permettez-moi de vous présenter mon intendant, le sieur Macaire. Il va vous conduire à vos quartiers. Nous dînerons dans une heure. Macaire, veillez à ce qu'un bain soit préparé pour messire Gauvain.

L'intendant s'inclina.

— Oui, mon seigneur.

La chambre de Gauvain se trouvait en haut de la tour nord. Le lit était large, en chêne, avec un baldaquin drapé de soie violette. Violette. L'image d'un pavillon violet avec des étoiles argentées lui vint soudain à l'esprit et sa tête se mit à le lancer.

Aubin et un serviteur entrèrent, portant l'un de ses coffres de voyage.

— Dois-je le mettre près du mur, messire ?

— S'il vous plaît.

Le cerveau de Gauvain paraissait ralenti. Il se demanda s'il souffrait d'un coup de chaleur. Frottant la racine de son nez, il alla jusqu'à la croisée. A double ouverture, elle donnait sur les terres de Sainte-Colombe, un damier de champs, de vignobles et de forêt. Provins ne se trouvait qu'à un peu plus de deux lieues de là.

La chaleur faisait vibrer l'air, et les terres semblaient trembler tandis qu'il les regardait. Elles paraissaient bien entretenues. Avec méthode. Un jour, si ce mariage se faisait, elles seraient sous sa responsabilité. Il appuya son avant-bras sur le bord de la croisée. Les fossés étaient nettoyés, les haies taillées. Dans le soir tombant, des gens allaient et venaient entre les rangées de ceps, cueillant le raisin, le mettant dans des paniers. C'était un spectacle idyllique. Pourtant, jamais il ne s'était senti si mal.

Un mariage avec une femme qui sursautait dès qu'il la touchait… Non. Qui sursautait chaque fois qu'il respirait… Seigneur ! Quel cauchemar !

Derrière lui, Aubin et le serviteur rangeaient ses affaires.

Il entendit qu'on apportait une cuve et que l'on y versait de l'eau.

Cela en vaut-il la peine ?

La question surgit de nulle part, aussitôt suivie d'une autre.

Comment diable vais-je réussir à partager ma couche avec dame Roxane ?

Le pavillon violet s'attardait dans son esprit et il grinça des dents. Il n'avait jamais été homme à chercher l'amour, mais il avait espéré un peu de passion dans sa vie. Et dame Roxane… Dieu miséricordieux, cette affaire paraissait si mal engagée !

Avec un soupir, il s'éloigna de la croisée. Le bain était prêt et l'attendait. Sa migraine disparaîtrait sûrement une fois qu'il se serait rafraîchi.

Monter en croupe derrière Baderon était un défi plus grand qu'Elise ne l'avait imaginé. Ils avançaient lentement, sous un soleil de plomb. Des nuages de poussière planaient sur la route et la jument du luthiste, la Pie, était assaillie par les mouches. Elise n'était pas une grande cavalière et, très rapidement, son postérieur s'en ressentit. Elle avait mal aux bras, aussi, à force de se tenir à Baderon. Moite de sueur, elle n'en pouvait plus. Néanmoins, elle était contente d'avoir échappé à la surveillance du sergent Gaston. Quand Baderon était arrivé avec son luth, disant que la comtesse Isabelle d'Aveyron les avait convoqués pour donner un récital privé à la Corbelière, le soldat n'avait pas fait d'objection. Bien sûr, il n'y avait pas de récital privé. Elise et Baderon se rendaient à Provins.

— Quelle distance devons-nous parcourir aujourd'hui ? demanda-t-elle en écartant une mèche humide de son front.

— Nous devrions couvrir une dizaine de lieues. Mais si la Pie se fatigue, nous nous arrêterons plus tôt. Elle n'est pas habituée au poids supplémentaire, et je ne veux pas l'estropier.

— Bien sûr que non. Baderon, vous êtes un saint de venir avec moi.

— Ce n'est pas un problème. Il y aura autant de travail pour moi à Provins qu'à Troyes.

Il fit une pause et la Pie poursuivit stoïquement son petit trot entre les mouches et la poussière.

— De toute manière, messire Gauvain m'a demandé de veiller sur vous. Il n'aurait pas une bonne opinion de moi si je vous laissais voyager seule.

Elise se mordit la lèvre. Il avait été aimable de la part de Gauvain de se soucier à ce point de son sort — il se montrait très protecteur —, mais cela ne durerait pas. Comment serait-ce possible ? Il avait à présent de nombreuses responsabilités, et lui donner le manoir était sa façon de se débarrasser d'un fardeau non désiré et gênant. Elle recevait le manoir à cause de Perle. Sa gorge se serra. Ecartant Gauvain de son esprit — penser à lui était douloureux —, elle changea de sujet.

— Baderon, avez-vous souvent joué à Troyes ?

— Très souvent, au château et au palais.

— Et depuis combien de temps connaissez-vous messire Gauvain ?

La question lui avait échappé et elle le regretta aussitôt. Dire qu'elle voulait changer de sujet ! Chacune de ses pensées semblait la ramener à Gauvain.

— Pas longtemps.

— Oh ! Je supposais que vous le connaissiez depuis un certain temps.

Baderon secoua la tête.

— Jusqu'à récemment, je ne le connaissais que de réputation.

Il rit.

— Messire Gauvain ne s'était auparavant guère intéressé au monde des troubadours.

Déglutissant fortement, Elise regarda par-delà l'épaule de Baderon une rangée de peupliers à l'horizon.

— L'amour courtois et tout ce qui va avec ne l'a jamais intéressé avant cet été, reprit Baderon. Vous devez signifier beaucoup pour lui.

Sans le vouloir, oubliant que le luthiste ne pouvait la voir, elle secoua vivement la tête.

— Ce n'est pas vrai. Il m'aide parce que…

Baderon soupira.

— Sainte Mère, Elise, cet homme vous a donné un manoir ! Il doit avoir une bonne opinion de vous.

Elise prit une grande inspiration. Si seulement c'était vrai ! Le fait que Gauvain lui ait donné le manoir prouvait combien il la connaissait peu. Comment aurait-il pu avoir une bonne opinion d'elle s'il ne la comprenait pas ?

Toutefois, elle ne voulait pas discuter — pas alors que Baderon se donnait du mal pour l'aider.

— Où allons-nous nous arrêter ce soir ?

— J'espère que nous atteindrons la Charrette de Foin. Nous pourrons y passer la nuit. L'aubergiste pourra nous dire s'il a vu André.

— Si j'ai vu un autre joueur de luth ?

Un grand sourire éclaira le visage de l'aubergiste.

— Il se trouve que nous avons eu la chance d'avoir la visite d'un des vôtres il y a quelques nuits de cela. La soirée a été animée.

Il regarda Baderon d'un air d'attente.

— Etes-vous disposé aussi à nous distraire ?

Elise sentit le soulagement la submerger. Ils étaient sur la bonne piste !

— Excusez-moi, aubergiste, savez-vous comment s'appelait ce luthiste ? demanda-t-elle.

L'homme se gratta le nez.

— Antoine, je crois. Non, attendez, c'était André. Oui, André.

Il plissa le front.

— Il venait de quelque part dans le Sud.

— Poitiers ?

— Oui, c'est ça.

— André est un grand ami, et il est très important que je le trouve. Je suppose qu'il n'a pas dit où il se rendait à Provins ?

L'aubergiste sourit.

— Eh bien, si, il l'a dit. Il essayait de rejoindre un ami à lui, du nom de Jérôme. Je connais Jérôme depuis longtemps. C'est le fils d'un marchand de vin, celui qui fournit la plupart des auberges sur la route de Provins.

Elise échangea un coup d'œil avec Baderon.

— Où pourrais-je trouver ce Jérôme ?

— Dans la basse ville de Provins. La famille habite au-dessus de l'auberge du Soleil, à côté de l'église Saint-Ayoul. Demandez là, et vous aurez tôt fait de trouver votre ami.

Elise sourit.

— Merci, aubergiste, cela nous aide beaucoup.

L'homme ramena son attention sur Baderon.

— Jouerez-vous pour nous ?

Les yeux du luthiste pétillèrent.

— Avec les bons encouragements, je le pourrais. Vous nous offrirez le gîte et le couvert ?

— Naturellement.

Baderon jeta un regard interrogateur à Elise.

— Et vous, Elise, chanterez-vous ?

Elle avait chaud et était fatiguée, mais découvrir le nom de l'homme qu'André cherchait lui avait redonné de l'allant. *Jérôme. Le fils d'un marchand de vin qui habite au-dessus de l'auberge du Soleil.*

Elle écarta sa robe tachée de son corps avec une grimace.

— Oui, à condition que je puisse me rafraîchir d'abord.

Elle sourit de nouveau à l'aubergiste.

— Je vous en prie, dites-moi qu'il est possible de prendre un bain.

— Je vais demander qu'on vous en prépare un.

L'homme leur adressa une courbette digne de personnages royaux.

— Ma dame, sieur, vous êtes les bienvenus.

Le lendemain, Elise et Baderon reprirent la route. Ils s'arrêtèrent aux Quatre Princes pour la deuxième nuit, et chantèrent et jouèrent de nouveau en échange de leur souper. Ils apprirent qu'André était passé par là et que, en quittant l'auberge, il avait pris la route de Provins.

Le surlendemain, les fortifications de bois de Provins apparurent au loin. Des tours flanquaient la porte menant à la basse ville. Sur les bords de la route, l'herbe était marron, desséchée par des semaines de soleil brûlant. Des papillons voletaient au-dessus de fleurs des champs flétries — des coquelicots, du trèfle, des bleuets. Baderon et Elise franchirent la porte, saluant d'un signe de tête un garde dont le visage était aussi brun qu'une noisette.

— Nous allons aller tout droit à l'auberge du Soleil, dit Elise.

— Très bien.

Baderon se tourna sur la selle pour la regarder.

— Etes-vous disposée à chanter de nouveau ?

Elise grimaça en se massant les reins d'une main.

— Pas ce soir.

— Vous avez assez d'argent ? Je peux vous aider si…

— Merci, mais j'ai ce qu'il faut.

Elle avait ce qu'elle avait gagné au banquet des Moissons, ainsi que des deniers que son père lui avait donnés avant sa mort. Ils étaient en or et elle les avait glissés au fond de sa bourse. Elle avait pensé les conserver pour Perle, mais elle s'en séparerait volontiers s'ils aidaient à ramener André sain et sauf.

Elle nota la configuration des lieux tandis qu'ils s'engageaient dans la ville basse. Les rues, étroites et bordées de maisons de bois, ressemblaient beaucoup à celles de Troyes.

Des nids d'hirondelles étaient accrochés sous les chevrons, de la fumée s'échappait des toits et des lucarnes, des oies cacardaient, des charrettes bringuebalaient. Certaines des rues montaient à pic. Plus haut, elle pouvait voir des fortifications en pierre, le sommet d'une tour. Elle regarda Baderon.

— Je suppose que c'est le château ?

Son compagnon hocha la tête.

Elise ignorait jusqu'à quel point elle pouvait se montrer ouverte avec Baderon. Il savait qu'elle cherchait André, mais jusqu'ici elle n'avait soufflé mot des faussaires. Elle aurait aimé tout lui dire, mais elle craignait qu'il ne refuse de continuer à l'aider si elle mentionnait les malfaiteurs. Néanmoins, elle avait un nom — Jérôme — et Gabrielle avait parlé de caves. D'après ce qu'elle avait entendu dans les auberges, tout le monde semblait connaître les caves de Provins ; elle pouvait donc le questionner à ce sujet.

— Et les caves ? Savez-vous où elles sont ?

— Elles sont partout dans la ville. Un réseau de tunnels court sous les rues.

S'accrochant à la taille de Baderon, Elise fixa le sol poussiéreux.

— Au-dessous de nous ?

Elle avait supposé que les caves se trouvaient à une certaine distance de la ville, pas dans son sous-sol.

— La plupart des habitants les louent à des marchands étrangers. Ils s'en servent pour entreposer leurs réserves et y enferment leurs biens entre les foires.

Le cœur d'Elise manqua un battement.

— Combien de caves y a-t-il ?

— Je ne les ai jamais vues moi-même, mais on m'a dit que c'est un véritable labyrinthe souterrain, taillé dans la craie. Pourquoi cet intérêt ?

— Je… je ne sais pas exactement. Une amie a suggéré que je me renseigne sur les caves. Mais je crains de poser des questions trop directes, dans le cas où…

Sa voix s'éteignit. Si André était de mèche avec des faussaires qui utilisaient ces caves comme repaire, elle ne voulait pas que ses questions le mettent en danger.

— Baderon, nous devons être discrets.

Baderon grogna.

— L'aubergiste du Soleil connaît sûrement les caves. Et ce Jérôme aussi, si son père est marchand de vin.

L'auberge du Soleil se trouvait dans l'ombre de Saint-Ayoul. Ils laissèrent la Pie à l'écurie et entrèrent.

L'établissement était plein et l'aubergiste tellement occupé par ses clients qu'il allait être difficile d'obtenir longtemps son attention. Dès qu'ils se furent assurés d'une place pour la nuit, Elise alla droit au but.

— Aubergiste, nous cherchons un ami, André de Poitiers. L'avez-vous vu ?

— Jamais entendu parler de lui.

— Et Jérôme ? Je crois que son père est un marchand de vin qui habite ici.

— Jérôme ? Je ne l'ai pas vu dernièrement, mais je demanderai pour vous.

— Merci, aubergiste.

Ils se frayèrent un chemin jusqu'à une table et, après une courte attente, un valet leur apporta un pichet de vin. Le pichet était à moitié vide lorsque le valet revint avec du poulet et des oignons.

— Vous voulez parler à Jérôme, damoiselle ? demanda-t-il. Il n'est pas ici pour l'instant, mais, si vous êtes disposée à donner une petite pièce, je suis sûr que cela pourrait s'arranger.

Il agita les doigts sous le nez d'Elise, qui lui glissa une pièce qui disparut aussitôt.

— Il vous rencontrera près de la croix du marché, dans la basse ville. A midi. La croix du marché à midi. Venez seule, damoiselle.

Baderon fit un geste vif comme pour saisir le bras du garçon, mais ce dernier se tortilla comme une anguille et fila en direction de la cuisine.

— Cela ne me plaît pas.

Le luthiste marmonna, jurant à mi-voix.

— Pourquoi diable ne peut-il pas nous rencontrer tous les deux ? Je viens avec vous.

Elise hésita. Si seulement Gabrielle avait pu lui en dire davantage ! Elle ignorait pourquoi, mais son instinct lui disait que le mystère de la disparition d'André serait résolu si elle pouvait s'entretenir avec Jérôme.

— Baderon, il faut que je parle à cet homme. André a dû venir ici, mais l'aubergiste ne l'a pas vu. Vous ne trouvez pas cela étrange ?

Elle avait une sensation de picotements, et des frissons lui couraient dans le dos malgré la chaleur. Elle prit la main de Baderon.

— Je dois m'y rendre. Et si Jérôme veut que j'y aille seule, c'est ce que je ferai. Vous feriez la même chose si André était votre ami, j'en suis sûre.

Baderon soupira.

— Très bien. Mais soyez prudente. Je vous surveillerai en vous suivant de loin. Entendu ?

Elle se mordit la lèvre.

— Vous serez discret ? Vous ne le laisscrez pas vous voir ?

— Elise, je ne suis pas stupide. Bien sûr que je serai discret.

A midi, la basse ville était si animée que la place du marché grouillait littéralement de monde. Les gens se bousculaient, passant près de la croix du marché tel un fleuve contournant une île. Le soleil tapait sur les têtes, implacable et aveuglant. L'odeur des corps surchauffés rendait l'atmosphère étouffante. Des canards caquetaient, des chèvres bêlaient. Les fromages d'un des étals, bien que protégés par un auvent épais, transpiraient. Ils n'allaient sûrement plus tarder à fondre.

Elise soupira. Les cloches de Saint-Ayoul avaient sonné midi depuis quelque temps déjà; Jérôme était en retard. Avec irritation, elle tira sur l'encolure de sa cotte. Il n'y avait pas d'ombre près de la croix. Elle fondait comme les fromages.

Baderon était adossé à une maison à quelques pas de là, à l'ombre, le bienheureux. Elle ne l'avait pas regardé une seule fois depuis qu'elle était venue se placer près de la croix et se gardait bien de le faire, mais elle était consciente qu'il était là et reconnaissante de sa présence attentive.

— Ma damoiselle?

Un jeune homme se détacha de la foule mouvante.

— Vous êtes la jeune dame qui souhaite parler à Jérôme?

— Oui, je…

La main sur le cœur, il fit une courbette digne de la cour royale. Curieusement, son sourire fit courir un frisson dans le dos d'Elise.

— Permettez-moi de me présenter, dit-il. Mon nom est Jérôme. Mon père et moi importons du vin de Bourgogne depuis des années. Le comte Henri est l'un de nos clients les plus prisés.

Le comte Henri possédait des vignobles, mais Elise savait qu'il pouvait très bien acheter d'autres vins. Elle se contenta donc de hocher la tête tout en frissonnant de nouveau. Ce jeune homme — Jérôme — semblait parfaitement civilisé. Il était très séduisant avec ses cheveux cendrés bien coupés et ses yeux couleur d'ambre, mais elle n'éprouvait pas de sympathie pour lui.

— Vous cherchez votre ami André, je crois? Par ici, ma damoiselle.

Il se mit en route, jouant des coudes pour quitter la place. Elise le suivit alors qu'il s'engageait dans une ruelle, puis une autre. Seigneur! Provins était un véritable labyrinthe. Le ciel soit loué pour Baderon! pensa-t-elle. S'il n'était pas là, elle doutait d'avoir le courage de suivre Jérôme. La rue se mit à monter, ce qui signifiait probablement qu'ils se dirigeaient vers la ville haute. Lorsque les remparts en pierre du château du comte Henri apparurent au-dessus d'eux, elle sut qu'elle avait vu juste. La rue devenait plus étroite tandis que la montée se faisait plus raide. Jérôme s'arrêta et se tourna pour la regarder.

— Marcher fait transpirer, cet été, dit-il en souriant.

Elise eut la chair de poule. Tous ses instincts lui disaient que moins de temps elle passerait avec Jérôme, mieux ce serait, mais elle ne pouvait pas s'en aller.

— En effet.

Elle déglutit et parvint à sourire en retour ; elle devait penser à André.

Un mur incrusté de lichen se dressait sur sa gauche, tournant avec la rue qui montait. Des marches largement espacées les amenèrent plus haut. Ils étaient à quelque distance du sommet quand Jérôme s'arrêta de nouveau, cette fois devant une porte percée dans le mur. Elle avait d'épais gonds en fer.

— L'entrée de nos salles voûtées, ma damoiselle.

Un plant de lierre, sec et brun du fait du manque de pluie, rampait le long des fissures à leurs pieds. Jérôme sortit deux grosses clés. La serrure grinça et la porte s'ouvrit vers l'intérieur. Le pouls d'Elise se mit à battre très fort à la vue de marches qui descendaient vers l'obscurité.

— Ma damoiselle, les caves de famille.

Elise sentit sa gorge se contracter. Il lui vint à l'idée que si elle descendait dans ces caves, elle pourrait n'en jamais ressortir. Sur une impulsion, elle porta la main à sa nuque, soulevant ses cheveux comme pour se rafraîchir. Elle jeta un regard rapide vers la basse ville. La ruelle était déserte.

Où était Baderon ? Dieu du ciel, l'avait-il perdue ? Avec la foule de gens sur la place du marché et l'itinéraire sinueux qu'ils avaient emprunté, cela n'aurait rien d'étonnant. Dans un éclair d'inspiration, elle passa les doigts sous le cordon qui retenait son pendentif en émail.

— Par tous les saints, ce qu'il fait chaud !

Elle se força à sourire de nouveau.

Les yeux du jeune homme luisaient tandis qu'il la regardait ; il avait tout d'un chat jouant avec sa proie.

— Il fait frais dans les caves, ma damoiselle. Vous apprécierez la différence, j'en suis sûr.

Elle inspira profondément.

— Sans doute, oui.

Elle le vit jeter un coup d'œil dans la ruelle, toujours déserte, et tira fort sur le cordon. Il céda facilement. Le laissant tomber au pied du mur, elle le poussa au soleil du bout de son soulier. Si Dieu le voulait, Baderon était sur ses traces et le verrait briller.

— Après vous, ma damoiselle.

Elise commença à descendre les marches. Un rai de lumière éclairait un vaste espace vide bordé d'ombres grises. Des piliers ronds, en pierre, soutenaient le plafond. Tandis que ses yeux s'habituaient à la pénombre, elle vit de faibles lueurs filtrer par des ouvertures en haut des murs. Si quelqu'un lui avait dit qu'elle descendait dans la grande salle d'un roi nain, elle n'aurait pas été surprise. Son cœur battait à toute allure et elle avait le souffle court. Même si l'endroit était grand, on s'y sentait confiné. Elle eut l'impression que sa peau se rétractait.

Un sifflement et une lueur vacillante la firent se retourner. Jérôme tenait une torche. Elle le regarda fermer la porte et entendit le bruit d'un verrou que l'on poussait.

Ils étaient enfermés ! Tous les muscles de son corps se raidirent, et elle se retrouva en train de chantonner le *Magnificat*.

Mon âme glorifie le Seigneur...

Les nonnes le chantaient chaque jour au couvent et, même si Elise n'était pas faite pour la vie monacale, qu'elle y trouvait l'existence pesante, elle puisait sa consolation dans le chant.

Je suis ici pour André, se rappela-t-elle. *Je suis ici pour André.*

Jérôme descendit les marches.

— Par ici, ma damoiselle.

Il disparut sous une arcade creusée dans les entrailles de la terre, ne lui laissant d'autre choix que de le suivre. Elle ne voulait pas se retrouver seule dans la grande salle vide. Elle chantonna doucement pour détourner son esprit de sa peur.

Ils pénétrèrent dans un tunnel où la flamme vacillante de la torche fit briller des parois ocre tachetées de blanc. De la craie, supposa-t-elle. Les murs étaient rugueux au toucher et l'air glacé. Elle eut la chair de poule sur les bras. Dans l'air flottait une odeur de champignon, et le silence était oppressant.

Au-delà de la lumière, le corridor s'enfonçait profondément dans les ténèbres. Autour d'elle, les parois luisaient. Et là, oui, de minuscules champignons poussaient dans les crevasses. Renversant la tête en arrière, elle put voir une grille en fer. Ils devaient se trouver sous une rue. Des herbes sèches bloquaient l'ouverture. Elle s'imagina entendre le criaillement d'un geai.

Il y eut un mouvement derrière elle, puis quelque chose frappa l'arrière de sa tête et tout devint noir.

Gauvain fut réveillé avant l'aube par Aubin. Cela n'avait rien d'inhabituel. En revanche, l'anxiété qui perçait dans la voix de son écuyer n'avait rien de normal.

— Réveillez-vous, messire ! Vous avez un visiteur.

Gauvain ouvrit des paupières lourdes et cilla à la vue de la chandelle qui tremblait dans la main d'Aubin.

— Mon Dieu, Aubin, allez-vous-en ! Le lever du jour

est au moins dans une heure. C'est beaucoup trop tôt pour des visiteurs.

Aubin posa la chandelle sur le coffre près du lit et Gauvain changea de côté, lui tournant le dos. Il avait conscience que son visiteur malvenu avait eu la témérité d'entrer dans sa chambre, mais il était vraiment trop tôt.

— Vous serez content de me voir, dit une voix familière.

Gauvain se tourna de nouveau.

— Baderon ? Que diable faites-vous là ?

— C'est Elise, messire. J'ai pensé que vous voudriez le savoir. Elle a disparu.

Gauvain se figea.

— Disparu ? Elle n'a pas disparu. Je sais exactement où elle est. A Troyes.

— Non, messire, elle n'y est pas.

Lentement, Gauvain s'assit. L'idée qu'il pouvait s'agir d'une farce sinistre le traversa, mais l'expression de Baderon était trop grave pour cela.

— Vous êtes sérieux ?

A la vue d'Aubin qui ouvrait des coffres, posait sa tunique et ses chausses au pied du lit, décrochait son épée et son ceinturon du mur, une terreur glacée l'envahit.

La mine de Baderon était lugubre.

— Elise a quitté Troyes peu après vous, messire Gauvain. Elle est allée à Provins à la recherche d'André de Poitiers, qu'on a vu partir dans cette direction.

Gauvain se leva d'un bond et alla jusqu'au broc pour se passer de l'eau sur le visage.

— Et vous l'avez laissée venir ici ?

Il prit un linge pour se sécher.

— Il n'y avait pas moyen de l'arrêter, expliqua le luthiste. Elle était convaincue de pouvoir le trouver et le ramener à Troyes. Sa femme, Vivienne, est dans tous ses états.

Baderon déglutit.

— Comme Elise était déterminée à venir, j'ai pensé

qu'il valait mieux que je l'escorte. Si je ne l'avais pas fait, elle serait partie seule.

La tête le lançant — il avait dû boire trop de vin la veille au soir —, Gauvain le regarda.

— Il était impossible de la retenir, messire.

— Je comprends.

Gauvain lança le linge à Aubin et se tourna vers ses vêtements.

— Pendant que je m'habille, vous avez intérêt à tout me dire. Tout.

Les hommes grommelèrent un peu lorsqu'on les arracha à leur sommeil, mais ils étaient bien entraînés et furent vite prêts. Alors que les premiers rayons de soleil commençaient à ramper sur le sol, la troupe de Gauva ville.

Ne connaissant pas Provins aussi bien que Troyes, Gauvain demandé au capitaine du comte de Sainte-Colombe de lui servir de guide. Ce dernier était né dans cette ville et assurait connaître l'emplacement de toutes les entrées des caves dont Baderon avait parlé. Caves qui seraient fermées à clé, bien sûr, mais le capitaine jurait savoir où trouver ceux qui détenaient les clés.

— Par où commençons-nous ? demanda Gauvain tandis qu'ils trottaient vivement le long de rues où l'air était déjà étouffant.

Il devait faire un effort pour garder une voix calme ; il avait l'impression que son monde s'était désintégré. Elise était en danger, et il ne pouvait en blâmer que lui-même. Il avait promis à Raphaël qu'il se renseignerait au sujet d'André à Provins, mais il avait été si pris par ses maudites fiançailles qu'il ne l'avait pas fait.

— Regretter ne sert à rien, marmonna-t-il.

— Messire ?

Le capitaine du comte le regardait anxieusement. Gauvain serra la mâchoire. Il ne se sentait pas calme, loin de là, mais il devait offrir un visage serein aux hommes. Il avait peur, très peur pour Elise. Néanmoins, il ne devait pas montrer son anxiété — un chef incapable de contrôler sa propre inquiétude n'était pas fait pour commander.

— Les caves, dit-il. Parlez-m'en.

— La ville est bâtie sur un gisement de craie qui a été creusé pendant des années, messire. Il y a des tunnels et des passages dérobés, là-dessous. Que ce soit en hiver ou en été, la température n'y change jamais.

— C'est pourquoi ces caves sont bonnes comme entrepôts, n'est-ce pas ?

— Oui, messire. Des marchands en louent aux gens de la ville. Il y fait toujours frais. C'est idéal pour garder du vin, par exemple. Cet espace est très prisé parce que les marchands ne vendent pas forcément tous leurs produits aux foires. S'ils les emmagasinent dans les caves, ils savent qu'ils seront en sûreté entre deux foires.

Elle va avoir froid.

Gauvain regarda pensivement le capitaine.

— Ces caves feraient une bonne prison, apparemment.

Le capitaine hocha la tête.

— On les a utilisées pour cela aussi.

Gauvain serra les doigts sur ses rênes. Une prison ? Il lança un regard à Baderon puis ôta son heaume, l'accrocha au pommeau de sa selle, et se passa la main dans les cheveux. Toutes sortes de pensées s'agitaient dans son esprit. Pour qu'Elise ne soit pas rentrée la veille au soir, elle devait être retenue de force. Et c'était considérer les choses d'un point de vue optimiste. Au pire, elle pourrait être… Il refusa d'envisager cette possibilité. Toutefois, si ses recherches l'avaient conduite jusqu'aux faussaires, il se pouvait qu'ils veuillent la faire taire.

Dieu du ciel, cela ne devait pas arriver ! Cela n'arriverait pas. Il trouverait Elise et elle irait bien. Perle avait besoin d'elle. Seigneur, *il* avait besoin d'elle ! Il fallait qu'elle soit en vie.

Il entendit le capitaine parler de laisser les chevaux sous bonne garde sous un platane. Il acquiesça machinalement et se força à se concentrer sur son but. Il trouverait Elise. Les nœuds de son estomac se desserrèrent un peu. Certes, il éprouvait encore une certaine tension, mais il se sentirait mieux quand il l'aurait trouvée.

Elle sera saine et sauve, tenta-t-il de se convaincre.

— Combien d'entrées connaissez-vous, capitaine ?

— Au moins une demi-douzaine. Il peut y en avoir plus.

— Et vous connaissez ceux qui détiennent les clés, avez-vous dit.

— Oui, messire.

— Très bien.

Il mit pied à terre et confia les rênes du Monstre à l'un des hommes.

— Par où commençons-nous ?

Chapitre 12

La porte de la première cave était insérée dans un mur à mi-chemin d'une rue qui montait.

Gauvain tapa impatiemment du pied pendant que le capitaine faisait le nécessaire pour réveiller le possesseur de la clé et obtenir le moyen d'entrer. Lorsque la porte s'ouvrit en grinçant, il la franchit d'une poussée et descendit dans le noir. L'endroit était beaucoup plus petit qu'il s'y attendait, une grotte exiguë plus qu'un cellier. Sa tête touchait presque le plafond. Il y avait quelques tonneaux, un treuil cassé. Rien d'intéressant. Pas de portes ni de passages conduisant ailleurs, juste une petite caverne froide.

— C'est tout ? fit-il, les sourcils froncés. Je pensais que les caves étaient plus grandes. Est-ce qu'elles ne communiquent pas ?

— Certaines si, d'autres non.

Le capitaine écarta les mains.

— Je suis désolé, messire. Cette cave est l'une des plus petites.

En grognant, Gauvain retourna à la chaleur de la rue.

Quatre caves plus tard, le capitaine indiqua une porte de l'autre côté de la rue.

— Il paraît que celle-ci est plus grande, messire.

Gauvain traversa à grands pas. Sur le sol, quelque chose brilla au soleil du matin. Il se pencha pour le ramasser et son cœur s'arrêta. Un petit pendentif en émail avec un

213

cordon cassé reposait dans sa paume. La bouche sèche, il fixa le travail exquis, la marguerite blanche avec son cœur doré. Il referma les doigts dessus et examina la porte. Elle était en chêne, cloutée et bardée de fer. Il s'éclaircit la voix.

— Celle-ci, capitaine. Regardons à l'intérieur.

Le capitaine opina.

— Très bien, messire, je vais aller chercher la clé.

Saisi par un sentiment d'urgence, Gauvain mit le pendentif d'Elise dans sa bourse.

— Pas de temps pour les politesses.

Elise était là-dedans, il le savait. Un coup d'œil aux gonds lui indiqua que la porte ouvrait vers l'intérieur. Il fit signe à l'un de ses hommes.

— Sergent, à vous l'honneur, voulez-vous ?

Le sergent et deux soldats enfoncèrent la porte à coups de pied. Quelques instants plus tard, ils descendaient dans ce qui semblait être une grande salle souterraine. Le plafond était voûté. Deux rangées de piliers s'enfonçaient sous la ville. Une arcade noyée d'ombre conduisait plus loin dans le noir. L'air était frais et sentait vaguement la terre.

Arrachant une torche à un soldat, Gauvain alla droit vers l'arcade. Là, les murs étaient plus grossiers et il se retrouva en train de scruter un tunnel taillé sans finesse dans le rocher. La surface des parois était rugueuse et irrégulière. Des groupes de petits champignons poussaient dans des fissures. Les hommes se serraient derrière lui, leurs pas résonnant dans le silence du souterrain.

Un soldat toussa.

— Mon Dieu, quel antre du diable est-ce là ?

Il fit hâtivement un signe de croix.

Devant eux, le passage se divisait. Gauvain leva la main.

— Ne faites pas de bruit.

Il désigna deux hommes.

— Vous deux, vous me suivez avec le capitaine. Les autres, attendez ici qu'on vous appelle. En silence.

Le capitaine lui emboîta le pas et ils avancèrent jusqu'à

l'endroit où le tunnel se ramifiait. Gauvain examina le sol. Il espérait trouver des empreintes de pas ou des traces d'éraflures. Il n'y avait rien. Et il n'avait toujours pas vu de marchandises.

— Cet endroit ne semble pas avoir été utilisé depuis des années, dit-il.

— Il peut y avoir des salles fermées à clé en avant de nous, messire. Les choses de valeur seraient sans doute entreposées dedans.

— Empruntez le tunnel de droite, capitaine. Je prendrai celui de gauche. Emmenez cet homme.

Puis il désigna l'autre soldat.

— Vous, venez avec moi.

— Très bien, mon seigneur.

La torche de Gauvain faisait luire les parois. Il n'avait parcouru que quelques pas quand il tomba sur une porte avec une ouverture nantie d'une grille près du sommet. Avant même d'essayer de l'ouvrir, il sut qu'elle tait verrouillée. Il leva la torche vers la grille.

— Elise ? Elise ?

Le silence était complet. Il grimaça et repoussa cette pensée. Dieu fasse que ce ne soit pas le silence d'une tombe ! Au fond de la salle voûtée, des tonneaux de vin étaient bien empilés.

— Elise ?

Rien ne bougea. Il n'y avait pas de frôlements pouvant signaler des rats ou des souris. Juste de l'air glacé, une odeur de terre humide et de champignons.

Plus loin, il y avait une autre porte, puis une autre encore. En fait, toute une file de portes qui semblaient se suivre à l'infini.

— Elise ? Elise ?

Le crachotement de la torche résonnait dans le silence. Gauvain jura à mi-voix. Il savait qu'elle était quelque part par ici, mais où ?

Soudain, il entendit quelque chose. Un souffle. Un murmure ? Non, un sanglot.

— Qui est là ? A l'aide ! S'il vous plaît, aidez-nous !

Des doigts menus s'enroulèrent autour des barreaux de l'une des grilles. Le cœur au bord des lèvres, Gauvain dirigea la lumière vers la porte. Un visage pâle apparut. Elise !

Il échangea un coup d'œil avec le soldat, et tous deux fichèrent leur torche dans un anneau près de la porte.

— Reculez, ma douce.

Les doigts d'Elise se retirèrent. Gauvain et le soldat donnèrent un violent coup de pied dans la porte qui s'ouvrit dans un craquement. Gauvain attrapa la torche. Accroupie par terre, Elise protégeait de son corps celui d'un jeune homme. La torche éclaira un visage crispé par l'inquiétude.

— Gauvain !

Il la vit déglutir.

— Dieu merci. Je pense qu'André est ici depuis quelque temps. Il ne veut pas se réveiller.

Après avoir donné la torche au garde, Gauvain s'agenouilla près d'Elise. Il ne l'avait jamais vue ainsi. Il lui prit les mains. Seigneur, ce qu'elles étaient froides !

— Vous êtes glacée.

Il lui toucha le front.

— Mon Dieu, Elise, vous êtes à moitié gelée !

Portant une main à sa gorge, elle déglutit.

— J'ai surtout soif.

Elle fit une grimace.

— J'ai si soif que j'ai dû arrêter de chanter.

Gauvain sentit la colère l'embraser. On les avait enfermés sans eau ? Comme il le suspectait, les faussaires craignaient d'être trahis. Elise et André avaient été abandonnés là pour mourir.

Feignant le calme, il se releva et la souleva dans ses bras.

— Allons dans un endroit où il y a de la chaleur et de l'eau.

— Mais, Gauvain…, dit-elle d'une voix enrouée. André…

216

— J'ai des hommes dehors. Ils iront chercher une litière.

Il se fraya un chemin dans le passage et éleva la voix.

— Capitaine ?

Un cri lointain lui répondit.

— A moi ! Faites demi-tour !

Il baissa les yeux sur Elise et adoucit son ton.

— Je vous emmène au château de Provins.

Acquiesçant d'un murmure, elle passa un bras autour de son cou et appuya la tête sur son torse.

Gauvain ne put se retenir. Il posa les lèvres sur sa joue. Elle leva alors la main et suivit du doigt l'arête de son nez. C'était un geste familier qu'il se rappelait de l'année précédente. L'an passé, elle l'avait regardé exactement comme maintenant, comme si elle...

Conscient du regard intéressé du soldat mais incapable de résister, il pencha la tête vers elle et sa bouche rencontra la sienne. Ses lèvres étaient froides et elles se réchauffèrent sous son baiser. Celui-ci fut bref.

— Dieu merci, vous êtes saine et sauve.

S'il l'avait perdue... Il ne supportait pas d'y penser. Il fronça les sourcils tandis qu'une autre pensée lui venait.

— Elise, vous êtes mère. Vous n'auriez pas dû vous mettre en danger ! Vous saviez que je n'étais pas loin. Pourquoi ne m'avez-vous pas demandé de l'aide ? De plus, j'ai laissé mes hommes à vos ordres à Troyes. Pourquoi être venue sans eux ?

Elle recula la tête.

— Je n'étais pas seule. Baderon...

— Un joueur de luth ? Quelle protection aurait-il pu vous offrir ? Seigneur, Elise, n'avez-vous pas songé au danger ? Si nous ne vous avions pas trouvée ?

Elle voulut l'interrompre, mais il continua :

— Vous avez vu l'état d'André. A votre avis, combien de temps est-il resté ici sans nourriture ? Sans eau ?

Le capitaine de Sainte-Colombe arriva en courant.

— Messire ?

— Il y a un homme blessé derrière nous, dans une des salles. Utilisez une couverture de cheval pour le transporter et sortez-le le plus vite possible.

— Oui, messire.

Elise regarda le capitaine.

— Son nom est André. S'il se réveille, veuillez lui donner quelque chose à boire.

Gauvain resserra son emprise sur elle.

— Capitaine, nous allons au château. Amenez-y l'homme.

Il continua à marcher à grands pas jusqu'à ce qu'ils atteignent la vaste cave qui ressemblait à une grande salle. Dépassant ses hommes en tenant fermement Elise contre lui, il gravit les marches.

Tandis qu'il montait, il entendit le capitaine donner des instructions pour sortir André de la cave. Il serra davantage Elise. Il désirait par-dessus tout enfouir la tête dans son cou et humer son parfum.

Contrôle-toi. Contrôle-toi…

— J'étais presque fou d'inquiétude, marmonna-t-il.

Il n'avait pas eu l'intention de l'admettre à voix haute. Les doigts d'Elise étaient crispés sur sa tunique.

— Je suis désolée, Gau… messire.

Elle avait une toute petite voix.

— Je n'avais pas projeté d'entrer seule, mais j'ai perdu Baderon de vue et… Gauvain, il fallait que je trouve André !

Gauvain la regarda sévèrement.

— Ce n'est pas une excuse.

Elle soupira.

— Quand je l'ai vu, j'ai compris qu'il était là depuis quelque temps.

Il la porta de l'autre côté de la rue. Le soleil éclatant lui fit cligner des yeux comme un hibou et un frisson la secoua.

— Ils ne prévoyaient pas de nous laisser partir…

Gauvain sentit sa gorge se serrer. Il fit un brusque signe de la tête à l'homme qui surveillait les chevaux.

— Mon cheval, s'il vous plaît.

Il changea la position d'Elise dans ses bras. Elle paraissait délicate et fragile, et si soucieuse… Il aurait remué ciel et terre pour lui ôter ses soucis. Il parvint à sourire.

— Chevaucher devant moi vous convient ?

Elle sourit à son tour et appuya la tête sur son torse.

Ils n'eurent pas l'occasion de se parler en privé avant d'être au château de Provins. Gauvain demanda une chambre d'hôte au premier étage, juste à côté de la chambre de jour. Il déposa soigneusement Elise sur le lit, puis recula et la contempla d'un œil critique.

— Vous êtes aussi pâle qu'un fantôme.

Une servante entra avec un plateau qu'elle posa sur un coffre.

— Voici la cervoise que vous avez demandée, messire.

— Merci.

— Dois-je aller chercher à manger, messire ?

— Elise ?

— Je meurs de faim. Puis-je avoir du pain, je vous prie ? Avec du miel.

Bien sûr, comment Gauvain avait-il pu oublier son penchant pour les sucreries ? Un soir, à la Corbelière, ils avaient mangé tout un gâteau aux amandes à eux deux. Il regarda la servante.

— Auriez-vous du gâteau aux amandes ?

La servante sourit.

— Je pense que je pourrai en trouver, messire.

Après une révérence, elle quitta la chambre.

Gauvain avait à peine ouvert la bouche pour demander à Elise si elle se rappelait ce gâteau aux amandes, quand une autre femme entra avec un linge et une cruche d'eau.

— Messire, si cela ne vous ennuie pas…

Elle fit une révérence.

— Je voudrais m'occuper de la dame. Vous devriez peut-être vous retirer.

Cela ennuyait Gauvain mais, se souvenant qu'il était fiancé, il hocha la tête.

— Je serai dans le corridor.

Il croisa le regard d'Elise.

— Je reviendrai quand vous serez plus à votre aise.

Malgré les murs épais, la chaleur accablante de cet interminable mois d'août avait pénétré jusqu'au cœur du château et l'envie de quitter son justaucorps démangeait Gauvain. A peine fut-il sorti qu'il l'enleva. Pendant qu'il attendait, il fixa les yeux sur un morceau de ciel bleu visible à travers la meurtrière au bout du corridor. Il entendait murmurer dans la chambre, mais sans distinguer les mots. Ce son était étrangement apaisant. Ce qui, se dit-il, était une bonne chose car, en lui-même, il se sentait tout sauf calme.

Pourquoi Elise n'avait-elle pas fait appel à lui pour l'aider ? Elle aurait dû savoir qu'elle allait au-devant d'ennuis en entrant dans cette cave. Avait-elle seulement pensé à ce qu'il serait arrivé à Perle si elle n'était jamais revenue ? Pourquoi ne se fiait-elle pas à lui ?

Fouillant dans sa bourse, il sortit la marguerite et en étudia l'émail. Il était lisse et parfait — la meilleure qualité de Limoges, probablement. Qui lui avait donné ce bijou ? Ses entrailles se glacèrent. Son cœur était-il pris ? Etait-il pris l'année passée, lorsqu'ils étaient devenus amants ? Il la revit dans le palais du comte Henri après son récital, assaillie par des admirateurs. Sans aucun doute, Blanchefleur Le Fay était entourée de hordes d'hommes prêts à se battre pour le privilège de lui rendre hommage.

Il songea à messire Olier, à l'empressement avec lequel il avait sollicité sa faveur lors du tournoi, à la façon dont il s'était précipité vers elle dans la grande salle du palais. Le chevalier souhaitait désespérément être le premier à la féliciter après son récital. Mais la réponse d'Elise avait été fraîche. Polie. Distante. Si un homme avait une place dans son cœur, ce n'était pas lui.

Elle tient les hommes à distance. Pourquoi ?

Il jeta un coup d'œil à la porte de la chambre. Il n'avait pas pensé à vérifier, mais il n'avait pas souvenir d'avoir vu la bague de messire Olier à son doigt lorsqu'il l'avait trouvée dans la cave. Pourtant, elle portait ce collier. Il devait avoir une grande importance.

L'hiver précédent, la chaleur qui avait flambé entre eux paraissait si réelle... Il passa le pouce sur les minuscules pétales blancs. Blanchefleur... Elle portait ce pendentif, alors, mais il n'avait pas compris ce qu'il signifiait. Elle n'avait pas soufflé mot de son succès comme chanteuse, elle le lui avait caché. Il comprenait ses raisons, maintenant. Elle avait gardé le silence parce que son but à la Corbelière était de découvrir les circonstances de la mort de sa sœur. Elle n'avait pas voulu de complications et, même si elle lui avait décrit la réalité de sa vie de chanteuse, il n'aurait pas apprécié sa renommée à sa juste valeur.

Sa vie était une vie de militaire. Il s'y connaissait en garnisons et en armurerie ; il savait comment équiper un château en hommes et comment diriger un domaine ; il savait quelles qualités rechercher chez un destrier. Avant d'entendre Elise chanter au palais, il pensait que son monde, celui des troubadours, était dérisoire, de la pure frivolité. Il ne lui paraissait pas important. Mais voir la façon dont elle avait transporté tout le monde au banquet l'avait fait changer d'opinion.

La servante ouvrit la porte de la chambre.

— Vous pouvez entrer maintenant, messire, mais, si vous voulez mon avis, vous ne devriez pas rester longtemps.

Les lèvres de Gauvain frémirent. La femme disait sans détour ce qu'elle pensait. Peut-être désapprouvait-elle le fait qu'il ait amené Elise au château. Mais qu'aurait-il pu faire d'autre ? Il aurait difficilement pu la ramener avec lui à Sainte-Colombe ! Il se contenta de sourire.

— Merci. Je ne m'attarderai pas.

— Elle a besoin de repos, messire. Ce coup à la tête...

Gauvain lui saisit le bras.

— Elle est blessée ?

Seigneur ! Il savait qu'elle avait eu faim et soif, mais ils l'avaient frappée ? Cette pensée lui tordit l'estomac.

— Pas gravement, messire, mais elle a à la tête une bosse de la taille d'un œuf.

Après avoir mis une pièce en argent dans la main de la servante, Gauvain alla droit au chevet d'Elise. Elle était adossée à des oreillers.

— On vous a frappée ?

— Ce n'est rien, Gauvain.

— Laissez-moi voir.

S'asseyant sur le bord du matelas, il la fit se redresser.

Ses cheveux avaient été tordus en un chignon lâche sur la nuque. Doucement, il le défit et écarta les mèches pour mieux voir. Il y avait une rougeur et oui, c'était bien une bosse. Dieu merci, la peau ne semblait pas avoir été meurtrie. Il inspira.

— Cela doit faire mal.

Le parfum de ses cheveux, familier, féminin, avec cette pointe d'ambre gris, évoquait des souvenirs de grands yeux sombres et souriants plongés dans les siens, de baisers ardents et de peau douce. De…

— Ce n'est rien, Gauvain. Je… Oh !

Elle lui saisit l'épaule et il se retrouva fasciné par sa bouche. Ces lèvres… Il se rappelait exactement leur douceur, leur chaleur…

Mais elle ne recherchait pas un baiser. Elle avait vu le cordon de son pendentif enroulé autour de son poing.

— Vous l'avez trouvé !

Son visage s'éclaira.

— Je suis si contente ! J'aurais détesté l'avoir perdu.

Se reculant, Gauvain tendit la main afin qu'elle puisse le prendre.

— Je l'ai laissé tomber en espérant que Baderon le verrait, expliqua-t-elle.

222

— Je l'ai vu briller au soleil. Le cordon est cassé. Permettez-moi de le renouer.

Passant le collier autour de son cou, il ferma les yeux tandis qu'une fois de plus ce parfum enivrant qui émanait d'elle envahissait ses sens.

Elle lui pressa la main et un petit frisson d'excitation le parcourut.

— Merci, Gauvain. Ce pendentif a une grande valeur pour moi.

— Un présent d'un amant ?

Il avait gardé un ton léger.

— Contrairement à ce que vous semblez croire, je n'ai pas des légions d'amants. Gauvain, vous êtes le seul homme…

Il haussa les sourcils.

— Je n'étais sûrement pas le premier ?

— Non, non. Il y a eu quelqu'un d'autre.

— Mais il n'y a pas eu d'enfant, avec lui.

Etrangement, cela lui faisait plaisir.

— Les herbes ont bien marché, cette fois-là. C'est pourquoi j'ai supposé qu'il n'y aurait pas de problème lorsque nous… nous…

En rougissant, elle s'interrompit. Elle prit une inspiration avant de poursuivre.

— Gauvain, je veux que vous sachiez que j'ai apprécié le temps que nous avons passé ensemble. Vous m'avez tant donné… Perle est un merveilleux présent.

Il lui lança un regard sévère.

— Perle aurait pu perdre sa mère, aujourd'hui.

Elle toucha sa manche.

— Grâce à Dieu, elle ne l'a pas perdue. Gauvain, j'aimerais voir André.

Elle fit mine de vouloir se lever, mais gentiment, fermement, il la repoussa contre les oreillers. Il lui prit la main et mêla ses doigts aux siens. Cette main était si petite… et elle ne portait aucune bague. Il réprima un sourire.

— On s'occupe de lui. Vous pourrez le voir plus tard. Vous devez d'abord vous reposer.

Il la regarda dans les yeux.

— Vous ne portez pas la bague de messire Olier.

— Non.

— Il ne vous plaît pas ?

Il n'avait aucun droit de le demander, mais la question lui avait échappé.

Au fond de son esprit, un plan intrépide se formait. S'il le réalisait, cela signifierait revenir sur sa parole, tourner le dos à un devoir pour en honorer un autre. Il ne serait plus en grâce auprès de sa tante, le roi aurait tous les droits de mettre son honneur en question, et dame Roxane… il ne savait pas très bien comment elle réagirait. Mais avant de faire le premier pas, il avait besoin de savoir ce qu'Elise en pensait.

Elle lui décocha l'un de ses sourires sereins.

— Messire Olier s'est toujours montré très généreux, mais, si je portais sa bague, cela pourrait l'induire en erreur.

— Il vous a offert le mariage.

L'idée qu'elle puisse épouser messire Olier le rebutait tant qu'il ne supportait pas d'y faire allusion, mais il devait savoir ce qu'elle en pensait. Tout en la scrutant, il ajouta :

— Bien des gens trouveraient cette union satisfaisante.

— Elle le serait si messire Olier était…

Elle s'arrêta, comme pour choisir ses mots avec soin.

— Je ne peux pas l'épouser.

Gauvain sentit un sourire se former sur ses lèvres et lutta pour garder une expression neutre.

— Il vous apporterait la sécurité.

Elle le dévisagea comme s'il s'était mis à parler une langue étrangère.

— Moi ? Epouser messire Olier ? Comment pouvez-vous, vous, un comte, suggérer une chose pareille ? La différence entre lui et moi est bien trop grande ! Il est chevalier alors que je suis la bâtarde d'un troubadour.

Gauvain écarta d'un geste de la main sa filiation et son illégitimité.

— Messire Olier n'y voit manifestement aucun obstacle.

Cessant de le regarder en face, elle tourna les yeux vers la croisée.

— Je pensais au début que messire Olier ne me courtisait pas sérieusement.

Elle soupira et sa poitrine se souleva. Gauvain s'efforça de ne pas le remarquer.

— Mais, dernièrement, il a renouvelé sa cour si souvent et avec une telle ardeur que j'en viens à croire qu'il ne voit pas de barrière entre nous.

— Cet homme vous veut. Vous êtes une très belle femme.

Elle poussa un autre soupir.

— Vivienne m'a dit qu'il était sérieux. Je ne l'ai pas crue.

— Croyez-le. Il veut vous épouser. S'il ne voit pas d'obstacle et que vous voulez de lui, il n'y a pas de barrière, Elise.

Elle battit des cils.

— Vous le pensez vraiment ?

Il lui pressa la main.

— Pouvez-vous en douter ?

Ses yeux s'assombrirent alors qu'elle le regardait pensivement, et il se demanda ce qu'elle voyait. Un homme qui l'aimait et ferait ce qu'il pourrait pour la gagner ? Ou un homme qui appartenait à son passé ? Il brûlait de le savoir.

— Elise, je serais heureux si vous compreniez que j'ai vos intérêts à cœur.

Comme elle se contentait de le regarder, il sentit son cœur se serrer. Si seulement il pouvait lui ouvrir ce cœur, justement ! Il mourait d'envie de lui dire ce qu'il avait à l'esprit : il les voulait, Perle et elle, dans sa vie pour toujours. Il désirait que leurs relations soient légitimes. Il ne voulait pas d'une obscure liaison. Certes, il avait des devoirs envers son suzerain et sa tante, mais il en avait aussi vis-à-vis d'elle et de sa fille. Et, à condition qu'Elise soit d'accord, il ferait passer ses devoirs envers elle et Perle avant les autres. Hélas ! il ne pouvait en discuter ouvertement avec elle avant d'être libre.

— Voulez-vous de messire Olier ?

Il attendit sa réponse en retenant son souffle.

Elle pencha la tête de côté et son mouvement fit briller les pétales de la fleur émaillée.

— Pourquoi le demandez-vous ?

Gauvain sentit sa peau le brûler. Il détestait ne pas avoir la liberté de lui donner une réponse complète. Il décida d'opter pour une approche différente. Du doigt, il toucha son pendentif.

— Qui vous a donné ceci ?

— Pas un amant, je vous l'assure. C'était un cadeau de mon père à ma mère. Elle me l'a donné quand elle s'est mariée. Elle ne voulait pas causer de problèmes avec messire Corentin.

— Messire Corentin était son époux ?

Elle hocha la tête.

— Quand votre mère s'est-elle mariée ? Après la mort de votre père ?

— Non, non.

Elle eut un regard qui parut méfiant à Gauvain.

— Ma mère a quitté mon père bien avant.

Il attendit.

— Ronan Chantier n'était pas un homme facile à vivre.

Sous prétexte d'ajuster le pendentif, elle baissa la tête, évitant son regard. Ses joues étaient rose vif. De gêne ? De honte ?

Il ouvrit la bouche pour lui dire qu'elle n'avait pas à éprouver de honte devant lui, jamais, lorsqu'elle releva la tête. Elle joua avec la petite marguerite.

— Mon père a donné ceci à ma mère au début, quand ils se fréquentaient.

Elle haussa les épaules.

— Par la suite, il n'avait plus pensé qu'à sa prochaine performance. Maman m'a dit un jour qu'elle n'avait jamais vraiment possédé son cœur, que personne ne pouvait réellement le toucher et qu'il n'était pas fait pour être père. C'est pourquoi elle l'a quitté. Elle a trouvé un chevalier et l'a épousé.

— Et maintenant ? Votre mère vit-elle toujours ?

— Je n'en suis pas sûre. Quand elle s'est mariée, elle a établi clairement que Morwenna et moi ne devions pas prendre contact avec elle.

Gauvain ne chercha pas à cacher sa surprise.

— Vous n'avez jamais revu votre mère après son mariage ?

Elle fixait le mur, tournant et retournant la marguerite entre son pouce et son index. Elle secoua la tête et une mèche de cheveux tomba sur sa poitrine.

— Peu avant le mariage de notre mère, nous avons été conduites au couvent. C'est alors qu'elle m'a donné ce pendentif. Elle a dit que messire Corentin pourrait être contrarié de voir un rappel de son ancienne vie.

Ne sachant que dire, Gauvain lui pressa la main. Voilà encore un autre aspect d'elle qu'elle lui avait caché. Plus il passait de temps avec elle, plus il constatait que l'hiver précédent, quand sa beauté l'avait captivé, il la connaissait à peine.

— Vous êtes une femme courageuse, murmura-t-il.

Elise avait connu un terrible départ dans la vie, et pourtant elle réussissait à en faire un succès.

— Courageuse ? Moi ? Vous avez dû boire trop de vin, messire. Parfois, je rêve que mon courage m'abandonne juste avant un récital. Si je ne pouvais pas chanter, je ne sais pas ce qui nous arriverait. Je redoute maintes choses ; je m'inquiète surtout pour Perle.

Elle eut un rire crispé.

— Vous m'avez énormément aidée, messire. Le manoir que vous m'avez donné représente plus de sécurité que je n'ai jamais espéré en avoir. Je ne peux assez vous remercier.

Les doigts de Gauvain se resserrèrent sur les siens.

— Je vous donnerais davantage, si je le pouvais.

Elle inclina la tête de côté et, de nouveau, une mèche de cheveux bruns tomba sur ses seins.

— Je ne comprends pas. Parlez franchement, Gauvain. Vous allez vous marier. Me demandez-vous d'être votre maîtresse ?

Elle l'observa de ses yeux sombres et, une fois de plus, il souhaita pouvoir déchiffrer les pensées qu'ils recelaient. Si seulement il pouvait demander sa main ! Hélas ! tant qu'il ne serait pas libéré de ses engagements, c'était impossible. Il devait se contenter de faire des allusions, en espérant qu'elle comprenne ce qu'il essayait de dire. En tant qu'homme d'honneur, il ne pouvait en faire davantage.

— Je voudrais vous offrir le monde. Mon Dieu, Elise, l'an dernier, j'étais libre. Si vous n'étiez pas partie sans un regard en arrière, je n'aurais jamais entamé de négociations de mariage avec le comte Faramus. Ces choses-là ne sont pas faciles à annuler.

Tendant la main, il passa le bout des doigts sur la longue mèche brillante qui ondulait sur sa poitrine. Son geste était familier, celui d'un amant. Il ne devrait pas la toucher ainsi tant que leur chemin n'était pas dégagé. Le problème, c'était qu'il ne pouvait s'en empêcher.

Le souffle d'Elise se suspendit. Son parfum d'ambre gris troublait l'esprit de Gauvain. Il posa les yeux sur sa bouche.

— Si jolie…, murmura-t-il.

Comment se faisait-il que plus il passait de temps en sa compagnie, plus il lui était difficile de se rappeler qu'il devait agir correctement ?

— Si…

Il déglutit. Seigneur ! Elle avait humecté ses lèvres et il était fasciné.

— Elise, si j'étais libre, que feriez-vous ?

Avec précaution, elle posa la main sur sa joue.

— Messire Gauvain, vous l'ignorez vraiment ?

Il fut sidéré qu'elle utilise son titre alors qu'ils étaient assis ensemble, aussi proches. Etait-ce sa manière de le tenir à distance ? Elle fit descendre un doigt menu le long de son nez, et il la regarda sans comprendre. Elle l'appelait par son titre puis, un instant plus tard, elle le touchait comme s'ils étaient de nouveau amants. Que voulait-elle de lui ? Un élan de désir, venu du fond de son être, le poussa en avant. Il changea de position et la prit dans ses bras.

— Elise.

Il déposa de petits baisers dans son cou, fermant les yeux tandis qu'il inhalait son parfum. Elise…

— Ma bien-aimée.

Elle passa une main sur sa nuque, la glissa dans ses cheveux, et la peau de son crâne s'échauffa. Quoi qu'il fasse d'autre, il ne devait pas l'embrasser. S'il le faisait, il était perdu. Toutefois, il ne s'était pas attendu à ce que ces doigts fins se crispent sur ses cheveux pour mettre sa bouche à la hauteur de la sienne.

— Un baiser, Gauvain…, murmura-t-elle. Juste un.

Leurs lèvres se touchèrent, hésitantes. Il fit en sorte que ce baiser reste innocent avec l'espoir que s'il n'agissait pas comme s'ils avaient été amants, s'il ne se comportait pas comme s'il ne désirait rien plus vivement que de s'unir à elle, son corps oublierait cette aspiration. Elle émit un petit murmure frustré et se pencha plus près, pressant ses seins sur son torse.

— Embrassez-moi pour de bon, Gauvain.

Il grogna. Elle n'avait pas utilisé son titre, juste son nom. Il la prit dans ses bras pour l'embrasser et approfondit son baiser. Puis il s'écarta.

— Seigneur, Elise, c'est si bon !

Son corps ne faisait pas ce qu'il était censé faire, et Elise ne l'aidait pas. Sa main glissa pour couvrir un sein à travers l'étoffe de sa cotte. En gémissant, elle se serra contre lui et embrassa sa clavicule. Elle sortit sa tunique et sa chemise de son ceinturon, puis ses doigts délicats semèrent des traînées de feu dans son dos.

— Elise…

Sa voix était rauque. Il haletait, brûlant de désir et de frustration. Il avait si longtemps aspiré à elle. Sa tunique et sa chemise lui furent enlevées, par lui-même ou par Elise, il n'aurait su le dire. Son esprit était déchiré. Il fallait qu'il la fasse sienne. Non. Il ne devait pas céder à son désir. Il n'était pas libre et ne savait pas très bien ce qu'il devait faire au sujet de dame Roxane, sans parler des assurances qu'il avait données au comte Faramus et au roi. Sans compter qu'Elise avait eu un enfant récemment et qu'il ignorait au bout de quel délai une femme pouvait être approchée après l'enfantement.

Avec un rire saccadé, elle se laissa retomber sur les oreillers. Il la suivit en grognant.

C'était un tourment, c'était un ravissement. Il devait se montrer prudent. Il avait beau la désirer, il ne ferait que la caresser, se promit-il. Ses petites mains s'affairaient sur la peau de son dos et de son torse, faisant pulser douloureusement le désir en lui. Il se pressa contre sa cuisse et elle lui caressa la joue. Son léger sourire lorsqu'elle toucha son nez le vainquit presque.

— J'adore votre nez.

Elle enfonça les doigts dans ses cheveux. La fleur trembla sur sa poitrine.

Ils s'embrassèrent et leurs gémissements se firent écho. Lui tenant la tête, il la regarda dans les yeux tandis qu'elle bougeait sous lui. Les pointes durcies de ses seins saillaient sous l'étoffe de sa cotte. Elles le distrayaient, le tentaient. Son corselet était lacé du cou à la taille et fermé par un nœud. Il entreprit de le délacer pour faire glisser le vêtement sur ses épaules et, pouce par pouce, de plus en plus de superbes courbes furent dévoilées. Sa bouche s'assécha.

Elise s'arqua vers lui, lui mordillant l'oreille. Son souffle était chaud et tremblant tandis qu'il parvenait à écarter l'étoffe et couvrait un sein de sa paume. Elle émit une sorte de sanglot. Il caressa d'abord un sein, puis l'autre. C'était une torture exquise, et il voulait davantage. La voix de la raison, qui l'exhortait à la prudence, devenait très faible.

— Si douce…, murmura-t-il en prenant un sein dans sa main.

Elle le regardait, les yeux brillants.

— Si belle…

Sans qu'il sache comment, la courtepointe disparut. Elise se trouvait à moitié allongée sous lui ; leurs jambes étaient mêlées, et elle lui frottait le mollet de son pied. Elle le serrait contre elle, éparpillant ce qui restait de sa raison aux quatre vents. Il n'était plus que désir.

Il remonta sa cotte contre son cou en soupirant de plaisir et effleura du bout des doigts la peau chaude de sa cuisse.

Elle cessa de lui caresser les fesses et se mit à batailler avec ses chausses, le frôlant à travers l'étoffe. Il inspira.

— Faites attention, ma bien-aimée.

Le sourire qu'elle lui adressa était irrésistible.

— Gauvain, dit-elle d'une voix enrouée. Gauvain.

Il pressa ses lèvres sur sa joue, sa tempe, son front, couvrant son visage de baisers. Il était en train de descendre vers sa poitrine quand un changement soudain le surprit. Le corps d'Elise s'était raidi.

Elle tira sur une mèche blonde.

— Gauvain…

— Ma bien-aimée ?

— Ce que nous faisons n'est pas bien.

Il la regarda sans comprendre. Embrumé de désir, son esprit refusait d'accepter ce qu'elle disait.

— Nous ne devrions pas agir ainsi, Gauvain. Je suis désolée. Je ne sais pas ce qui m'a pris.

Se dégageant de lui, elle s'assit et entreprit de relacer sa cotte.

Gauvain grimaça. Il pulsait de désir et était assez surpris de la rapidité avec laquelle il avait perdu son contrôle.

— Vous avez raison, bien sûr. Mes excuses.

Il se leva, alla presque en titubant jusqu'au pichet de

cervoise et but une longue gorgée. Il entendit craquer le plancher du palier en même temps qu'Elise.

Des yeux bruns effarés rencontrèrent les siens.

— Gauvain, la porte ! Il y a quelqu'un dehors.

Le loquet cliqueta, la porte s'ouvrit, et dame Roxane de Sainte-Colombe apparut.

Chapitre 13

Elise souhaita disparaître sous terre. Dame Roxane !

La promise de Gauvain se figea sur le seuil, bouche bée. Puis, lentement, elle se reprit et avança dans la chambre. Elise s'entendit pousser un gémissement.

Dame Roxane l'ignora. Elle regardait son fiancé, les doigts serrés sur une croix en or qui brillait à son cou.

— Bonjour, messire, dit-elle calmement. J'ai ouï dire que vos amis avaient eu un accident, et je me demandais si je pouvais être d'une aide quelconque.

Le visage en feu, Elise finit de nouer ses lacets. Elle ne s'était jamais sentie aussi minuscule. Que pouvait-elle dire ? « Je suis désolée, ma dame, ce n'est pas ce qu'il semble. »

Sauf que ça l'était. C'était exactement ce qu'il semblait. L'hiver passé, elle n'avait jamais pu se retenir de toucher Gauvain. Elle était revenue à Troyes pour le trouver fiancé à la femme qui se tenait près de la porte avec cette expression détachée, et rien n'avait changé. Elle ne pouvait toujours pas retenir ses mains quand il était près d'elle. Dieu du ciel, qu'avait-elle fait ?

Elle remarqua soudain que dame Roxane paraissait calme, mais qu'elle évitait d'une façon un peu trop marquée de regarder le torse nu de Gauvain. N'était-elle pas du tout curieuse de voir son corps ?

La culpabilité la traversa telle une lance.

Qu'ai-je fait ?

Depuis son arrivée, dame Roxane n'avait pas jeté un seul regard dans sa direction. C'était presque comme si elle ne pouvait pas la voir. Ne *voulait pas* la voir. Elle faisait comme si elle n'était pas là.

Dieu merci, Gauvain et elle avaient repris leurs esprits à temps. Sans cela, dame Roxane serait en train de les contempler en train de… Brièvement, elle ferma les yeux.

Gauvain doit avoir envie de me tuer !

Elle se mordit la lèvre. C'était sa faute. Elle lui avait demandé de l'embrasser. Il allait sûrement la haïr.

Gauvain posa la cervoise et saisit sa chemise. Elise constata qu'elle maudissait les sentiments qu'il faisait naître en elle. Elle aurait dû conserver une tenue convenable avec lui. Elle savait très bien ce qu'elle devait faire mais, une fois de plus, elle s'était laissé emporter. Et, cette fois, c'était pire car l'année précédente Gauvain n'était pas fiancé. Il lui jeta un regard sombre et alla prendre la main de dame Roxane.

Elise s'efforça de se rappeler ce qu'il avait dit qui l'avait poussée à tomber si facilement dans ses bras. « Je voudrais vous offrir le monde. » Elle regarda son dos large, brûlant d'aller l'enlacer, et s'interrogea. Cette phrase avait-elle été un mensonge ? Il ne pouvait guère en être autrement, d'autant qu'il n'avait pas dit de façon expresse que son mariage avec dame Roxane n'aurait pas lieu. Non, il ne l'avait pas dit.

Elle se massa les tempes. Sa tête la lançait et ce n'était pas simplement dû au coup qu'elle avait reçu. « Ces choses-là ne sont pas faciles à annuler. » Il avait dit cela, aussi.

Il l'avait avertie. Et elle, aveuglée par l'amour et le désir, n'avait pas compris ce qu'il disait. Gauvain et elle n'avaient pas d'avenir. Certes, il lui avait donné un manoir, mais cela s'arrêtait là.

Quand la tête blonde de Gauvain se pencha sur la main de dame Roxane, il sembla à Elise que son cœur allait se briser. Jetant un coup d'œil par-dessus son épaule, il lui adressa un signe de tête.

— Maîtresse Chantier, si vous voulez bien nous excuser,

j'ai des affaires à discuter avec dame Roxane. Puis-je suggérer que vous vous reposiez encore un moment avant d'aller voir André ?

La gorge nouée, Elise acquiesça.

La porte se referma avec un léger bruit, et elle se retrouva seule.

Se sentant aussi insignifiante qu'une fourmi, elle se laissa retomber sur le lit. Elle avait voulu voir trop de choses dans ses paroles ; elle avait pris ses souhaits pour des réalités. Pourquoi Gauvain voudrait-il l'épouser ? Elle n'avait rien à offrir à un homme comme lui, si ce n'est son corps. Certes, il lui avait donné un manoir, et elle ne pouvait que lui en être reconnaissante. Perle et elle ne mourraient jamais de faim.

Elle toucha la marguerite en émail, la faisant tourner autour du cordon, et soupira. La réaction détachée de dame Roxane quand elle les avait surpris était troublante. Si elle avait été à sa place, elle aurait jeté la cervoise à la figure de Gauvain. D'où venait le comportement étrange de cette femme ? Etait-elle aveugle ou ne se souciait-elle tout simplement pas des écarts de conduite de son promis ? N'avait-elle aucune fierté ?

Sa tête la lançait vraiment. En tressaillant, elle toucha la bosse de son crâne et se demanda combien de temps la douleur allait durer. Elle n'avait aucun droit d'être froissée par l'attitude de dame Roxane. Serrant les dents, elle lança un regard noir à la porte.

Je devrais pourtant savoir à quoi m'en tenir...

La prochaine fois, elle ferait attention. Il n'y aurait plus de baisers. Pas un seul.

Au pied de l'escalier en spirale, Gauvain offrit son bras à dame Roxane. Il s'attendait à ce qu'elle le rejette, mais après la plus brève des hésitations, de longs doigts blancs se posèrent sur sa manche.

— Ma dame, j'aimerais parler en privé avec vous. Puis-je suggérer la chapelle ?

Elle hocha la tête et son voile bougea.

— Bien sûr, messire.

Gauvain se préparait à une conversation difficile. Ils longèrent un passage en pierre. Hormis le bruissement des jupes de dame Roxane et le son de leurs pas, il y avait peu de bruit dans cette partie du château. A distance, il pouvait entendre des serviteurs qui bavardaient, le rire des hommes d'armes, des coups de marteau.

La chapelle avait dû être conçue pour l'usage exclusif du comte Henri et de sa proche famille. Elle était petite et construite dans le style roman, avec des piliers épais et des sièges en pierre taillés dans les murs. La lumière du sanctuaire vacillait derrière l'autel, et un prie-Dieu était placé devant.

Dame Roxane fit une génuflexion devant l'autel et se signa. Gauvain l'escorta jusqu'à un siège garni de coussins.

— Ma dame, je regrette que vous ayez dû être témoin de cette scène. J'ai mal agi envers vous.

Sa promise lui décocha un regard candide.

— Vous espériez garder votre liaison secrète ?

Il fit une grimace.

— Ce n'est pas une liaison.

Elle haussa les sourcils.

— Cela en avait tout l'air.

— Elise et moi avons eu… une histoire, naguère. Il n'a jamais été dans mon intention de vous humilier de la sorte et je ne peux que m'excuser.

Le soupir de Roxane résonna dans le silence.

— Vous l'aimez ?

Gauvain sentit qu'il se figeait.

— C'est entre Elise et moi.

Oui, je l'aime.

— A Troyes, je n'ai pu faire autrement que de remarquer

que Blanchefleur Le Fay avait de nombreux admirateurs, déclara dame Roxane avec un sourire serein.

— C'est vrai.

— Mais vous occupez une place spéciale dans son cœur ?

— Je l'ai cru, jadis.

— Depuis combien de temps la connaissez-vous ?

— Ma dame, il faut que vous sachiez que lorsque votre père et moi avons entamé les négociations pour nos fiançailles, je pensais qu'Elise était sortie de ma vie. J'ai été stupéfait de la revoir à Troyes.

Il songea à Perle, mais ne dit rien. Il n'allait pas discuter de sa fille avec dame Roxane. Ce n'était tout simplement pas convenable.

Elle croisa posément les mains sur ses genoux.

— Messire Gauvain, je ne suis pas naïve. Dans la noblesse, les mariages sont conclus pour des raisons pratiques — pour renforcer des liens comme celui qui existe entre ma famille et la vôtre.

L'ébauche d'un sourire releva les coins de sa bouche.

— J'ai conscience que les gentilshommes, et parfois les gentes dames, prennent des amantes ou des amants. Je ne porte pas de jugement. Je pense que vous devriez savoir que je peux accepter n'importe quoi à partir du moment où je sais exactement où j'en suis.

Elle le regarda dans les yeux.

— Je veux la vérité. J'aimerais savoir si vous projetez de poursuivre cette liaison.

Gauvain se leva brusquement et se mit à fixer la croix sur l'autel.

— Ce ne serait pas bien. Ce serait un péché.

— Savoir que c'est un péché n'arrêterait pas beaucoup d'hommes.

— Ce ne serait pas correct, répéta-t-il en se tournant vers elle. Ma dame, je ne suis pas certain de bien vous comprendre.

Il sourit, guettant sa réaction.

— Moi aussi, j'aime être sûr de mon terrain. Dites-moi : entendez-vous par là que si nous étions mariés, vous accepteriez que j'aie une liaison avec Elise Chantier ?

Elle pencha la tête.

— Ce ne serait certes pas l'idéal, messire Gauvain.

Elle haussa les épaules.

— Mais je suis réaliste. Si vous êtes disposé à vous montrer aimable avec moi, je suis prête à fermer les yeux sur votre liaison avec Elise Chantier.

Gauvain fronça les sourcils.

— Il me faut des héritiers. Des héritiers légitimes.

De nouveau, il songea à Perle et son estomac se noua. Seigneur, il était vraiment en mauvaise posture ! Se libérer n'allait pas être facile.

— Je vous donnerai des héritiers, messire. A partir du moment où vous me traiterez courtoisement, je ne vois pas pourquoi nous n'aurions pas un mariage heureux.

— Heureux ?

Gauvain fixa sa promise et secoua la tête. Un instant, le regard bleu et calme de Roxane refléta de l'incertitude.

— Pourquoi pas ? Vous me plaisez, messire Gauvain, et je dois vous dire que cela dépasse mes attentes.

Elle riva son attention sur la petite lampe et, dans un éclair de lucidité, Gauvain sut que son calme était feint. Elle ne disait pas tout.

Elle inspira.

— Vous ne m'aimez pas d'amour et nous savons tous les deux, je crois, que je ne vous aime pas non plus. L'amour, ou le manque d'amour, n'a pas d'importance. Se plaire devrait être suffisant. Nous avons été élevés tous les deux pour faire notre devoir. Je peux vous assurer que je ne prendrai jamais d'amant. Vous n'aurez jamais à vous demander si je n'essaie pas de vous faire porter la paternité d'un bâtard.

Intrigué, Gauvain revint jusqu'à la banquette et s'assit près d'elle.

— Vous êtes une femme extraordinaire. Comment

pouvez-vous savoir que vous ne voudrez jamais d'amant ? Vous pourriez tomber amoureuse.

Lentement, elle secoua la tête. Son regard alla au-delà de Gauvain et se fixa sur la croix.

— Cela n'arrivera pas.

— Comment pouvez-vous en être sûre ?

Son voile bougea.

— Je le sais.

Gauvain l'étudia, les paupières plissées.

— On m'a dit que vous aviez dix-sept ans, mais aujourd'hui vous me donnez l'impression d'avoir vécu beaucoup plus longtemps. Il y a…

Il s'efforça d'exprimer ce dont il prenait conscience.

— Il y a chez vous une autorité remarquable chez quelqu'un de si jeune.

Elle eut un rire saccadé.

— Merci.

— Et maintenant, passons au nœud de l'affaire. Dame Roxane, j'ai une suggestion à vous faire.

Il se frotta le front. Après avoir entendu les vues de sa promise sur le mariage, il était convaincu de faire ce qu'il fallait. Ayant retrouvé Elise, il ne voulait pas la perdre une seconde fois. Un mariage par devoir, sans passion, n'était pas pour lui.

— Quand je suis entré dans cette chapelle, je craignais que vous n'appréciiez pas ma proposition. Je ne suis plus très sûr de ce que vous allez en penser, mais je commence à suspecter qu'elle pourrait vous rendre heureuse.

Dame Roxane le regarda en haussant un sourcil.

— Vous m'intriguez, messire. Je vous en prie, continuez.

— J'ai accepté nos fiançailles dans l'intérêt mutuel de Meaux et de Sainte-Colombe. Ma dame, je dois vous dire que j'ai changé d'avis.

— Vous souhaitez rompre nos fiançailles ?

— Oui.

Gauvain se rendit compte qu'il serrait le poing en attendant sa réponse.

— Eh bien ? Qu'en dites-vous ?

Une fois qu'André fut revenu à lui, il se remit rapidement. A l'heure du souper, Elise fut soulagée de constater qu'il allait assez bien pour l'accompagner dans la grande salle.

Les serviteurs et vassaux du comte Henri avaient pris place aux tables basses. Celles-ci étaient recouvertes de nappes écrues et l'on avait pensé à mettre des bouquets de fleurs à intervalles réguliers. Des roses et des lis. C'était une touche domestique inattendue dans un château de cette taille. Des bougies brûlaient dans des bougeoirs et des appliques. Il y avait aussi des fleurs sur la table haute. Les gens étaient moins nombreux sur l'estrade, juste quelques nobles, l'intendant du comte Henri, ses chevaliers les plus anciens et leurs dames. Des armes étaient exposées sur les murs — des écus, des lances, des épées. A chaque bout de la grande salle, des bannières de chevaliers étaient disposées dans des supports.

Elise choisit l'une des tables les plus tranquilles et alla s'asseoir au bout d'un banc. Elle n'attendait aucune manifestation pour saluer son entrée. Ce soir, elle n'était pas Blanchefleur Le Fay, mais simplement Elise Chantier, hôte du comte Henri. Elle regarda André qui paraissait remarquablement, bien étant donné sa récente épreuve.

— Combien de temps vous ont-ils gardé dans la cave ?

Le luthiste haussa les épaules et se pencha en avant pour prendre une cuisse de poulet.

— Je n'en ai aucune idée. Deux jours ? Trois ? Peut-être plus longtemps… J'avais perdu la notion du temps.

Il déposa le morceau de poulet sur leur tranchoir et, ce faisant, sa manche glissa. Il y avait des brûlures de corde sur son poignet.

Elise retint une exclamation et le toucha légèrement.

— Vous ont-ils battu ? Ils n'ont pas touché à vos mains, n'est-ce pas ?

La bouche d'André prit un pli amer.

— Ils n'ont pas touché à mes mains, mais ils ont pris grand plaisir à détruire mon luth.

— Oh ! André !

Il lui jeta un regard contrit.

— C'était ma faute, Elise. Je n'aurais pas dû traiter avec eux, pour commencer.

— Bien dit, mon garçon.

La voix venait de derrière eux.

Gauvain.

Elise se tourna vers lui et fronça les sourcils.

— Gauvain, son luth ! Comment va-t-il jouer sans instrument ?

Il restait une petite place à côté d'Elise. Elle aurait suffi pour un enfant. Gauvain la désigna néanmoins.

— Puis-je ?

Elise se déplaça sur le banc et, peu après, elle sentit la cuisse de Gauvain, chaude contre la sienne. Se rappelant ce qu'ils avaient fait dans la chambre, elle s'empourpra.

— Vous ne devriez pas être ici, à côté de moi ! dit-elle à voix basse.

Qu'allait penser dame Roxane ? Choquée, elle sentit la main de Gauvain descendre le long de sa cuisse en une caresse discrète, et une bouffée de désir la traversa. Elle le regarda en secouant la tête, se demandant comment cet homme pouvait lui plaire. Car il lui plaisait, sans aucun doute.

— Je ne devrais pas vous apprécier. Vous êtes un vrai rustre !

Les mots qu'elle ne pouvait formuler tournaient dans sa tête.

Je vous aime, Gauvain. Pourquoi, je ne saurais le dire, mais je vous aime.

Les yeux de Gauvain pétillèrent et, durant un instant

horrible, elle pensa qu'il pouvait lire dans ses pensées. Une autre caresse lui enflamma la jambe.

— Je ne peux pas rester longtemps, dit-il. Je retourne à Sainte-Colombe ce soir avec dame Roxane et je voulais vous parler avant de partir. Avez-vous tout ce qu'il vous faut pour ce soir ? ajouta-t-il en se tournant vers André.

— Oui, merci, messire.

Gauvain reporta ensuite son attention sur Elise.

— Elise ?

— J'ai tout ce qu'il me faut, messire Gauvain.

Sauf vous.

Des larmes lui piquèrent les yeux et elle cilla pour les chasser.

— Bon. J'ai pris des dispositions pour vous ramener à Troyes quand j'aurai terminé mes affaires avec le comte Faramus. J'espère que nous pourrons partir demain.

Elle battit des cils.

— Vous allez nous escorter, messire ?

Il lui jeta un regard étrange.

— Qui d'autre ? Hélas ! je devrai repartir presque tout de suite, et la maison de la rue du Cloître ne sera plus disponible pendant très longtemps. Je pense qu'il vaudrait mieux que vous vous installiez au manoir le plus tôt possible.

Il haussa un sourcil sombre.

— Etes-vous d'accord ?

Elise émit un soupir exaspéré. Elle ne le comprenait tout simplement pas.

— Comme vous voudrez, messire.

Elle n'était pas sûre de rester longtemps au manoir — la vie y serait très différente de celle sur la route —, mais tant que les enfants étaient petits elle ne pouvait nier que ce serait utile.

Gauvain se tourna de nouveau vers André.

— Comme je ne pourrai m'attarder à Troyes, j'espère pouvoir compter sur vous pour veiller à ce qu'Elise et Perle s'installent au manoir.

Elise avait déjà parlé du manoir à André, aussi répondit-il sans hésiter :

— Oui, mon seigneur.

— Merci.

Gauvain parla doucement.

— Il ne me plaît pas de penser à Elise vivant sans ses amis. Cela me soulagerait si vous et votre dame vous installiez avec elle.

— Merci, messire Gauvain. Vous êtes plus que généreux.

Gauvain secoua la tête en regardant André, l'air sérieux.

— Je ne suis pas généreux au point de ne rien attendre en retour.

André lui jeta un coup d'œil méfiant.

— Messire ?

— Je vous ai entendu, tout à l'heure. Dois-je en conclure que vous avez compris vos erreurs ?

André contempla le plat de poulet au milieu de la table et se racla la gorge.

— Vous allez me dénoncer à messire Raphaël.

— Pas nécessairement, fit Gauvain avec un geste évasif de la main. Etes-vous prêt à vous racheter ?

— Comment, messire ?

— Je veux que vous alliez de votre propre chef voir messire Raphaël, et que vous lui disiez tout ce que vous savez sur les faussaires.

— Messire !

Elise saisit la manche de Gauvain, puis mesura ce qu'elle faisait et la relâcha vivement.

— Vous ne pouvez pas lui demander cela ! Les gardes-chevaliers vont l'arrêter, et il sera emprisonné. Il pourrait même être pendu !

Un regard sombre soutint le sien.

— Elise, le comte Henri et le capitaine Raphaël sont des hommes raisonnables. Ils tiendront compte de la jeunesse d'André. S'il leur donne une explication complète, ils verront vite qu'il s'est enferré étourdiment dans cette situation. Tout ce qu'il a à à faire, c'est d'être franc avec eux. Je suis certain qu'on lui accordera le pardon.

André prit son gobelet de vin et le vida d'un trait.

— Messire, je… je ne suis pas sûr de savoir par où commencer.

— Vous pourriez commencer par dire au capitaine ce que l'épée faisait en votre possession, dit Gauvain à voix basse.

— Je la gardais pour Jérôme.

Elise se tourna vers André.

— Et les comédiens ? Vous avez mentionné une troupe de comédiens.

— Les comédiens…, marmonna André en évitant son regard. L'épée a été fabriquée à Toulouse. Les comédiens l'ont apportée du Sud et je devais la remettre à Jérôme quand il viendrait à Troyes. Il devait livrer du vin à la cour du comte Henri.

— Les comédiens et Jérôme font partie d'un réseau ? demanda Gauvain.

— Oui.

Le visage d'André exprimait une grande anxiété.

— Messire, je devais seulement remettre l'épée à Jérôme. Je n'ai pas vu grand mal à cela.

Gauvain soupira.

— Vous deviez être payé pour ce service ?

— Oui, messire.

— Ils vous utilisaient comme intermédiaire. Vous deviez savoir que c'était mal.

— Je suis sincèrement désolé, messire. Je ne me doutais pas qu'ils étaient aussi… implacables. Jérôme en particulier.

— Il est le chef de bande ?

— Je crois. Quand je suis venu à Provins et lui ai dit que j'avais perdu l'épée, il était comme fou. Il a déclaré que j'avais ruiné des années de travail et qu'il aurait sa vengeance.

André prit une inspiration saccadée et jeta un coup d'œil à Elise.

— Je ne suis pas surpris qu'il ait frappé Elise quand elle est venue me chercher. Cet homme ferait n'importe quoi pour protéger ses intérêts.

Gauvain regarda brièvement Elise.

— Soyez sans crainte, je protège moi aussi mes intérêts. Vous avez ma parole que vous serez tous deux en sécurité. Je parlerai pour vous, André. La plupart des hommes ont fait dans leur jeunesse des choses qu'ils regrettent. Je suis sûr que vous serez pardonné. Tranchez proprement avec tout cela, et vous pourrez vivre la tête haute. Sinon, une ombre suffira à vous faire sursauter le reste de votre existence. J'imagine que cela pourrait rendre la vie de troubadour difficile. Il peut vous intéresser d'apprendre qu'après vous en avoir sorti, la garde de Provins a fouillé les caves en quête de preuves. Elle n'a rien trouvé. Tout ce qui aurait pu fournir des indices a été enlevé.

Il dévisagea André d'un air éloquent.

— Les gardes-chevaliers ont besoin de votre témoignage.

Il se leva du banc et pressa l'épaule du luthiste.

— Réfléchissez-y. Pensez à votre femme, à votre fils. Je suis sûr que vous en arriverez à la bonne décision.

Son regard sombre s'adoucit lorsqu'il se posa sur Elise, puis Gauvain inclina la tête et des flammes dorées jouèrent dans ses cheveux.

— Maîtresse, je vous dis au revoir. A demain.

Peu après un bref repas, Elise et André se postèrent près des écuries pour attendre Gauvain. Ils n'y restèrent pas longtemps, car le comte de Meaux se montra fidèle à sa parole et, bientôt, la cour résonna de bruits de sabots tandis que sa troupe arrivait. L'un de ses hommes tenait deux chevaux supplémentaires par la bride.

Gauvain mit pied à terre et fit signe au soldat d'amener les deux montures. L'une était une jolie jument grise, l'autre, un robuste hongre bai.

Il vit Elise les regarder et s'enquit :

— Seigneur, Elise, je n'ai jamais pensé à vous le demander ! Savez-vous monter ?

Elle sourit tristement. L'hésitation de Gauvain avait de quoi la rendre humble, en lui rappelant leur différence de rang. Il n'aurait pas songé à demander à dame Roxane si elle savait monter. Une dame était mise en selle au berceau, ou presque. Alors qu'elle, bâtarde d'un troubadour et sa bonne amie...

— Je ne suis pas une excellente cavalière, mais oui, je sais monter. De fait, ce sera un soulagement d'avoir ma propre monture. J'ai quasiment rôti en venant ici.

— Ah oui ?

— J'étais assise derrière Baderon.

— Je pensais que vous aviez loué un cheval.

Elle se contenta de sourire et secoua la tête.

— Vous avez les moyens, maintenant, marmonna Gauvain. Vous percevrez les revenus du manoir.

— Je... je n'y avais pas pensé.

— Elise, vous pouvez cesser de vous inquiéter pour l'argent.

Sa bouche se détendit en un sourire.

— Il vous faudra un certain temps pour vous y habituer, j'imagine.

Il se tourna vers André.

— Je suppose que vous savez monter ?

— Oui, mon seigneur.

Elise et André n'avaient guère de bagages. Gauvain vérifia lui-même leur selle et leurs courroies et, peu après, ils franchirent les portes de Provins. Assez surprise, Elise se retrouva en tête de leur troupe, à côté de Gauvain.

— Messire, est-il bien que je chevauche à côté de vous ?

Un muscle frémit dans la mâchoire de Gauvain.

— Je souhaite que vous chevauchiez avec moi.

Elise fronça les sourcils. Etait-il sage qu'elle l'accompagne aussi ouvertement ? Etait-ce séant ? Etait-ce juste ?

Une autre question tournoyait dans son esprit. Gauvain avait-il terminé ses négociations avec messire Faramus ? Elle l'écarta — elle brûlait peut-être de savoir comment allaient les choses avec dame Roxane après l'épisode désastreux de la veille, mais les relations de Gauvain avec sa promise ne la regardaient pas. Et puisqu'il le voulait, elle chevaucherait à son côté ce jour-là. Ce serait peut-être l'une de ses dernières chances de lui parler, et elle devait en profiter au maximum.

Elle trouva une question qui semblait assez anodine.

— Je suppose que le comte Faramus vous a prêté ce cheval ?

Gauvain fit signe que oui et elle s'avisa alors que sa question n'était pas anodine du tout — elle conduisait à toute une série d'autres questions. Le comte Faramus savait-il que Gauvain voulait les chevaux pour sa... Qu'était-elle pour lui ? Son ancienne maîtresse ? La mère de son premier enfant ? Une femme avec qui il espérait renouer une liaison illicite ?

Je ne deviendrai pas sa maîtresse. En aucun cas.

Les bonnes sœurs du couvent n'avaient pas réussi à faire d'elle une nonne, mais elles lui avaient instillé l'horreur de voler l'époux d'une autre femme. Sa relation avec Gauvain devait changer. Elle devait même changer dès maintenant. Alors que ses yeux la picotaient, elle s'affaira à ajuster les plis de ses jupes pour cacher ses jambes. En réalité, elle ne devrait pas lui parler du tout.

— La chaleur ne semble pas vouloir diminuer, dit Gauvain.

— Non.

Consciente de son regard posé sur elle, elle continua à arranger ses jupes. Lorsqu'elle leva les yeux, ce fut pour les river sur un nuage de poussière que soulevait un groupe de mules, devant eux.

— Vous montez bien, dit-il.

— Mon père m'a appris. C'était après ma sortie du

couvent. Il disait que savoir monter était nécessaire puisque nous devions passer du temps sur la route.

— Vous n'avez pas de chevaux, pourtant. Ils sont trop coûteux, je suppose.

Elle hocha la tête.

— Nous avons une mule et un chariot. Vivienne n'aime pas monter. Et maintenant que nous avons les enfants, un chariot est essentiel. A l'occasion, André et moi louons des chevaux.

— Vous en trouverez au manoir. Si je me souviens bien, il y a une jument qui vous conviendra très bien.

Elle écarquilla les yeux.

— Vous nous donnez aussi des chevaux ?

— Je vous donne des chevaux *à vous*.

Il haussa les épaules.

— Vous en aurez besoin quand vous irez inspecter votre domaine avec sieur Bertrand.

Lentement, Elise secoua la tête. Elle avait un manoir avec des revenus. Elle était riche. Elle avait des chevaux. Une maison.

— Messire…

— Gauvain, marmonna-t-il. Cela me ferait plaisir que vous m'appeliez par mon prénom.

— Très bien, Gauvain.

Jouant avec ses rênes, elle tenta d'ignorer la bouffée de nostalgie qui embuait ses yeux.

Elle l'entendit soupirer.

— Elise ? Qu'y a-t-il ?

Elle ne répondit pas. Elle souhaitait lui demander si cela ennuyait dame Roxane qu'il l'escorte personnellement jusqu'à Troyes, mais elle ne pouvait le faire. Elle voulait lui dire qu'elle l'aimait, mais ne le pouvait pas non plus. Battant fortement des cils, elle lui jeta un coup d'œil de côté. Son grand corps à la large carrure était parfaitement à sa place sur le dos de son destrier. Il se tourna légèrement vers elle. Ses manières paraissaient chaleureuses, et même affectueuses. Le soleil estival avait éclairci ses cheveux, leur donnant la couleur du blé mûr, et il abaissait vers elle des yeux brillants, sombres, aussi fascinants que toujours. En cet instant, toutefois, son regard était insondable et différait en quelque sorte de son sourire, dont la franchise était terriblement attachante. Elise posa les yeux sur les longs doigts qui tenaient les rênes d'une façon lâche. La veille, ces doigts avaient enflammé tout son être.

Elle inspira lentement et ne put s'empêcher de remarquer que le mouvement de sa poitrine attirait le regard de Gauvain sur ses seins. Gauvain, comte de Meaux, n'était pas à elle. Il ne le serait jamais. Et si elle devait en juger par l'expression de son visage — elle ne pouvait nier la faim qui luisait dans ses yeux —, c'était à elle de maintenir une distance convenable entre eux. Le roi lui-même soutenait son mariage. Dans l'intérêt de Gauvain, elle devait faire en sorte de ne pas se placer dans une position où il serait tenté de profiter d'elle. L'incident honteux de la veille ne devait en aucun cas se reproduire.

Elle enroula les rênes autour de son index, les déroula et recommença — enroulant, déroulant, enroulant...

— Mess... Gauvain...

Jetant rapidement un coup d'œil derrière elle, elle baissa la voix.

— J'aimerais vous demander, à propos d'André. Je m'inquiète de ce qui arrivera quand il ira voir messire Raphaël.

— Je vous ai dit que je parlerai pour son compte.

— Merci. Je prie seulement pour que vous ayez raison quand vous dites qu'il sera jugé avec compassion.

Du cuir craqua et la main de Gauvain se referma sur la sienne.

— Ne vous inquiétez pas pour lui. Le comte Henri et le capitaine Raphaël verront forcément, comme moi, qu'il n'y a pas de mal en lui.

Il haussa ses larges épaules.

— Il est jeune. Il a simplement commis une erreur de jugement.

Les paroles de Gauvain résonnèrent dans l'esprit d'Elise, et elle fixa pensivement la main posée sur la sienne.

— Vous avez dit quelque chose de similaire, hier.

Il la regarda sans comprendre.

— Ah oui ?

— Dans la grande salle, au souper… Vous avez dit que la plupart des hommes ont fait dans leur jeunesse des choses qu'ils ont regrettées par la suite.

De nouveau, il haussa les épaules.

— Et alors ?

— Pensiez-vous à vous-même, en disant cela ? Y a-t-il quelque chose de votre passé que vous regrettez ?

Il retira sa main et remua sur sa selle.

— J'ai de nombreux regrets.

Il avait un sourire en biais. Du coup, Elise se demanda s'il la comptait parmi ses regrets. Elle ne voulait pas qu'il regrette sa liaison avec elle. Certes, elle avait eu de la peine lorsqu'ils s'étaient séparés, mais leur histoire lui avait aussi apporté Perle. Le temps qu'ils avaient passé ensemble lui avait procuré une grande joie et, même si cela avait été bref, elle avait eu le sentiment que Gauvain et elle étaient liés — qu'ils formaient une famille. Elle n'avait jamais éprouvé ce genre de choses, si ce n'est peut-être avec sa sœur, Morwenna.

Sa mère et son père n'avaient pas eu de place dans leur vie pour leurs filles. Morwenna et elle avaient été expédiées au couvent dès qu'elles étaient devenues encombrantes. Lorsqu'elle avait quitté le couvent et retrouvé son père, Elise avait désespérément souhaité rester avec lui. Elle avait désiré un foyer pour sa sœur et elle et s'était battue pour obtenir l'amour de Ronan Chantier. Elle avait appris à chanter dans l'espoir de gagner son affection. Il avait été content d'elle comme chanteuse, mais elle n'avait jamais senti de lien réel entre eux. Certainement rien de comparable à celui qui l'avait liée à Gauvain. Ce lien-là avait été beau à lui couper le souffle. Instantané.

— Et vous ? demanda-t-il. Quel est votre plus grand regret ?

— D'avoir quitté la Corbelière… et vous… au début de l'année.

Un muscle tressaillit dans la joue de Gauvain.

— Vraiment ?

— Vraiment.

Consciente qu'elle n'aurait pas dû faire cet aveu et se sentant coupable, elle lâcha un petit rire léger. Il n'avait sûrement aucune envie de le savoir. Elle s'empressa de continuer.

— Maintenant, à votre tour. Votre remarque au sujet de regrets de jeunesse a piqué ma curiosité. Qu'avez-vous fait à cette époque que vous regrettez ?

Une cloche d'église sonnait quelque part. Les corbeaux croassaient dans un bosquet voisin, comme ils le faisaient dans les bois autour de la Corbelière lorsqu'ils étaient devenus amants. Gauvain regardait fixement devant lui. Elle commençait à craindre qu'il ne trouve sa question indiscrète quand il poussa un gros soupir.

— J'ai de nombreux regrets, dit-il doucement. Et si vous en voulez un qui a façonné ma vie, je dois mentionner ma cousine, Lisette de Meaux.

— La fille de votre oncle ?

— Oui. Jeune garçon, je ne m'attendais pas du tout à hériter du comté de mon oncle. Mon père était son frère cadet. Il avait le manoir près de Troyes et je m'estimais heureux… un jour il serait à moi. De nombreux fils cadets n'héritent de rien. Toutefois, mon père et mon oncle étaient proches et, quand il est devenu évident que mon oncle n'aurait pas d'héritier mâle, ils ont demandé une dispense afin que Lisette et moi puissions nous marier.

Il tourna ses yeux sombres vers elle.

— C'était leur solution pour garder les terres de mon oncle dans la famille.

Elise hocha la tête. De tels arrangements étaient courants.

— Que s'est-il passé ?

— J'aimais Lisette comme une sœur. Nous étions jeunes tous les deux, et j'étais certain qu'avec le temps je l'aimerais comme mon épouse.

Sa bouche avait pris un pli maussade.

— Gauvain…

Elle tendit la main et effleura sa manche.

— Dites-moi. Vous l'avez épousée ?

Il secoua brusquement la tête.

— Il y a eu un accident peu avant le mariage. Lisette est morte.

Son expression était lugubre.

— C'est arrivé par ma faute… Une faute par omission, si vous voulez. J'ai tué ma cousine.

Elise retint son souffle. Comment cela se pouvait-il ? Gauvain était l'honneur personnifié.

— Gauvain, ce ne peut pas être vrai ! La mort de Lisette ne peut pas avoir été votre faute.

— Si, vous pouvez le croire.

Sa voix était amère, son regard morne.

— Mon oncle en tout cas l'a cru, lui. Nous montions à cheval. La selle de Lisette était mal attachée. J'aurais dû vérifier avant de partir. Nous faisions la course le long de la rivière quand son cheval a trébuché. La courroie s'est défaite.

— Elle a été jetée à terre ?

— Oui. Elle est morte sur le coup.

— Oh ! Gauvain… Je suis tellement désolée…

Il inspira.

— C'est de l'histoire ancienne. Qu'il suffise de dire que la mort de Lisette a causé une grave brèche dans la famille. Elle n'a jamais été comblée. Mon père a pris mon parti…

— Naturellement !

— Quoi qu'il en soit, mon oncle a refusé d'entendre

quoi que ce soit. De toute façon, c'était bien ma faute…
J'aurais dû vérifier la courroie.

— Quel âge aviez-vous quand c'est arrivé ? Quel âge
avait Lisette ?

— Nous avions quatorze ans.

— A cet âge, votre cousine aurait dû savoir vérifier sa
selle toute seule. Vous n'étiez pas à blâmer, dit fermement
Elise.

Elle se rappela avec quel soin il avait vérifié sa selle et
son harnais, plus tôt, dans la cour du château de Provins.
Gauvain était prudent en toute chose, responsable en toute
chose. La mort de Lisette avait fait de lui l'homme qu'il
était. Sentant que ce n'était peut-être pas le moment de le
lui faire remarquer, elle se tut.

— Une faute par omission est toujours une faute, dit-il
sombrement. Et sachant ce que mon oncle pensait de moi,
même si sur la fin il s'était quelque peu radouci à mon égard,
j'avais quelque scrupule à l'idée d'hériter de son comté.

Un muscle frémit dans sa mâchoire.

— C'est pourquoi je considérais qu'épouser dame Roxane
était peut-être la meilleure chose à faire. Au moins, sur ce
point-là, je pouvais le satisfaire.

Gauvain avait dit qu'il « considérait ». L'estomac d'Elise
se contracta. Il parlait à l'imparfait… Avait-il changé d'avis
au sujet de son mariage avec dame Roxane ?

Elle fixa la crinière de sa jument.

— Ah oui ?

— Mon oncle était en faveur de cette union, dit-il avec
brusquerie. Messire Faramus était son ami et allié.

Elle s'éclaircit la voix.

— Il paraît que le roi encourage le mariage.

Gauvain grogna et fronça les sourcils.

Elise joua de nouveau avec ses rênes. Derrière eux,
André parlait avec l'un des hommes de Gauvain. Elle
pouvait entendre chacun de ses mots, ce qui signifiait
probablement que toute la troupe pouvait entendre ce

qu'elle disait à Gauvain. Ce n'était vraiment pas l'endroit pour une conversation intime, en particulier quand celle-ci s'engageait en terrain mouvant.

Gauvain avait-il renoncé à épouser dame Roxane ? C'était possible, mais il serait plus que malséant de sa part de le lui demander. De toute façon, il fallait être réaliste. Même s'il avait changé d'avis sur ce point, Elise Chantier ne serait jamais un parti convenable pour lui. Le comte de Meaux n'épouserait en aucun cas une chanteuse. Ce n'était pas parce qu'il lui avait donné le manoir de son père qu'il envisagerait une union avec quelqu'un d'aussi basse extraction. En lui donnant le manoir, il avait été mû par le devoir. Il prenait au sérieux ses responsabilités de père et voulait mettre sa fille à l'abri. Cela ne signifiait rien d'autre.

Elle ne devait pas nourrir d'illusions. Comme la veille l'avait prouvé de façon si embarrassante, la passion flambait entre eux. Cependant, la passion seule n'était pas suffisante. Gauvain éprouvait de l'attirance pour elle — de fait, après cet incident, dame Roxane et elle-même le savaient sans l'ombre d'un doute —, mais c'était une attirance charnelle. Ce genre d'attirance et le mariage n'allaient pas nécessairement ensemble. Gauvain l'aimait-il plus profondément ? Pouvait-il l'aimer d'amour ? Encore une question qu'elle ne pouvait lui poser…

La mort de sa cousine Lisette avait rendu Gauvain conscient de ses responsabilités, mais ce n'était pas tout. Elle lui avait appris à garder pour lui ce qu'il éprouvait. Elise l'avait connu comme ami et comme amant, mais c'était la première fois qu'il mentionnait Lisette, la douleur et la culpabilité que sa mort lui avait causées. Il celait ses émotions au plus profond de lui.

En apprenant qu'il avait hérité d'un comté, elle s'était réjouie de sa bonne fortune. Messire Gauvain Estève était devenu le comte de Meaux ! Cependant, ce n'était pas aussi simple. Gauvain considérait son héritage avec des sentiments mitigés. La culpabilité à propos de la mort de

Lisette et de la rupture familiale qui s'était ensuivie pesait lourdement sur sa conscience. Trop scrupuleux, il endossait le blâme pour les fautes des autres. Lisette avait oublié de vérifier sa courroie et, avec le temps, son père aurait dû finir par l'admettre.

— Votre oncle a eu tort de vous blâmer de la mort de votre cousine, dit-elle doucement. Je comprends qu'il ait été bouleversé après l'accident, mais je crois que par la suite il aurait dû vous pardonner. Ce qu'il a sans doute fait.

Gauvain lui jeta un regard acéré.

— Comment cela ? Après les funérailles, mon père et lui ne se sont plus jamais parlé. Je n'ai jamais été appelé à Meaux.

— A mon avis, votre oncle vous avait pardonné. Il est bien intervenu dans les négociations pour vos fiançailles avec dame Roxane ?

— C'est ce que l'on m'a dit, mais je n'ai eu vent de ces négociations qu'après sa mort. Pourquoi n'a-t-il jamais pris contact avec moi ?

— Votre oncle était manifestement un homme fier et déterminé, sinon la brouille entre votre père et lui aurait été réglée rapidement. Un tel homme pouvait trouver difficile de vous approcher. Y a-t-il quelqu'un à Meaux à qui vous pourriez parler ? Quelqu'un qui saurait dans quel état d'esprit était votre oncle avant sa mort ? Cela pourrait vous apaiser.

L'expression de Gauvain se fit pensive.

— Je pourrais parler à ma tante, la veuve de mon oncle, dame Anna. Elle est entrée dans un couvent à Paris. Quand j'étais enfant, je l'adorais.

Il grimaça.

— Je dois avouer que je ne peux l'imaginer prenant le voile. C'était la plus enjouée des femmes… Il serait difficile de trouver quelqu'un de moins adapté à la vie monacale. J'irai lui rendre visite pour voir comment elle va.

Elise sourit.

— Je suis sûre que cela fera plaisir à dame Anna.

Chapitre 14

Les murs de Troyes se dressaient devant eux mais, au lieu de se diriger directement vers la porte de Preize, Gauvain garda le Monstre sur la route menant à son manoir. Il aurait dû prévoir ce qui allait se passer.

Elise désigna la porte, le front barré par un pli.

— Gauvain ? Et Perle et Vivienne ? Elles viennent bien avec nous ?

— J'enverrai mes hommes les chercher sous peu.

Il avait répondu d'un ton sec.

Les tracas des derniers jours occupaient son esprit. Avant d'arriver en vue des murs de la ville, il n'avait pas mesuré à quel point il se sentirait déstabilisé. La sécurité d'Elise était son principal souci. Jérôme semblait avoir fui Provins, et il était possible qu'il soit venu à Troyes.

Jusqu'à ce qu'il voie la ville se profiler à l'horizon, Gauvain s'était dit qu'il laisserait Elise sous la garde du sergent Gaston pendant qu'il allait à Paris. Hélas ! il ne pouvait cesser de penser à ce qui risquait d'aller de travers. Que ferait Jérôme s'il était à Troyes et la voyait ? D'après ce qu'André avait dit, il était clair que le malfaiteur la considérait comme une fautrice de troubles. Il voulait la faire taire et était assez implacable pour tenter n'importe quoi.

Et ce n'était pas seulement la sécurité d'Elise qui était en jeu. Qu'en était-il de Perle ? Un frisson glacé lui parcourut l'échine. Le mot « enlèvement » lui vint à l'esprit. Si les faussaires découvraient que Perle était sa fille, ils pourraient…

— Capitaine !

— Mon seigneur ?

— Prenez quatre cavaliers et allez directement à la rue du Cloître. Vous trouverez le sergent Gaston de garde devant l'une des maisons. Demandez Vivienne. C'est une nourrice qui loge actuellement dans la maison. Escortez-la avec les enfants, il y en a deux, jusqu'au manoir.

— Tout de suite, messire.

Le capitaine fit volter sa monture et Gauvain se tourna vers Elise.

— Satisfaite ?

Le froncement de sourcils d'Elise s'accentua.

— Je pensais que nous irions les rejoindre à la maison et que nous partirions ensemble pour le manoir.

— Vous vous êtes trompée.

Gauvain ne voulait pas l'inquiéter, mais peut-être serait-il préférable qu'il lui fasse entrevoir certains des dangers. Elle suivait des yeux le capitaine qui s'éloignait, et un aveugle aurait vu qu'elle était à deux doigts de se lancer à sa poursuite. Elle ne tenait pas compte d'elle-même — il fallait qu'elle mesure sa propre valeur. Gauvain tendit la main vers ses rênes.

— A votre place, je ne ferais pas cela.

Elle le regarda d'un air candide.

— Faire quoi ?

Gauvain attira sa jument près du Monstre et son genou heurta le sien. Il jeta un coup d'œil éloquent à sa main qui la retenait.

— Réfléchissez. A quoi cela ressemblerait-il si nous entrions en ville avec une troupe sur les talons ? Nous attirerions tous les regards. Les hommes devraient attendre dehors avec les chevaux pendant qu'André irait retrouver

Vivienne. Vous vous mettriez à faire des histoires à propos de Perle, et tout cela prendrait probablement des heures.

Bien que manifestement à contrecœur, elle hocha la tête.

— Ce ne serait pas discret, en effet.

— Exactement. Tout Troyes saurait que vous êtes revenue. Je me préoccupe de votre sécurité, Elise, et plus tôt vous serez à l'abri des murs du manoir, mieux je me sentirai.

Elle ouvrit la bouche, mais il continua :

— Ce n'est pas seulement votre sécurité qui m'inquiète, André pourrait être en danger lui aussi. Mon but est de vous conduire tous les deux au manoir, où vous n'aurez rien à craindre.

Relâchant ses rênes, il lui effleura la joue du bout des doigts.

— Le manoir des Rosières est entouré d'une courtine et d'une douve sèche. Il est plus facile à garder que la maison du Cloître.

L'expression d'Elise se rembrunit.

— Vous allez nous enfermer ? Je pensais que le manoir était à moi, mais vous parlez de le faire garder par vos hommes ! Gauvain, pourquoi laisser vos gardes, si le manoir est vraiment à moi ?

— Le manoir est à vous. Et mes hommes ne vous garderont pas. Je vous les laisserai pour vous aider à vous installer.

Elle scruta son visage.

— Il y a autre chose, n'est-ce pas ? Qu'est-ce que vous ne me dites pas ?

L'esprit en ébullition, Gauvain mit le Monstre au pas et ils continuèrent sur la route en direction du manoir, André et ce qui restait de sa troupe cheminant derrière eux. Que pouvait-il lui dire de plus ? Il ne voulait pas l'alarmer trop sérieusement.

Un instant, il songea à mentionner sa pétition au roi —

cela pourrait peut-être orienter la conversation dans une autre direction, loin des soucis qu'il se faisait pour elle. Il repoussa néanmoins cette idée. En tout honneur, il ne pouvait rien dire avant d'avoir parlé au souverain. Ensuite… selon le résultat qu'il obtiendrait, il aviserait. Sa seule certitude pour le moment était qu'Elise et Perle devaient être en sécurité et protégées. Il le souhaitait comme il n'avait jamais rien souhaité de sa vie.

Hélas ! il n'avait aucune garantie. Elise était une femme libre. Pendant qu'il serait à Paris, elle pourrait décider qu'être Blanchefleur Le Fay lui manquait. Elle pourrait emballer le pavillon violet et prendre la route. L'été était la meilleure saison pour chanter, et elle avait le chant dans le sang. Elle pourrait même — il serra les poings — accepter l'offre de mariage de messire Olier.

Il sentit son estomac se nouer. Il pourrait revenir au manoir et découvrir qu'Elise et Perle avaient disparu de sa vie. Comment pouvait-il veiller à leur sécurité dans ces conditions ? Il les aimait et ferait tout ce qui serait en son pouvoir pour les protéger. Des années plus tôt, il avait échoué à protéger Lisette. Cette fois, il n'échouerait pas.

Que venait-elle de dire ? « Vous allez nous enfermer ? » Les mots avaient une résonance particulière. « Vous allez nous enfermer. » Il dissimula un sourire. En un millier de vies, une telle idée ne lui serait jamais venue. Mais à présent qu'elle la lui avait soufflée…

— Gauvain, que ne me dites-vous pas ?

Réfléchissant à toute vitesse, il s'efforça de garder une expression impassible. Elise était très tenace et, si elle acceptait de l'épouser, elle lui donnerait du fil à retordre. Mais elle ne tarderait pas à apprendre qu'il était tout aussi tenace… Elle l'avait quitté une fois et cela ne se reproduirait pas. Il la protégerait, qu'elle soit d'accord ou non. La question était de savoir comment s'assurer au mieux qu'elle resterait en sûreté au manoir jusqu'à son retour.

« Vous allez nous enfermer. »

Ses pensées prirent un tour inattendu et il se mit à songer au roi Henri d'Angleterre. Tout le monde savait que le souverain et sa reine avaient une relation houleuse. Ils se querellaient souvent. La reine Eleanor — Aliénor d'Aquitaine — était rebelle et déloyale. Récemment, elle avait pris le parti de ses fils contre son époux. Le mot « trahison » avait été employé. Certes, Gauvain ne songerait pas à comparer sa relation avec Elise à celle d'Henri et d'Aliénor. Pour commencer, Elise et lui n'étaient pas mariés. Et même si tous deux n'étaient pas toujours du même avis, Elise n'était absolument pas déloyale. Toutefois, la méthode employée par le roi pour contenir son épouse avait piqué l'intérêt de tous. Henri l'avait capturée et emprisonnée. Pendant près d'un an, personne n'avait su où elle se trouvait.

Le cœur battant, il jeta un coup d'œil à Elise. Ses ennuis étaient différents de ceux du roi Henri, mais la façon que ce dernier avait eue de résoudre ses problèmes était étrangement tentante.

Il n'allait pas emprisonner Elise. Pas exactement. Il s'assurerait simplement qu'elle serait en sécurité. Il n'y aurait pas pour elle de possibilité de vagabondage avec Perle pendant qu'il serait à Paris.

Malheureusement, la garder en sûreté allait exiger des mesures draconiennes. Peu importait. Il avait les hommes et les moyens qu'il fallait pour cela. Elle serait furieuse contre lui, mais, ce qui comptait avant tout, c'était que Perle et elle ne risquent rien.

Elise repoussa son voile par-dessus son épaule. Ses yeux sombres le scrutaient.

— Vous allez adorer le manoir, dit-il avec entrain. Je vous ferai faire le tour avant de partir. Vous pourrez choisir une chambre pour vous et décider de celle qui conviendra à Vivienne et André.

Elle haussa un sourcil.

— Je pourrai choisir une chambre ? Gauvain, en cet instant, je me moque complètement de l'endroit où je dormirai. Vous me cachez quelque chose et je veux savoir ce que c'est.

— Je ne vous cache rien du tout.

C'était un mensonge éhonté, et il n'aimait pas mentir. Hélas ! il n'avait pas le choix. Il n'allait pas lui avouer qu'il avait décidé d'employer sur elle la même méthode que le roi Henri pour contenir son épouse. Après tout, ce Jérôme était dans la nature.

Le sergent Gaston recevrait des ordres pour permettre à Elise de se déplacer dans l'enceinte du manoir. Elle serait autorisée à monter à cheval autour de la propriété à condition qu'une escorte correcte l'accompagne. Mais elle n'aurait pas la permission d'aller à Troyes, ni de reprendre la route. Elle devait apprendre à veiller sur elle-même. Blanchefleur Le Fay était traitée avec considération et respect. Il fallait qu'elle prenne conscience qu'Elise Chantier était tout aussi précieuse. Son passé — son rejet par sa mère et le manque d'affection de son père — la hantait sûrement encore.

— Elise, je suis curieux au sujet du couvent où vous avez séjourné. La règle était-elle dure ?

Elle lui décocha un regard perplexe.

— Pas pire que dans n'importe quel autre couvent, j'imagine.

— Les nonnes étaient-elles cruelles ?

— Elles étaient assez aimables, étant donné que Morwenna et moi avions dû beaucoup les décevoir. Nous ne montrions aucun signe d'avoir une vocation.

Elle soupira.

— Je passais une bonne partie de mon temps à essayer d'échapper aux pénitences continuelles.

— Des pénitences ?

— Chaque jour, nous devions passer des heures à genoux à prier pour le pardon des péchés de nos parents.

— Chaque jour ?

Voilà qui semblait incroyablement sévère ! Il s'efforça

d'imaginer ce que cela avait dû être pour une jeune fille aussi sensible qu'Elise d'avoir à supporter un tel environnement.

— Apparemment, la contemplation quotidienne de ses propres péchés ou de ceux des autres est bonne pour l'âme. Comme le jeûne… Je suppose qu'ainsi, par la même occasion, elles économisaient de l'argent.

Quand il la regarda, sidéré et à court de mots, elle ajouta tranquillement :

— Notre illégitimité était une source de grande honte.

Une bouffée de culpabilité envahit Gauvain. Perle… Il lui avait donné un enfant illégitime. Il n'en avait pas eu l'intention, ne l'avait pas su, mais il avait dû rendre son fardeau presque insupportable. Il ne savait que dire.

— Seigneur, Elise, je suis désolé !

— Pourquoi ?

— Vous et moi. Perle. Je suis navré, je n'avais aucune idée de ce que vous aviez enduré. Vous devez me mépriser.

Elle eut un sourire chaleureux.

— Pas du tout. Je me suis libérée de cette honte quand j'ai quitté le couvent. Je ne la laisse plus m'affecter.

Gauvain n'était pas sûr de la croire. Elle pensait peut-être être libérée de toute honte, mais ces pénitences quotidiennes avaient dû obscurcir la vision qu'elle avait d'elle-même. C'était un miracle que les nonnes n'aient pas déformé sa bonne nature. Il lui prit la main.

— Les péchés de vos parents ne sont pas les vôtres. Leur honte n'est pas la vôtre.

— C'est exactement ce que je me dis. Hélas ! ce n'était pas l'opinion des bonnes sœurs.

Elle haussa les épaules.

— Chaque jour, nous devions faire la liste des péchés de nos parents et prier pour le salut de leur âme et de la nôtre. Mais j'ai appris quelque chose d'utile, au couvent. J'ai appris à coudre et à broder.

— Vous cousez ?

La couture et la broderie étaient des occupations de

dame. Il n'y avait jamais réellement prêté attention, mais elle s'habillait comme une noble dame et prenait grand soin de son apparence. Certes, les tenues qu'elle portait au quotidien en tant qu'Elise Chantier étaient très différentes des costumes de Blanchefleur Le Fay. Elise s'habillait avec une élégante simplicité ; Blanchefleur voulait éblouir. Ce jour-là, sa cotte vert pâle était assortie à son voile. L'encolure était soulignée de broderies crème au motif celtique, tout comme l'ourlet de son voile. Les deux étaient d'une très belle facture.

— Broder des nappes d'autel était une bonne façon d'échapper aux éternels rituels.

Ses yeux brillèrent, ses lèvres s'incurvèrent.

— Qui coud mes habits, d'après vous ?

— Je… j'avoue n'y avoir jamais réfléchi. Je supposais que Vivienne vous les faisait.

— J'aime coudre. C'est reposant.

— Il est bon de penser que le temps que vous avez passé au couvent n'a pas été que mauvais. Votre père venait-il vous voir ?

L'éclat de ses yeux disparut et elle les détourna vivement.

— Il… il était trop affairé.

Le cœur de Gauvain se serra. Après un tel traitement, il était surprenant qu'elle puisse être aussi chaleureuse, et loyale envers ses amis. André et Vivienne pouvaient s'estimer chanceux de l'avoir.

— Vous êtes un bijou, Elise, marmonna-t-il. Un bijou.

Elle lui lança un regard surpris.

— Vous sentez-vous tout à fait bien, messire ? La chaleur a dû vous affecter.

Il fronça les sourcils.

— Ne faites pas cela.

— Quoi ?

— Je vous ai fait un compliment, et vous le rejetez.

Il eut soudain envie de la tirer de son cheval et de

l'embrasser à en perdre la raison. Il jeta un coup d'œil à la troupe derrière eux, et préféra y renoncer.

— Seigneur, Elise ! Si Blanchefleur peut accepter les compliments, pourquoi pas vous ?

— Je ne suis pas sûre de vous suivre, messire.

Gauvain soupira. Elle l'appelait « messire » ; elle le tenait de nouveau à distance. Bon, pour l'instant, il la laisserait faire à sa guise. Mais lorsqu'il reviendrait de Paris…

Elise découvrit le manoir des Rosières bien avant qu'ils ne l'atteignent. Le donjon se dressait derrière un mur de courtine, gris foncé sur le bleu infini du ciel. Au sommet de la tour, la lance d'un garde brillait au soleil. Plus bas, elle aperçut un autre reflet de lumière. Seigneur, les croisées étaient vitrées ! Allait-elle vraiment vivre derrière du verre, comme une princesse ? Des murs incrustés de lichen entouraient le manoir en longues courbes ondulées et, alors qu'ils approchaient, elle vit une douve sèche ressemblant beaucoup à celle de Troyes. Il y avait un pont-levis en bois, une herse relevée et une arcade qui donnait sur la cour du manoir.

Consciente que Gauvain l'observait, elle surveilla son expression. Les battements fous de son cœur n'étaient en revanche pas aussi faciles à contrôler. Dieu du ciel, ce manoir était à elle !

— Bienvenue au manoir des Rosières, dit Gauvain tandis qu'ils franchissaient le pont-levis.

L'endroit n'était pas que militaire. Deux arbres ombrageaient un côté de la tour, un pommier et un laurier-sauce. Il y avait des fleurs, aussi. Une femme en cotte grise arrosait un rosier rose. A côté, des roses blanches formaient une arche, une tonnelle ombragée au-dessus d'un banc.

— Le manoir des Rosières…, murmura Elise. Il doit falloir arroser les rosiers tous les jours, par cette chaleur.

— En effet.

Des yeux sombres croisèrent les siens.

— C'est ma mère qui les a plantés.

Elise hocha la tête et la renversa en arrière pour examiner la tour. Elle était à court de mots. C'était une chose d'apprendre par Gauvain qu'il lui donnait un manoir. Mais entrer à cheval dans la cour intérieure et voir les lieux par elle-même… elle en perdait l'usage de la parole ! C'était magnifique. Un manoir fortifié qui était joli et accueillant. Elle n'avait peut-être pas envie d'y vivre en permanence — comment pourrait-elle abandonner le chant ? —, mais il était merveilleux de penser qu'elle pourrait toujours revenir ici. Il n'y aurait plus d'hivers glacés, elle n'aurait plus à compter chaque sou.

Elle regarda les roses et s'éclaircit la voix.

— Oh ! Gauvain, merci !

— Le plaisir est pour moi, répondit-il en lui souriant avec chaleur. Aimeriez-vous vous rafraîchir avant que je vous montre votre nouveau domaine ?

— Oui, merci.

Elise était debout dans la grande salle du manoir, contemplant bouche bée une immense tapisserie sur le mur sud. Face à l'estrade, le griffon doré de Gauvain traversait un fond rouge sang. Il était superbe et terrible. Moitié aigle, moitié lion, son bec était courbé comme un cimeterre. Ses serres brillaient, brodées au fil d'or, et sa queue de lion semblait bouger tandis qu'elle la regardait. Elle s'en approcha et passa les doigts sur la tapisserie.

— C'est votre mère qui l'a faite ?

— Ma tante, dame Anna. Elle était accrochée à Meaux.

Elise lui toucha la main.

— Vous voyez ? Dame Anna vous aime.

— Pas nécessairement. Ce sont les armoiries du comte de Meaux. Elle les a envoyées avec la nouvelle de la mort de mon oncle.

Elle lui sourit, secouant la tête.

— Gauvain, cette tapisserie a dû demander des années de travail ! Chaque point est rempli d'amour et d'application. Votre tante ne vous l'aurait pas donnée si elle ne vous aimait pas.

— C'est simplement ma bannière.

— C'est bien plus que cela. Votre tante vous aime, Gauvain, et je suis sûre que vous vous en rendrez compte quand vous irez la voir au couvent.

Se concentrant sur le griffon, elle recula d'un pas.

— Regardez ces plumes ! Et le pelage à l'arrière du lion, sa queue ornementée. C'est vraiment un travail magnifique !

L'humeur de Gauvain parut s'assombrir lorsqu'il l'emmena visiter le manoir. Il lui tenait fermement la main et avançait à une telle allure qu'elle avait du mal à rester à sa hauteur. Elle fut entraînée dans l'escalier en spirale et ils entrèrent dans une grande pièce éclairée par cinq croisées. Des banquettes en pierre avaient été taillées dans les embrasures et garnies de coussins. Il y avait une vaste cheminée et, sur une table, un jeu d'échecs en ivoire et en ébène.

— La chambre de jour, dit-il d'un ton bref.

Il semblait presque contrarié.

Lui décochant un regard pensif, Elise retrouva sa langue pour la plus banale des questions.

— La chambre de jour occupe-t-elle tout l'étage ?

— Oui, les chambres de la famille sont plus haut. Par ici.

Il avait la bouche pincée et ses manières étaient devenues brusques, au point d'être grossières. Elle le précéda dans une autre volée de marches. Qu'est-ce qui avait causé ce changement d'humeur ? Sur le palier, devant l'une des chambres, elle s'arrêta. Se rappelant les rosiers qui recouvraient la tonnelle du jardin — le manoir des Rosières était sa maison de famille —, elle crut comprendre. Il regrettait sa générosité.

— Gauvain, qu'est-ce qui ne va pas ?

Son regard était indéchiffrable.

— Rien. Venez par ici.

Elle ne pouvait se défaire de l'idée qu'il n'était plus d'accord pour lui donner le manoir.

— Vous êtes très pressé.

— Mes excuses. Je dois partir pour Paris demain à la première heure, ce qui fait que je dois parler à messire Raphaël ce soir. Et j'ai des messages à transmettre au comte Henri.

Les doigts d'Elise se recroquevillèrent dans ses paumes.

— Je ne pensais pas que vous partiriez si tôt, murmura-t-elle.

Il était très impatient de s'en aller. Quand le reverrait-elle ? Ce serait bon de le savoir. Elle se sentit soudain oppressée.

— Ne resterez-vous pas jusqu'à ce que Perle arrive ? N'avez-vous pas envie de la voir ?

L'expression de Gauvain s'adoucit.

— Si Perle arrive avant mon départ, j'en serai content. Sinon, je dois rentrer à Troyes très vite.

— Vous les croiserez peut-être sur la route, alors.

— C'est vrai.

Elle s'avisa qu'elle fixait une veine à la base du cou de Gauvain.

— Vous allez parler à messire Raphaël d'André et des faussaires ?

— Il doit savoir ce qui s'est passé à Provins.

Il lui releva le menton et la força à croiser son regard.

— Elise, j'ai promis de parler en faveur d'André et j'honorerai cette promesse. Le reste dépend de lui. Il devra convaincre messire Raphaël qu'il s'est complètement amendé.

— Je comprends.

— Dès mon retour à Troyes, je viendrai vous rendre visite. Je pourrai voir Perle convenablement, à ce moment-là.

Elise avait la nette impression que l'esprit de Gauvain était ailleurs. Il avait certainement beaucoup à penser — ses fiançailles, la visite à sa tante… Elle scruta son visage.

— Je pensais que vous vous précipiteriez à Sainte-Colombe tout de suite après votre audience avec le roi.

— Cela dépendra du résultat.

— Oh…

Il esquissa un léger sourire et la regarda en secouant la tête.

— Dès que possible, je viendrai vous voir.

Le cœur plus léger, elle lui rendit son sourire.

— Vous voudrez vérifier que je me conduis bien. Vous assurer que je n'ai pas fait la fête des nuits entières et vidé vos caves.

— Ce sont les vôtres, désormais. Je reviendrai parce que je veux être sûr que vous avez tout ce qu'il vous faut. Et que vous êtes heureuse ici.

Il ouvrit la porte devant laquelle ils se trouvaient et la fit entrer dans une grande chambre. Aubin les y avait précédés. Il tenait la poignée d'un lourd coffre de bois et entreprit de le traîner vers la porte.

Gauvain émit un soupir exaspéré.

— Servez-vous de votre tête, Aubin. C'est bien trop lourd pour que vous le descendiez tout seul. Allez chercher quelqu'un pour vous aider.

— Oui, messire.

Aubin disparut dans l'escalier et Elise se tourna vers Gauvain.

— C'était votre chambre ?

— Elle est à vous, si vous le désirez. Vous pouvez en préférer une autre. Toutefois, elle a la plus grande cheminée. En hiver, la chaleur supplémentaire est bienvenue.

Le reste de la visite se passa de la même manière, avec Gauvain allant à toute allure. Elise fut propulsée dans et hors de trois chambres plus petites. Quelques secondes à peine lui furent accordées pour jeter un coup d'œil à une pièce plus vaste qui lui rappela le dortoir des novices au couvent. Gauvain marmonna que c'était la chambre des femmes. Il y avait encore d'autres chambres plus haut et, au sommet, un poste de garde.

Avant d'avoir le temps de s'en rendre compte, ou presque, Elise se retrouva dans la cour, attendant pour dire au revoir à Gauvain.

Il lui avait expliqué tant de choses au sujet du manoir qu'elle avait l'impression que sa tête allait éclater. Combien de temps lui faudrait-il pour se sentir à l'aise ici ? Le pavillon violet avait été sa maison si longtemps… Heureusement, dans le cas où elle ne s'habituerait pas à la vie au manoir, elle pourrait y retourner.

Gauvain se tenait devant les écuries, ses cheveux blonds accrochant le soleil tandis qu'il donnait des instructions de dernière minute à messire Bertrand, l'intendant. Elise avait appris que l'épouse de ce dernier, dame Aveline, était la femme qui s'occupait des rosiers de sa mère. Dame Aveline avait joué jusque-là le rôle de châtelaine, et Gauvain lui avait demandé d'aider Elise à s'installer.

Croisant les mains, elle prit une longue inspiration. Messire Bertrand et dame Aveline paraissaient agréables. Elle se dit qu'elle apprendrait à les apprécier. Néanmoins, il lui faudrait du temps pour se sentir confiante dans son rôle de dame du manoir.

Regardant à travers la poterne, elle suivit des yeux la route de Troyes. Elle espérait voir arriver André avec Vivienne et les enfants. Hélas ! hormis un prêtre sur une mule, la route était déserte. En dépit des affirmations de Gauvain comme quoi il reviendrait après son audience avec le roi, elle doutait fort de le revoir bientôt. Il avait tant de responsabilités ! Il pouvait se passer des semaines, et même des mois, avant qu'il ne revienne. Elle aurait aimé qu'il voie Perle avant de partir.

Aubin sortit le Monstre des écuries et passa la bride dans un anneau du mur. Puis il retourna à l'intérieur.

La voix de messire Bertrand, même si elle était basse,

traversait la cour. Il semblait remettre en question quelque chose que Gauvain venait de dire.

— En aucune circonstance ?

Elise tendit l'oreille.

— Aucune, répondit fermement Gauvain.

Elle dissimula un sourire. Gauvain lui avait dit que ce manoir était entièrement à elle, mais l'habitude de donner des ordres était manifestement difficile à perdre. Il conservait pas mal d'autorité. Peu importait. Tant qu'elle ne se serait pas adaptée, c'était probablement aussi bien. Elle n'avait pas été élevée pour diriger un manoir et avait beaucoup à apprendre. Il fallait espérer que messire Bertrand et dame Aveline la guideraient. L'intendant lui semblait être un homme sensé et honnête. Gauvain l'avait choisi pour ce poste et, lui-même ayant été intendant à la Corbelière, il devait savoir quelles qualités étaient nécessaires. Elle se fiait à son jugement.

— En outre, quand André…

Gauvain tourna la tête et sa voix s'affaiblit avant de reprendre de la force.

— … à Troyes, assurez-vous qu'il ait une escorte. Le sergent Gaston et six soldats doivent l'accompagner. C'est compris ?

Messire Bertrand hocha la tête.

— Compris.

Gauvain revint vers elle. Il lui prit la main, pressa ses lèvres chaudes sur ses doigts puis la lâcha.

— Au revoir, Elise.

Consciente que messire Bertrand s'attardait non loin, Elise répondit d'une façon formelle.

— Adieu, messire.

Un pli se forma sur le front de Gauvain.

— Adieu ? Je préfère de beaucoup « au revoir ».

Il regardait sa bouche et elle se sentit rougir.

— Je reviendrai, vous savez.

Les joues en feu — il ne devrait vraiment pas la regarder

de cette manière en public —, Elise fit une révérence. Du coin de l'œil, elle vit qu'Aubin avait sorti son cheval et était déjà en selle.

— Bon voyage, messire.

Un long doigt descendit sur sa joue. Les éperons de Gauvain tintèrent lorsqu'il se tourna pour rejoindre le Monstre.

Elise se tint immobile tandis que le comte de Meaux et son écuyer traversaient bruyamment le pont-levis et s'engageaient sur la route. Un gros nuage de poussière se souleva derrière eux, masquant les champs comme de la brume. Quand reviendraient-ils ? Elle n'en avait aucune idée.

Prenant une grande inspiration, elle adressa un sourire enjoué à messire Bertrand.

— Vous avez beaucoup à m'apprendre, messire, j'en suis sûre.

Il lui rendit son sourire.

— Vous ne vous ennuierez pas, maîtresse.

Il ne fallut pas longtemps pour que Vivienne et les enfants arrivent. Elle se trouvait dans la grande salle avec messire Bertrand qui lui faisait part de ses projets pour l'initier à son nouveau rôle, quand un grondement de roues et de sabots lui fit lever la main.

— Un instant, messire, dit-elle en allant à la porte.

Vivienne et les petits étaient installés dans la charrette et escortés par des cavaliers. André courut à travers la cour et Vivienne lui tomba dans les bras.

La vision d'Elise s'embua. Battant des cils, elle se hâta d'aller jusqu'à la charrette et prit Perle. Lorsqu'elle l'embrassa, Perle gazouilla en agitant les bras et attrapa une mèche de cheveux de sa mère. Elle semblait essayer de la tirer de sous le voile.

— Non, pas de ça…

Elise libéra ses cheveux et embrassa de nouveau sa fille.

— Tu m'as manqué, mon amour, dit-elle farouchement.

La serrant contre elle, elle jeta un coup d'œil à Vivienne et André qui étaient déjà en train d'échanger leurs nouvelles. Ils paraissaient très concentrés. André relatait sans nul doute de ce qui s'était passé dans les caves.

Elise s'éloigna avec tact, emmenant Perle jusqu'au banc sous la tonnelle de roses blanches, afin que ses amis puissent parler en privé. Elle resta là un long moment à bercer sa fille, tout à la joie de la revoir, puis alla les rejoindre. Ils étaient encore enlacés.

Vivienne lui sourit, les yeux étincelants.

— Avez-vous vu messire Gauvain sur la route ? demanda Elise.

— Brièvement. Il ne s'est pas arrêté pour parler.

Vivienne s'écarta finalement d'André pour regarder le manoir. Elle en resta bouche bée.

— Par tous les saints, Elise, nous pouvons vivre ici ?

— Si vous le voulez.

Dans la grande salle, il fut tout de suite clair que Vivienne était enchantée par son nouveau cadre de vie. Bruno serré sur sa poitrine, elle allait et venait en touchant tout — la table cirée sur l'estrade, la tapisserie écarlate, les coussins brodés sous les fenêtres…

— André et moi ne dormirons pas dans la grande salle, nous allons avoir notre propre chambre à coucher ? demanda-t-elle à voix basse.

— Certainement.

Elles laissèrent André présenter les enfants à dame Aveline et allèrent à l'étage. Il y avait dans une des chambres une alcôve qui était parfaite pour installer les berceaux.

Devant la joie manifeste de Vivienne, Elise éprouva une pointe de culpabilité.

— Vivienne ?

— Mmm ?

Vivienne était allée jusqu'à la croisée et regardait les champs.

— Préféreriez-vous vivre ici plutôt que sur la route ? demanda Elise.

— Pas vous ?

— Je… je n'en suis pas sûre.

Elise poussa du bout de son soulier un tabouret de bois.

— Jusqu'à présent, je n'y avais pas vraiment pensé. J'ai toujours gagné ma vie en chantant, et il ne m'était jamais venu à l'idée que j'avais le choix.

— Vous n'en aviez pas, avant ce miracle.

Vivienne désigna d'un geste ce qui les entourait.

— Ceci change tout.

— Je suppose que oui…, fit Elise en se laissant choir sur le tabouret.

Elle avait envie de se pincer.

— Je n'ai pas eu le temps de réfléchir à ce changement.

Vivienne la rejoignit et lui pressa le bras.

— Ce n'est pas étonnant. Dans votre cœur, vous ne croyiez pas que cela arriverait vraiment. Je ne peux pas dire que j'en sois surprise.

Elise fronça les sourcils.

— Je ne vous suis pas.

— Vous n'êtes pas habituée à traiter avec quelqu'un comme messire Gauvain… Un homme honorable qui vous estime beaucoup.

Elise se rappela le regard brûlant de Gauvain lorsqu'il lui avait baisé la main dans la cour.

— Il m'estime, certes, murmura-t-elle. Comme compagne de lit.

Vivienne fit claquer sa langue.

— Parfois, vous êtes tout à fait ridicule ! Messire Gauvain vous tient en très haute estime. André m'a raconté ce qui s'est passé à Provins. La façon dont messire Gauvain s'est précipité à votre secours dès que Baderon est allé lui demander de l'aide. C'est encore plus beau que dans les ballades !

— Pas du tout, répliqua Elise d'un ton sec. André ne

vous aura sûrement pas raconté comment dame Roxane nous a trouvés, messire Gauvain et moi, seuls dans une chambre. Il n'avait que ses chausses sur lui. Il n'y avait rien de beau là-dedans, je peux vous l'assurer. C'était mortifiant.

Surtout quand Gauvain a remis sa tunique et s'en est allé avec dame Roxane sans même un coup d'œil en arrière, ajouta-t-elle intérieurement.

— Messire Gauvain vous veut, bien sûr.

Vivienne haussa les épaules.

— C'est naturel. Il est amoureux de vous.

Elise se figea. Les bruits lui semblèrent plus forts qu'un instant plus tôt. Elle entendait la voix grave de messire Bertrand dans la grande salle au-dessous. Les cocoricos d'un jeune coq et les coups de marteau du forgeron. « Il est amoureux de vous. » Si seulement cela pouvait être vrai…

— Je blâme votre père, continua Vivienne. Il vous a si mal traitée que, du coup, vous n'aimez pas les hommes.

— Ce n'est pas vrai !

Vivienne plissa les paupières.

— Vraiment ?

— Bien sûr que non ! Vous savez que j'aime bien André et Baderon… et que j'apprécie messire Gauvain, aussi.

— Vous *aimez* messire Gauvain, mais vous préféreriez mourir plutôt que de l'admettre. Et vous semblez bel et bien prendre plaisir à punir les hommes.

— Quoi ? s'exclama Elise, atterrée. Mais c'est faux !

— Ah oui ? rétorqua Vivienne, le regard ferme. Nous pourrions commencer par votre premier amant, ce pauvre Robert.

— « Ce pauvre Robert » ? Que lui ai-je fait ?

— Vous lui avez brisé le cœur.

— Je n'ai rien fait de tel ! Robert et moi étions d'accord sur le fait que nous ne nous convenions pas. Nous nous sommes séparés, et…

— Il y a messire Olier, aussi, poursuivit impitoyablement Vivienne. Vous ne le laissez jamais vous approcher non plus ! Même quand vous êtes Blanchefleur, vous tenez les hommes à distance. Admettez-le, Elise, vous ne vous fiez pas aux hommes. C'est pourquoi vous ne les laissez jamais devenir proches.

Elle soupira.

— Tout cela est la faute de votre père.

— Mon père aimait ma façon de chanter. C'est ma mère qui nous a mises au couvent, Morwenna et moi.

— Peut-être, mais vous idolâtriez votre père, et vous espériez qu'il viendrait vous chercher. Mais Ronan Chantier était pris par sa propre vie et il ne voulait pas avoir le fardeau de s'occuper de deux petites filles, même si elles étaient les siennes. Alors vous l'avez recherché et, quand vous l'avez trouvé, vous vous êtes servie de votre voix pour le convaincre de vous laisser rester avec lui.

— Père m'aimait pour ma voix. Il ne m'aimait pas moi, reconnut Elise tranquillement.

C'était triste à dire, mais elle savait que c'était la vérité. Son père lui avait seulement permis de continuer à vivre avec lui parce que, en tant que chanteuse, elle était la parfaite partenaire pour un troubadour.

Vivienne lui pressa l'épaule.

— Gauvain n'est pas comme lui. C'est un homme bien, et il voit dans votre cœur.

Elise déglutit.

— Il m'a dit qu'il m'avait cherchée après mon départ.

— Messire Gauvain vous aime, Elise.

— Il va se marier.

— Il vous aime.

— Même si c'est vrai, il ne le dirait jamais.

Vivienne secoua la tête.

— Quelle paire vous formez !

Elise se força à sourire.

— Je me demande ce qu'il pense de Blanchefleur.

— Il se soucie comme d'une guigne de Blanchefleur, même si je suis sûre qu'il admire son chant.

De nouveau, Vivienne secoua la tête.

— Il est bien dommage que vous l'ayez quitté au début de l'année. Si vous étiez restée, je crois bien que c'est vous qu'il aurait épousée.

La gorge d'Elise était trop nouée pour qu'elle puisse parler.

— Elise, c'est quelqu'un de bien, poursuivit Vivienne. Vous l'avez laissé vous approcher de plus près que les autres à cause de Perle. Ne gâchez pas tout ! Essayez de lui faire confiance. Messire Gauvain vous estime grandement. Et ne paraissez pas si inquiète. Je suis sûre qu'il reviendra.

Chapitre 15

Peu après le lever du soleil, Elise se mit en route à cheval avec messire Bertrand et deux hommes pour reconnaître les limites de ses terres. D'abord, elle visita le village et rencontra le prêtre. Dans les champs, les faux brillaient — les villageois fauchaient le foin pour les chevaux du manoir.

Ensuite, son intendant l'emmena jusqu'à un vignoble où les ceps étaient chargés de grappes. Pendant qu'il parlait, Elise ne pouvait cesser de penser à sa conversation avec Vivienne. Elle ne tenait pas les hommes à distance ! Et elle ne les punissait certainement pas ! Pour commencer, Vivienne avait mal compris ce qui s'était passé entre Robert et elle. Ils ne se convenaient simplement pas. Et quand elle avait quitté Gauvain, ce n'était pas pour le punir, mais parce qu'il appartenait à un autre monde qu'elle. Il…

— Maîtresse…

L'intendant la regardait, l'air de patienter.

Seigneur ! Il avait parlé des vignes et attendait qu'elle dise quelque chose. Elle lança la première question qui lui vint.

— Nous fabriquons notre propre vin, messire ?

— Oui, maîtresse. Notre vin est très bon, même si nous ne pouvons rivaliser avec le comte Henri en termes de qualité.

Ils poursuivirent leur route jusqu'à une partie boisée.

— Ce terrain est excellent pour la chasse, dit messire Bertrand. Il y a plein de gibier. Nous avons des chevreuils et même des sangliers. Nous mettons des filets pour attraper des oiseaux. Plus tard dans l'année, on chassera au faucon ailleurs dans la propriété.

Elise s'efforça de se concentrer, mais son esprit n'était qu'à moitié à ce que l'intendant lui disait. Elle n'avait pas oublié la promesse d'André à Gauvain. Le luthiste devait aller à Troyes et parler à messire Raphaël. Elle décida que si, d'ici au souper du lendemain, il ne faisait pas mine de vouloir tenir sa promesse, elle la lui rappellerait.

Par chance, ce ne fut pas nécessaire. Après avoir inspecté l'étang à poissons du domaine, Elise et son escorte reprirent le chemin du retour. Au carrefour, sur la route de Troyes, la poussière retombait derrière une troupe de cavaliers qui venait de quitter le manoir. Une bannière rouge flottait au-dessus d'eux.

Notant l'éclat d'un casque de soldat, Elise regarda mieux les chevaux. Elle se tourna vers l'intendant.

— Messire, ces cavaliers… André est-il parmi eux ?

L'intendant plissa les paupières.

— Oui. Le sergent Gaston doit le conduire aux baraquements du château. Je crois qu'une rencontre a été arrangée avec le comte Henri et messire Raphaël.

— Le ciel soit loué ! murmura Elise.

— Maîtresse ?

— Messire Gauvain sera content.

Elle lança un coup d'œil inquiet à messire Bertrand.

— J'espère que les gardes-chevaliers se montreront cléments avec André.

— Messire Gauvain, si vous voulez bien attendre ici, dit la nonne. Je vais faire appeler dame Anna.

— Merci.

La religieuse referma la porte derrière elle. Gauvain se tenait dans une chambre aérée, au plafond haut, dans la maison d'hôtes de Sainte-Marie. Elle était éclairée par d'anciennes croisées romanes et, bien que les meubles soient réduits à une large table de bois et deux bancs, on aurait dit une grande salle de chevalier en réduction. Un rideau vert la partageait en deux. Gauvain supposa que le lit devait se trouver derrière.

Il n'eut pas longtemps à attendre. Il avait à peine eu le temps de regarder autour de lui que la porte s'ouvrit et que sa tante entra, ses jupes balayant le sol.

— Gauvain !

Dame Anna tendit les mains. Un léger sourire relevait le coin de ses lèvres.

Comme Gauvain lui prenait les mains et les baisait, il fut content de voir qu'elle ne portait pas l'habit de novice. Son cœur s'allégea.

— Ma dame, c'est un plaisir de vous voir.

— Vraiment ?

— Pouvez-vous en douter ? Vous avez toujours été ma tante préférée.

Les yeux de sa tante pétillèrent.

— Si je me souviens bien, je suis la seule.

Il eut un grand sourire.

— Cela aide, certainement.

Il la tint à bout de bras.

— Vous avez l'air d'aller bien, ma dame. Vous paraissez à peine un jour de plus que la dernière fois où je vous ai vue.

— Vous êtes trop aimable.

Le sourire de dame Anna s'estompa.

— Qu'est-ce qui vous amène à Sainte-Marie, messire ? Les choses ne vont-elles pas bien à Meaux ?

— Loin de là.

Lâchant ses mains, Gauvain grimaça.

— Toutefois, j'ai pris une décision et vous devez être la première à l'apprendre, ma dame. J'ai l'intention de demander une audience au roi Louis.

— Quelque chose ne va pas… Je l'ai su à l'instant où sœur Ella est venue me chercher. Que se passe-t-il ?

— Ma dame, je suis venu vous informer qu'à mon grand regret je ne peux épouser dame Roxane.

Dame Anna se redressa.

— Gauvain, je n'ai pas dû bien vous entendre. Que dites-vous ?

— Je ne peux pas épouser dame Roxane.

Des rides se creusèrent sur le front de sa tante.

— Mais… mais vous le devez. Le roi a accepté.

Elle lui saisit le bras.

— Votre oncle s'est battu inlassablement pour cette union. Cela ne signifie-t-il rien pour vous ?

Gauvain soutint son regard.

— Savoir que le comte Etienne a arrangé ce mariage pour mon compte signifie pour moi bien plus que je ne saurais le dire.

— Il vous aimait, Gauvain.

Les yeux de dame Anna brillaient de larmes.

— Nous vous aimions tous les deux. C'était juste…

— Je sais.

Il posa une main sur la sienne et soupira.

— Lisette.

— Elle était toute notre vie.

Dame Anna fixa le sol, se secoua un peu et releva les yeux.

— Etienne trouvait difficile à admettre qu'elle soit vraiment partie et que vous soyez innocent.

— C'était un accident.

Elle hocha la tête.

— Bien sûr. Et une fois qu'Etienne l'a accepté, il a fait de son mieux pour vous trouver la fiancée parfaite. La filleule du roi, rien moins. Allez-vous rejeter tout cela ?

— Je crains de le devoir, ma dame. Je ne peux pas épouser dame Roxane.

— Pourquoi ?

— Il y a quelqu'un d'autre. Une personne que j'aime.

— Qui est-elle ?

— Son nom est Elise Chantier. Blanchefleur Le Fay lorsqu'elle chante.

— Vous êtes amoureux d'une… chanteuse ?

La voix de dame Anna était pleine de mépris.

— Gauvain, êtes-vous en train de me dire sérieusement que vous dédaignez dame Roxane de Sainte-Colombe pour une chanteuse ?

— Elise est plus que n'importe quelle chanteuse. Elle est ma vie. Et si elle veut de moi, je l'épouserai.

— Si elle veut de vous ? Bien sûr qu'elle vous épousera ! Vous êtes comte et elle est chanteuse !

Dame Anna le dévisagea.

— Vous ne le lui avez pas demandé ?

— Pas encore. Je ne suis pas libre. Je devais vous parler d'abord, ainsi qu'au roi.

— Et Roxane ?

— Roxane ne souhaite pas plus m'épouser que je ne désire la prendre pour femme.

Les lèvres de dame Anna remuèrent sans qu'un son en sorte, puis elle s'éclaircit la voix.

— Son père a juré qu'elle était heureuse de cette union !

— Ce n'est pas le cas. Ma dame, nous ne nous convenons vraiment pas. Mais ce n'est pas le problème. J'aime Elise.

Gauvain marqua une pause.

— J'aime aussi notre fille.

Sa tante porta une main à sa gorge.

— Votre fille ?

— Elle se nomme Perle. Vous l'adoreriez, ma dame. Elle est magnifique. Petite et parfaite.

L'expression de dame Anna s'adoucit.

— Une fille…, dit-elle d'une voix étranglée. Les filles sont très précieuses.

Reniflant légèrement, elle se détourna.

— J'ai l'intention de reconnaître Perle, ma dame. Je ferai de mon mieux pour elle. Je sais que je vais vous décevoir et je le regrette, mais je ne peux pas ignorer mon devoir de père.

Sa tante s'essuya les yeux de sa manche.

— Non.

Elle renifla.

— Vous l'aimez. Et vous dites que vous aimez aussi cette Elise Chantier ?

— De tout mon cœur. Ma dame, il y a des difficultés à Troyes, ce qui signifie que je dois rencontrer le roi dès que possible. Ai-je votre bénédiction ?

Un jour s'était écoulé sans nouvelles d'André. Puis un deuxième jour, et un troisième. Le quatrième jour, au coucher du soleil, Elise était assise sur le banc avec Perle, sous les guirlandes de roses blanches. Elle chantonnait une berceuse, présentant au monde un visage serein, essayant d'ignorer le tourbillon de questions qui tournoyait dans son esprit.

Que se passait-il à Troyes ? Messire Raphaël avait-il suivi la requête de Gauvain et écouté André avec sympathie ? Pourquoi André n'avait-il pas envoyé de message au manoir ? Il devait savoir que Vivienne serait inquiète. Pourquoi ce silence ? Pourquoi ?

Vivienne tourna au coin du donjon avec Bruno contre son épaule et Elise cessa de chantonner. Les yeux de son amie étaient sombres, sa bouche pincée.

Elise attendit qu'elle soit assise à côté d'elle.

— Vous n'avez pas de nouvelles ?

— Pas un mot.

Vivienne étouffa un sanglot.

— Très bien, dit Elise calmement. Nous allons attendre demain matin et, si nous n'avons toujours pas de nouvelles, je me rendrai à Troyes à cheval.

— Vous irez à la garnison ?

— C'est le meilleur endroit par où commencer. Messire Raphaël est capitaine des gardes-chevaliers. Ses hommes et lui y sont basés. Si je ne peux pas le trouver, j'insisterai pour parler au comte Henri.

Vivienne caressa la tête de Bruno. Ses yeux brillaient de larmes.

— Cette attente est une torture.

Elise lui pressa la main.

— Je sais, Vivienne. Je suis désolée.

— Vous n'y êtes pour rien, Elise. J'aimerais beaucoup aller avec vous, mais avec les enfants, c'est difficile.

Elise lui décocha un grand sourire.

— Ne vous inquiétez pas. J'irai plus vite toute seule.

— Merci, dit Vivienne d'une petite voix. Merci mille fois.

Le lendemain matin, Elise s'assit sur l'estrade à côté de messire Bertrand et dame Aveline.

— Bonjour, messire Bertrand. Ma dame.

— Bonjour, maîtresse.

Dame Aveline lui tendit le panier à pain et Elise en prit un morceau.

— Merci. Y a-t-il des nouvelles de Troyes ?

Le visage bonhomme de l'intendant se plissa de perplexité.

— Des nouvelles ?

— Je me demandais si André avait envoyé un message.

— Il n'y a eu aucun message.

— Dans ce cas, je dois vous demander de prévoir une escorte pour moi.

— Vous avez des plans pour ce matin, maîtresse ?

— Des affaires à régler à Troyes.

Rompant son pain, Elise se mit à manger. Au bout d'un moment, elle prit conscience d'un silence tendu. Sa peau la picota.

Elle jeta un regard à dame Aveline qui se mordait la lèvre.

— Ex… excusez-moi, maîtresse.

Le banc oscilla tandis qu'elle quittait hâtivement la table. Avec un serrement de cœur, Elise constata que le visage de messire Bertrand n'était plus aussi détendu que lorsqu'elle était arrivée.

— Messire Bertrand ?

— Je regrette, maîtresse, mais il ne vous sera pas possible d'aller à Troyes aujourd'hui.

Elise laissa tomber son pain sur la table et releva le menton.

— Je ne suis pas sûre de bien comprendre, messire. Vous êtes mon intendant, non ?

— Oui, maîtresse.

— Et vous êtes vous-même sorti à cheval avec moi ces derniers jours.

— En effet, maîtresse.

— Mais je ne peux pas sortir aujourd'hui ?

— Vous le pouvez, maîtresse, à condition que vous restiez sur le domaine.

L'intendant s'éclaircit la voix.

— Vous n'avez pas le droit d'aller aussi loin que Troyes. Vous devez rester dans les limites du manoir.

Un nœud se forma dans l'estomac d'Elise, un mélange de colère et de peur.

— Vous me l'interdisez ? Comment cela se peut-il ? Je pensais que ce manoir était à moi et que tous les serviteurs, y compris vous-même et les gardes, devaient suivre mes ordres. Je peux sûrement faire ce que je veux !

— Oui, maîtresse, bien sûr.

Messire Bertrand changea de position. C'était comme s'il était assis sur des chardons.

— Dans presque tous les domaines. C'est juste que…

— Messire Gauvain vous a ordonné de me restreindre.

L'intendant écarta les mains.

— Maîtresse, c'est pour votre sécurité.

Elise grinça des dents tandis que l'image de Gauvain et de messire Bertrand marmonnant ensemble devant les écuries lui revenait en mémoire. Ainsi c'était de cela qu'ils parlaient ! Avant de partir pour Paris, Gauvain avait donné à l'intendant des consignes pour qu'il lui soit interdit de quitter le manoir.

— Vous a-t-il donné des ordres visant à me cloîtrer ici indéfiniment ?

— Maîtresse ?

— Suis-je votre prisonnière, messire ?

La mâchoire de messire Bertrand lui en tomba.

— Prisonnière ? Seigneur, non ! C'est pour votre protection, maîtresse.

— Ma protection ? répéta-t-elle, les dents serrées. Cela ressemble beaucoup à un emprisonnement.

Elle haussa les sourcils.

— Vous ne me laisserez pas aller à Troyes.

— Je le regrette, maîtresse, mais non.

— Pas même si tous les hommes m'escortent ?

— Je suis navré, maîtresse, pas même ainsi. Mais vous pouvez aller où vous voulez dans le domaine.

— Cela ne suffit pas. Je dois aller à Troyes.

Il secoua la tête.

— Je suis désolé, maîtresse. Ce n'est pas possible.

— Et demain ? M'emmènerez-vous demain ?

— Maîtresse, je ne le peux pas.

Les ongles d'Elise s'enfoncèrent dans ses paumes.

— Messire Gauvain vous a ordonné de me retenir ici.

Elle ne pouvait pas le croire, et pourtant la colère qui la submergeait lui indiquait qu'elle devait voir la réalité en face. Gauvain l'avait cloîtrée au manoir. Elle avait subi assez de confinement après avoir été placée au couvent avec Morwenna, et s'était juré que cela n'arriverait plus. Gauvain le savait, et pourtant il l'emprisonnait ! Le manoir des Rosières était une très jolie prison et possédait de grands terrains mais, en ce qui la concernait, c'était une prison quand même.

Que ferait messire Bertrand si elle lui annonçait qu'elle avait décidé de charger la charrette et de partir pour Poitiers ?

Hélas! elle ne pouvait pas le faire. Pas sans André. Pas sans Vivienne.

Les pensées se bousculaient dans sa tête. Gauvain la gardait-il ici afin de pouvoir la forcer à devenir sa maîtresse? Il devait savoir qu'elle l'aimait. Ils étaient tombés dans les bras l'un de l'autre dans la chambre du château de Provins et étaient à peine parvenus à s'arrêter. L'attirance entre eux était plus forte que jamais.

Comme c'était humiliant! Il en avait déduit qu'elle ne serait pas capable de le tenir à distance indéfiniment. Il était parti au galop pour Paris afin de conclure ses accords de mariage avec le roi et avait voulu s'assurer auparavant qu'elle attendrait commodément son retour ici.

Non. Non! Elle se laissait envahir par ses mauvaises pensées. Elle était plus avisée que cela — elle savait très bien que Gauvain ne la contraindrait jamais. Elle inspira profondément pour se calmer. Contrôlant sa colère — elle commençait à comprendre qu'elle était en grande partie causée par la peur d'être retenue quelque part —, elle regarda messire Bertrand en plissant les paupières.

— Messire Gauvain vous a donné ces ordres pour ma sécurité?

— Assurément. Messire Gauvain est soucieux de votre bien-être, maîtresse. Il s'est montré très discret sur ce qui s'est passé à Provins. Néanmoins, il a établi clairement qu'alors que vous êtes libre de vous déplacer sur le domaine, vous ne devez pas aller à Troyes. C'est dangereux.

L'intendant soupira.

— La ville grouille de malfaisants et, tant que les gardes-chevaliers n'auront pas éliminé cette engeance, vous devez rester ici.

— Je vois…

Elise scruta son visage. C'était un visage aimable, mais aussi un visage fort. Messire Bertrand se laisserait pas influencer. Gauvain lui avait donné des ordres, et il les suivrait. Lentement, elle desserra les poings. Il semblait que la seule solution soit de persuader l'intendant de l'aider.

— Votre loyauté vis-à-vis de messire Gauvain est admirable, messire.

Il fit une grimace.

— J'espère que vous verrez bientôt que ma loyauté vous est aussi acquise, maîtresse.

— Je le souhaite, messire Bertrand, parce que j'ai besoin de votre aide.

— Vous vous faites du souci pour André.

— Sa rencontre avec messire Raphaël remonte à des jours. Nous aurions dû déjà avoir des nouvelles de lui. Vivienne est folle d'inquiétude et, franchement, moi aussi.

— Messire Raphaël est un bon ami, maîtresse. Cela vous apaiserait-il si j'allais à la garnison moi-même aujourd'hui ?

Elise se détendit.

— Merci, messire, ce serait très aimable.

Elle n'avait pas l'habitude de se reposer sur d'autres personnes. Le faire était déroutant. Toutefois, si elle devait vraiment devenir la dame de ce manoir, il fallait qu'elle essaie de s'y mettre.

Messire Bertrand prit son temps à Troyes. La matinée s'étira à n'en plus finir sans qu'il revienne.

Elise arpenta la grande salle. Elle déambula dans le jardin, berçant Perle dans ses bras. Elle emmena sa fille sur le banc sous les roses blanches. Elle se leva peu après et se remit à faire les cent pas autour du laurier-sauce, jusqu'au pommier et retour au banc. Et il n'y avait toujours personne en vue sur la route de Troyes, juste une tache sombre à l'horizon où des nuages se formaient. Elise les regarda un moment, les paupières plissées, légèrement surprise de ce qu'elle voyait. Cela ne serait-il pas plutôt de la fumée ? Non, le ciel s'assombrissait réellement avec les premiers nuages qu'elle voyait depuis des semaines. Il n'y avait aucun signe de messire Bertrand ou d'André.

Elle alla dans les écuries, une vague idée d'évasion se formant dans son esprit. Elle montrait les chevaux à Perle quand Vivienne passa la tête par la porte. Elle se mordait la lèvre si fort qu'elle devait sûrement saigner.

— Qu'a-t-il pu se passer? demanda-t-elle. Où est André? Et pourquoi messire Bertrand n'est-il pas rentré?

— Je n'en sais rien, Vivienne.

Elise longeait les stalles, étudiant les chevaux. Elle soupesait lequel serait le plus rapide, et si elle saurait le manier. Le hongre bai était une possibilité; la jument noire n'avait pas assez de muscles; la grise était trop lourdement charpentée. Elle se fixa sur le hongre bai. Il lui paraissait parfait.

— Si nous n'avons pas de nouvelles à l'heure du souper, je jure que je chargerai pour passer devant les gardes et que je galoperai moi-même jusqu'à Troyes.

Vivienne la regarda, les traits creusés par l'inquiétude.

— Ils vous suivront.

— Et alors? Je filerai comme le vent. Le temps qu'ils me rattrapent, je serai à la garnison.

Vivienne continua à se mordiller la lèvre et Elise lui donna un coup de coude amical.

— Ne faites pas cela.

Midi arriva et passa. L'estomac d'Elise était de plus en plus noué. Elle regagna le banc avec Vivienne. D'autres nuages s'amassaient. Après des semaines d'un azur sans fin, ils paraissaient noirs et menaçants.

Elise s'éventa avec le bord de son voile.

— Par tous les saints! On pourrait croire que la Champagne va fondre, avec cette chaleur.

Vivienne leva les yeux vers les nuages.

— Pensez-vous qu'il va pleuvoir?

— Je l'espère. La terre est desséchée. La pluie ne pourrait faire que du bien.

Elise regarda les marches menant au sommet de la courtine. Vraiment, la combinaison de cette chaleur accablante et de l'attente dans l'incertitude avait de quoi rendre fou.

— Je vais sur le chemin de ronde. J'ai besoin de chanter.

Vivienne hocha la tête et tendit le bras.

— Je vais prendre Perle. Elle voudra téter bientôt, de toute façon.

— Merci.

Elise était contente de ne pas avoir à s'expliquer. Vivienne savait que ses soucis disparaissaient lorsqu'elle chantait. Le chant était tout.

Gauvain et Aubin trottaient le long de la route de Troyes. Le triomphe était un sentiment enivrant, et les battements de cœur qui résonnaient dans le torse de Gauvain s'accordaient au rythme des sabots du Monstre. Le roi avait accédé à sa demande. Le comte Gauvain de Meaux et dame Roxane de Sainte-Colombe n'étaient plus fiancés.

Il était libre ! Complètement libre. Une généreuse donation au monastère favori du roi lui avait acheté la permission du souverain de demander en mariage la dame de son choix.

Le Monstre avançait lourdement. Sa robe était tachée d'écume et la chaleur qui montait de son corps faisait concurrence à celle du soleil. Il allait avoir besoin de repos, une fois arrivé au manoir. Au bord de la vision de Gauvain, un sombre amas de nuages grignotait le bleu du ciel. Il ôta son heaume, essuya son visage couvert de sueur et de poussière puis décocha un grand sourire à Aubin.

— Il va y avoir un orage.

Aubin sourit en retour. Ils talonnèrent leurs montures et accélérèrent le long de la route poussiéreuse. De hauts chardons violets se balançaient à leur passage. L'herbe sèche ondulait.

Au début, l'audience de Gauvain avec le roi avait été un peu tendue mais, à la fin, il avait été plus que satisfait.

D'abord, il avait remis au roi une lettre de dame Roxane. Une lettre dont il connaissait le contenu. Pour tout dire, sa promise lui avait demandé de l'aider à l'écrire. En préambule, dame Roxane disait qu'elle obéirait bien sûr en toute chose à son suzerain le roi. Elle épouserait messire Gauvain si Sa Majesté insistait. Toutefois, elle se sentait tenue d'informer le roi qu'elle avait une vocation plus élevée : elle voulait devenir nonne.

La lettre de dame Roxane n'était ni enjôleuse ni suppliante. Elle avait simplement exposé son cas et terminé en disant qu'elle restait, quoi qu'il advienne, la servante obéissante de son parrain. Elle adressait ses bons souhaits au roi et lui assurait qu'elle priait pour lui tous les jours. Elle attendait sa décision, certaine que Dieu guiderait le roi comme Il semblait la guider.

Et le roi, lui-même le plus pieux des hommes, avait accepté.

Le cœur de Gauvain était plus léger qu'il ne l'avait été depuis des semaines. Il allait bientôt revoir Elise. Il était déterminé à faire d'elle sa comtesse. Ils se marieraient et Perle serait légitimée. Il restait des doutes, certes. Elise l'aimait-elle ? L'accepterait-elle comme époux ? Il écarta ces doutes. Le roi avait accepté sa demande. Donc, tout était possible.

Enfin, ils arrivèrent en vue de Troyes.

Aubin désigna d'un geste le château qui se dressait derrière les murs de la ville.

— Ne nous arrêtons-nous pas à la garnison ?

— Pas le temps.

Ils dépassèrent Troyes en trombe. Quand le manoir apparut, Gauvain ralentit, mit le Monstre au pas et essuya encore de la poussière de son visage avec sa manche en grimaçant.

— Je sens le cheval et la sueur.

— Vous voudrez sûrement prendre un bain, messire.

— Oh oui !

L'écuyer hocha la tête, puis fronça les sourcils.

— Quelle chambre utiliserez-vous ?

— Mon Dieu, Aubin, peu m'importe. Mais je ne peux pas saluer ma dame dans cet état.

— Non, messire.

A Paris, Gauvain avait acheté une chaîne en or pour le pendentif d'Elise. Il avait eu envie de lui offrir plus que cela, mais il s'était dit qu'elle aimerait choisir un présent plus important par elle-même, et il savait qu'elle tenait à cette petite marguerite. Elle risquerait moins de la perdre, accrochée à une chaîne en or. Il chercherait un autre cadeau, un cadeau de fiançailles, plus tard. Il jeta un coup d'œil au luth attaché à sa sacoche. Il l'avait acheté pour André, en remplacement de celui que les faussaires avaient cassé. Il avait l'intention de le lui donner lorsqu'il saurait qu'il avait fait ce qu'il fallait, à savoir aider les gardes-chevaliers dans leur quête pour trouver les malfaiteurs.

Il laissa courir son regard sur les murailles du manoir, vérifiant par habitude si les gardes étaient en place. Il put voir des éclats métalliques tandis que les hommes patrouillaient d'un bout à l'autre et se détendit. Il vit également une tache bleue. Une femme était sur le chemin de ronde. Elise ? Il ne pouvait distinguer ses traits, mais Elise avait une cotte de cette couleur.

Lorsqu'il entendit le chant, il sut que c'était elle. La ballade qu'elle chantait semblait flotter dans l'air chaud. C'était comme si elle lui souhaitait la bienvenue. Hormis que ce n'était pas possible, car elle était tournée vers l'est, du côté de cette bande de nuages menaçante. Mais il pouvait imaginer son expression. Elle devait être aussi extasiée que cet autre soir, dans la grande salle du comte Henri. Elle était perdue dans son chant, aveugle au reste du monde.

— Que font-ils là ? demanda Aubin en pointant le doigt dans une autre direction.

Plusieurs villageois s'étaient rassemblés de l'autre côté de la douve et levaient la tête vers Elise, en haut.

— Elise a un public.

Gauvain secoua la tête et sourit.

— Elle ne l'a même pas remarqué.

La chanson, une ballade méridionale, semblait résonner loin en lui. Il ne pouvait distinguer les paroles, mais la nostalgie qui vibrait dans la voix d'Elise lui serra le cœur. Tandis qu'ils s'approchaient, il la reconnut.

C'était une chanson d'amour, l'histoire tragique de deux amants, un chevalier et une fée qui, en dépit de leur amour, ne parvenaient pas à franchir la brèche entre leurs deux mondes. Gauvain tira sur les rênes et laissa la voix d'Elise le pénétrer profondément.

Ses yeux le picotèrent. Dieu miséricordieux, quelle voix ! Elle était aussi claire que le tintement d'une cloche. Même si Elise chantait dehors et non à l'intérieur, chaque mot et chaque syllabe résonnait fortement. Les notes vibraient de passion. Elle chantait l'amour… Son chant était-il nourri de sa propre expérience ?

Gauvain savait qu'il n'y avait pas d'autre homme dans sa vie.

M'aime-t-elle ? Elle doit m'aimer, pour chanter avec tant de sentiment, se dit-il.

C'était une pensée encourageante. Les notes flottaient au-dessus du manoir, pures et justes, tremblant légèrement lorsqu'elle atteignit l'endroit où le chevalier — craignant de perdre son aimée — la faisait enfermer dans une tour. Gauvain se raidit. Il avait oublié la fin.

L'histoire coulait inexorablement vers son dénouement tragique. Quand la fée s'envola de la tour et disparut pour toujours, laissant seulement une empreinte de sa main derrière elle, Gauvain jura à mi-voix. Elise détestait être enfermée. Elle ne le supportait pas. Seigneur ! Il n'aurait pas dû laisser des instructions pour qu'elle soit cantonnée au domaine. Heureusement, il était de retour à présent. Dès qu'il lui aurait expliqué qu'il n'avait pensé qu'à sa sécurité, elle comprendrait sûrement.

Chapitre 16

Ayant terminé sa chanson, Elise redescendit et traversa la grande salle pour se rendre auprès des enfants. Elle s'apprêtait à s'engager dans l'escalier lorsqu'un bruit de pas derrière elle la fit se retourner. C'était l'écuyer de messire Bertrand.

— Gilles, vous vouliez me parler ? Vous avez des nouvelles de messire Bertrand ?

— Oui, maîtresse.

Le garçon paraissait soucieux.

— Messire Bertrand regrette de ne pas avoir pu vous prévenir plus tôt, mais une rixe a éclaté dans le Quartier des Etrangers. Messire Bertrand a joint ses forces à celles de messire Raphaël, et ils passent le campement au peigne fin pour trouver les fauteurs de troubles.

— Et André ?

Gilles évita son regard.

— Messire Bertrand l'a perdu de vue pendant l'escarmouche. Nous pensons qu'il est avec messire Raphaël.

Elise retint son souffle.

— Vous « pensez » qu'André est avec messire Raphaël ? Dois-je comprendre que vous n'en êtes pas sûrs ?

Le jeune garçon écarta les mains.

— Je suis désolé, maîtresse.

L'anxiété forma une boule dans l'estomac d'Elise. Elle ferma les yeux un instant, et revit soudain les cheveux cendrés et les yeux d'ambre de l'homme — Jérôme — qui l'avait enfermée dans la cave avec André. Il avait des yeux si froids… Des yeux morts. Les yeux d'un assassin ?

Il fallait trouver André. Elle devait aller à Troyes, vite.

— Gilles, ce n'est pas le message que j'espérais.

Elle fit une pause.

— Vous comprenez que vous ne devez rien dire de tout cela à Vivienne.

— Comme vous voudrez, maîtresse.

— Merci.

Affichant un calme qu'elle n'éprouvait pas, elle fit demi-tour et sortit dans la cour. En dépit des ordres de Gauvain, elle allait se rendre à Troyes. D'un air détaché, en chantonnant, elle se dirigea d'un pas tranquille vers la porte des écuries. Une fois à l'intérieur, ses yeux se posèrent non sur le hongre bai, mais sur un vilain cheval bai aux paturons noirs qu'un valet étrillait. Son cœur s'emballa. Le Monstre. Gauvain était rentré. Elle devait se dépêcher.

— Messire Gauvain est revenu, je vois, dit-elle d'un ton léger.

— Oui, maîtresse.

Le hongre se trouvait à deux stalles de là. Allant vers lui, Elise sourit au valet.

— Quel bel animal ! J'ai envie de le faire trotter dans la cour de devant. Pourrais-je vous demander de me descendre cette selle ?

Gauvain enfilait une tunique propre après son bain. Il répétait mentalement ce qu'il comptait dire à Elise, quand la porte s'ouvrit brusquement et qu'Aubin entra en courant.

— Messire, Elise est partie !

La gorge de Gauvain s'assécha.

— Comment cela, partie ?

— Elle a pris le hongre bai. Gilles m'a dit que son ami

André est allé à Troyes comme vous l'espériez, mais qu'il n'est pas revenu. Messire Bertrand est parti le chercher, et…

— Elise est allée à Troyes ?

— Apparemment.

— Pourquoi diable ne l'a-t-on pas arrêtée ?

— Elle a dit aux hommes qu'elle voulait essayer le hongre dans la cour. Et comme vous étiez rentré, les gardes ne s'attendaient pas à ce qu'elle passe au galop devant eux.

En jurant, Gauvain attrapa son épée.

— Allez faire seller des chevaux frais, vite !

Elise filait à bride abattue vers la ville, accrochée telle une tige de bardane sur le dos du cheval. Les sabots du hongre tambourinaient sur la terre sèche, et elle priait pour ne pas tomber. Elle n'avait jamais aimé galoper ; cela demandait trop d'efforts rien que pour rester en selle. Et, en cet instant, elle était plus distraite qu'elle ne l'avait jamais été. Gauvain était rentré. Il allait être furieux, mais il ne lui avait pas laissé le choix. Il fallait qu'elle trouve André. Que dirait-elle à Vivienne si quelque chose lui était arrivé ?

L'atmosphère était lourde, tendue par la menace de l'orage. L'instinct gardait Elise en selle. Tandis que les champs passaient à toute allure sur les côtés, un air brûlant emplissait ses poumons. Au bout de trois lieues environ, les tentes du Quartier des Etrangers apparurent, et elle prit conscience qu'un cheval galopait derrière elle. Tirant sur les rênes, elle ralentit sa monture juste assez pour lancer un coup d'œil par-dessus son épaule. A quelques longueurs en arrière, elle vit le cheval gris des écuries du manoir. Le cavalier ne portait pas de heaume. Ses cheveux blonds étaient soulevés par la brise.

Gauvain !

La distance entre eux diminuait rapidement.

Elle soupira et fit arrêter le hongre. Inutile de tenter

d'échapper à Gauvain, elle n'était pas assez bonne cavalière pour cela. Elle attendit en s'efforçant de reprendre son souffle.

Le cheval gris s'arrêta brusquement et de la poussière tourbillonna. La main de Gauvain se tendit comme pour prendre ses rênes, mais il la retira et la posa sur le pommeau de sa selle.

— Vous n'allez pas vous enfuir ? demanda-t-il, méfiant.

— A quoi bon ?

Elle le fusilla du regard.

— Il semble que vous soyez déterminé à limiter ma liberté.

Elle ne put s'empêcher de remarquer qu'il avait de légers cernes sous les yeux. Un voile de sueur brillait sur son visage, et ses cheveux étaient décoiffés par sa chevauchée depuis le manoir. Pour elle, il serait toujours le plus beau des hommes, et elle fut irritée de ne pouvoir détacher le regard de lui, même dans sa colère.

— Vous avez dit à messire Bertrand de me retenir au manoir ! Comment avez-vous pu ?

Il grimaça.

— Je suis désolé.

Sa poitrine se souleva et il fit un brusque mouvement de tête vers le campement.

— Je ne pensais qu'à votre sécurité. Ces hommes que vous être si acharnée à trouver sont dangereux.

Elle plissa les paupières.

— Vous ne pensiez qu'à ma sécurité ?

Le cheval gris s'approcha.

— Pouvez-vous en douter ? Elise, je croyais que vous comprendriez !

Ses lèvres frémirent.

— Le lien entre nous est si puissant que j'étais certain que vous comprendriez. Je me suis trompé, et je m'en excuse. Avant de vous entendre chanter sur le chemin de ronde, je ne mesurais pas à quel point vous craigniez l'enfermement.

Elise sentit ses joues la brûler. Elles étaient sûrement aussi rouges que les coquelicots bordant la route.

— Vous étiez là ? Je ne m'en étais pas rendu compte.

— Cette cave, à Provins… Vous avez été très courageuse, vous deviez être terrifiée.

La gorge d'Elise se serra et ses yeux la piquèrent.

— Oui.

— Je ne restreindrai plus votre liberté. Je le jure.

Le regard de Gauvain soutint les siens, sombre et sincère. Il tendit la main. Lentement, elle fit de même et leurs doigts se nouèrent. Il n'avait pas pris le temps de mettre ses gants.

— Merci.

Le coin de ses lèvres se releva.

— Seigneur, Elise, c'est bon de vous voir !

Il se pencha et pressa sa bouche sur la sienne. Elle se laissa aller vers lui. Ses lèvres étaient chaudes, bienvenues. Elle se sentait… chez elle. Légèrement étonnée par cette pensée, elle s'écarta et toucha sa bouche. Elle n'avait jamais eu de foyer, jamais vraiment, mais quand Gauvain l'embrassait elle avait l'impression d'être à sa place.

Elle sourit, lui pressa les doigts et regarda vers le campement.

— Gauvain, André…

En hochant la tête, Gauvain mit le cheval gris au pas. Il ne lâcha pas sa main, et elle ne put se résigner à le lâcher non plus, si bien qu'ils continuèrent à avancer les mains jointes. Ils dépassèrent deux ou trois granges aux abords de la ville dans un silence agréable. C'était bon de lui tenir la main. Trop bon. Elle se força à se rappeler ce qu'ils étaient en train de faire.

— Nous devons trouver André, murmura-t-elle.

La prairie près des murs de Troyes était couverte par les tentes et les pavillons du Quartier des Etrangers. Tout paraissait terne. La toile était pâlie par le soleil et une couche de poussière ; l'herbe avait la couleur de la paille et, par endroits, elle avait complètement disparu. Dans le passage entre le pavillon violet et la tente-taverne, le sol était sec et craquelé. Un désert devait ressembler à cela. Au-dessus d'eux, des nuages sombres planaient.

— Je suis allé voir le roi, dit Gauvain.

— Votre audience s'est bien passée ?

— Elise, je suis libre.

Il riva son regard au sien.

— Dame Roxane et moi n'allons pas nous marier.

Le cœur d'Elise se contracta péniblement et elle oublia André.

— Nous avons conclu tous les deux que nous ne nous convenions pas, ajouta Gauvain. Le roi m'a libéré de mon accord de fiançailles.

— Ainsi, c'était pour cela que vous êtes allé à Paris.

Il sourit, ses doigts se resserrèrent sur les siens, puis il lâcha sa main.

— Nous parlerons davantage plus tard.

Elise suivit son regard. Une troupe de chevaliers à cheval allait et venait devant la tente-taverne, la bannière de Champagne suspendue à une lance. Les gardes-chevaliers étaient là en force, et ils avaient visiblement agi. Plusieurs hommes à la mine renfrognée étaient attachés ensemble par de la corde comme du bétail destiné au marché. Des prisonniers. Les chevaliers les surveillaient d'une manière détendue. L'un d'eux s'appuyait d'un air décontracté sur le pommeau de sa selle. Les armes étaient dans les fourreaux, les heaumes avaient été ôtés. Le combat, s'il y en avait eu un, était apparemment terminé.

Le cœur d'Elise se mit à battre de façon saccadée. Elle ne voyait pas André. Messire Bertrand était parmi les chevaliers qui gardaient les prisonniers. Il vit Gauvain et se détacha de ses compagnons, poussant sa monture vers eux. Où était André ?

Un éclair déchira les nuages. En même temps le tonnerre gronda, et de grosses gouttes de pluie rebondirent sur le sol, soulevant de petites giclées de poussière.

L'intendant les rejoignit.

— Maîtresse, le témoignage de votre ami s'est révélé très utile. Comme vous le voyez, les faussaires ont été arrêtés.

Raide de tension, elle entortilla ses rênes autour de ses doigts.

— Où est-il ? Où est André ?

Messire Bertrand la regarda d'un air gêné.

— Là est la difficulté, maîtresse. Il a disparu.

Elise observa les prisonniers. Le cœur battant, elle poussa le hongre vers eux, examinant leurs visages un par un, cherchant une touffe de cheveux cendrés et de froids yeux ambrés. Elle avait conscience du grand cheval gris juste derrière elle et du regard observateur de Gauvain.

— Elise ?

Malade d'appréhension, elle essuya des gouttes de pluie sur son visage.

— Jérôme, l'homme qui nous a enfermés dans la cave… Il n'est pas là.

Il y eut un nouvel éclair. Le tonnerre gronda et, à sa suite, Elise aurait juré qu'elle entendait crier quelqu'un.

— Par ici ! A l'aide ! Par ici !

Le tonnerre craqua de nouveau. Elise et Gauvain échangèrent un coup d'œil.

— La tente ! dit-elle en éperonnant sa monture. Cela venait de notre tente.

Ils atteignirent prestement le pavillon et sautèrent à bas de leur cheval. Son épée tirée, Gauvain saisit le poignet d'Elise.

— Attendez ici.

Le cœur au bord des lèvres, elle hocha la tête. Gauvain s'engouffra dans le pavillon tandis que la pluie commençait à tomber à verse. Les mains tremblantes, elle s'approcha un peu.

Seigneur, faites qu'André soit sain et sauf. Seigneur, protégez Gauvain !

Elle entendit un choc et un cri étranglé. On se battait. Quelqu'un poussa un cri aigu.

Elise ne put supporter de rester là sans rien faire. Elle jeta un coup d'œil autour d'elle pour trouver une arme et son regard tomba sur le chaudron. Il était posé sur le tas de cendres noires trempées qui avait été autrefois son feu de camp. Elle l'empoigna.

— Elise, posez ça ! ordonna Gauvain.

Le chaudron à la main, elle se retourna vivement. Il se tenait près de l'entrée de la tente, son épée sur la gorge de Jérôme. Une entaille dans la joue de ce dernier saignait et la pluie délayait déjà le sang sur sa tunique. André, qui avait un œil au beurre noir, était en train de lui lier les poignets avec une corde.

Lâchant le chaudron, elle s'avança en chancelant.

— André, Dieu merci !

— Remerciez messire Gauvain, dit André.

Jérôme lui décocha un regard haineux.

— Espèce de sorcière ! Je savais que vous causeriez des problèmes.

André tira sur les liens de Jérôme. La pluie ruisselait sur eux. Il y eut du mouvement dans le passage. Les gardes-chevaliers les avaient suivis. Gauvain sourit à Elise et poussa Jérôme vers eux.

Elise avait l'impression que le temps s'était suspendu.

Gauvain n'est plus promis à dame Roxane…

Elle resta figée devant le pavillon tandis que Jérôme était remis aux chevaliers du comte Henri. Ce fut un soulagement de le voir bien gardé. Elle ne dit rien lorsqu'on l'emmena rejoindre les autres prisonniers. Elle ne dit pas grand-chose non plus à André une fois que les chevaliers furent partis. Elle se contenta de l'enlacer puis de l'envoyer retrouver Vivienne.

Alors, il n'y eut plus qu'elle et Gauvain debout sous la pluie battante. De façon incongrue, elle prit conscience du fait qu'elle contemplait les bulles qui se formaient le long des craquelures du sol. Elle était trempée mais n'avait pas froid. Son voile collait à son cou et à ses épaules. Avec une grimace, elle l'écarta.

— Vous n'êtes pas à votre aise, dit Gauvain.

Elle haussa les épaules.

— Je ne vais pas me plaindre d'être mouillée. Dieu sait que nous avons besoin de pluie.

— C'est vrai.

Il désigna l'entrée du pavillon et elle pensa le voir dissimuler un sourire.

— Il est temps de s'abriter.

Un curieux frisson parcourut l'échine d'Elise tandis qu'elle entrait. C'était comme si elle pénétrait dans la vie de quelqu'un d'autre. Dépourvu de la plupart de leurs affaires, l'endroit paraissait vide. La pluie frappait la toile et gouttait par la déchirure du fond. C'était André qui avait fait cette entaille quand il avait dû entrer par là pour ne pas être vu. Il semblait à Elise qu'une éternité s'était écoulée depuis. Deux coffres étaient restés. L'un contenait un assortiment de marmites, un pot d'herbes, quelques cuillères de bois. L'autre était empli de ballots de linge moisi, une couverture mangée par les mites, des bouts de soie qui devaient servir de rubans, une cape rouge qui avait appartenu naguère à Morwenna.

Gauvain se courba pour entrer. En deux enjambées, il fut près d'elle et l'attira à lui.

— Je suis surprise que ces affaires n'aient pas été volées, dit-elle en désignant la cape.

— J'avais demandé à messire Raphaël de surveiller la tente.

— Merci.

Elle sourit en le regardant dans les yeux et vit son regard devenir brillant.

— Je vous en prie.

Comme elle l'observait, il déglutit.

La pluie avait foncé ses cheveux. Son regard était affamé.

Il lui donnait très chaud et elle ne parvenait pas à détourner les yeux. De toute façon, elle n'en avait ni envie ni besoin. Elle se rapprocha et se blottit contre lui.

Il n'est plus fiancé…

Il referma les bras sur elle. Au-dessus de leurs têtes, le tonnerre grondait et la pluie crépitait.

Gauvain eut un rire un peu forcé.

— Et voilà…

Il lui baisa l'oreille.

— Votre André est sain et sauf.

— Merci, Gauvain.

Ils se tenaient face à face, l'un contre l'autre, et Elise ne pouvait cesser de sourire. C'était le paradis de sentir de nouveau ses bras autour d'elle. Le paradis de pouvoir faire remonter les mains sur son torse et les poser sur ses larges épaules. Son cœur était gonflé de joie. Elle se sentait à la fois nerveuse et excitée. Pourquoi avait-il renoncé à ses fiançailles ? Elle avait tellement envie de le savoir qu'elle pouvait à peine respirer.

— Je suppose qu'il est à mi-chemin du manoir, à présent.

— Oui…

Des doigts caressants montaient et descendaient sur ses côtes.

— Elise, j'allais oublier… Je vous ai acheté un cadeau à Paris.

— Oh !

Gauvain s'écarta, ouvrit sa bourse et en sortit un petit rouleau de soie argentée fermé par un ruban blanc.

Quand elle le prit, elle avait les doigts gourds. Lui décochant un coup d'œil curieux, elle tira sur le ruban et vit briller de l'or.

— Une chaîne ? murmura-t-elle en la levant. Vous m'offrez une chaîne en or ?

Les lèvres de Gauvain frémirent.

— Ne craignez rien, elle n'est pas assez solide pour

restreindre vos mouvements. C'est pour votre pendentif. Il sera en sécurité avec une bonne chaîne.

Touchée qu'il comprenne à quel point la marguerite en émail était importante pour elle, elle referma les doigts sur son présent.

— Merci, Gauvain.

Sa voix était enrouée.

— Laissez-moi vous aider à la mettre.

Elle ôta son pendentif et retira prestement le vieux cordon. Puis elle passa le bout des doigts sur la chaîne.

— Elle est magnifique, merci.

Les yeux de Gauvain pétillaient.

— Je suis heureux qu'elle vous plaise, car j'ai quelque chose d'important à vous demander.

Un petit sourire releva un coin de sa bouche.

— Elise, voulez-vous m'épouser ? Voulez-vous partager votre vie avec moi ?

La bouche d'Elise s'assécha. Elle dut déglutir pour pouvoir répondre.

— Cela se pourrait.

Il haussa un sourcil.

— « Se pourrait » ?

Elle se haussa sur la pointe des pieds et posa un baiser sur son menton. Gauvain l'aimait ! Il devait l'aimer car il avait fait l'impensable, lui, le plus honorable et le plus chevaleresque des hommes ! Il était allé voir le roi pour lui demander de le libérer de ses fiançailles. Il n'aurait jamais fait cela s'il ne l'avait pas aimée. Gauvain était un homme d'action, et ses actions parlaient pour lui. L'année précédente, quand elle l'avait quitté, il avait remué la ville entière pour la chercher ; après leurs retrouvailles, il les avait emmenées, Perle et elle, vivre rue du Cloître pour les protéger ; il lui avait donné un manoir afin qu'elles n'aient jamais à souffrir de la faim. Et il lui avait offert une chaîne en or pour son pendentif.

— Gauvain, si vous m'aimez, je considérerai votre demande.

Ses yeux étincelèrent.

— J'ai besoin de vous. Et oui, je vous aime, indiscutablement. Elise, dites oui ! Vous savez que vous m'aimez !

Elle secoua la tête.

— Je le sais ?

— Vous le savez très bien. En outre, nous devons nous marier. Pensez à Perle. Si nous nous marions, elle sera légitimée.

— Je ne suis pas le parti qu'il vous faut, Gauvain. Il vous faut une héritière, une femme exercée à être l'épouse d'un comte.

Il haussa les épaules.

— Vous avez votre manoir. Exercez-vous avec.

Il resserra son emprise.

— Soyez prévenue, Elise, je ne vous laisserai pas me refuser. D'après moi, vous avez exactement le bon entraînement.

— Comment cela ?

Il approcha sa bouche de la sienne.

— Vous avez passé de nombreuses années dans un couvent. Vous avez appris les vertus du contrôle de soi et de l'abnégation. Vous êtes patiente et loyale envers vos amis. Vous êtes une merveilleuse couturière. Oh ! et vous chantez très bien…

Il sourit et sa bouche, si près de la sienne, était tellement désirable… Elle ne céda cependant pas à la tentation. Pas encore. Même si elle brûlait de l'épouser, elle devait être sûre qu'il comprenne que leurs origines si différentes pourraient causer des difficultés. Leur route ne serait pas toujours facile.

— Elise, la moitié des dames de la chrétienté sont élevées dans des couvents. Vous avez eu la bonne formation. Et je vous ai vue quand vous êtes Blanchefleur. Vous avez autant de prestance que de beauté. Je ne doute pas que vous pourriez commander à un millier de serviteurs si nécessaire.

Il baissa encore un peu la tête et leurs lèvres se touchèrent.

Il paraissait très sûr d'elle. Le cœur d'Elise se gonfla. Elle passa légèrement l'index le long de son nez, posa la main sur sa joue et lui sourit en le regardant dans les yeux.

— Oui, je vous épouserai.

Il retint son souffle et se pencha pour l'embrasser. Leurs langues se trouvèrent et leur respiration devint hachée. La pluie tambourinait sur le pavillon.

— Merci à Dieu.

Il embrassa sa joue.

— Ma bien-aimée.

Il embrassa son cou.

— Vous m'avez manqué, à Paris…

Il lui mordilla l'oreille et s'écarta pour la regarder.

— … comme vous m'avez manqué l'an dernier.

Elle avait la gorge serrée.

— Vous m'avez manqué aussi, Gauvain.

Lorsqu'il se redressa, il se cogna contre la toile et un flot d'eau cascada par la déchirure. En riant, il la prit par la main et la tira sur le côté.

— Un instant…

Il ferma le pan qui servait de porte, puis plongea la main dans le coffre et en sortit la couverture qu'il déploya sur le sol.

— Nous allons nous asseoir ici et attendre que l'orage passe.

Elle haussa un sourcil.

— Nous asseoir ? Messire, vous me décevez !

Une grande main l'attrapa. Elle fut tirée sans cérémonie sur la couverture et se retrouva sur les genoux de Gauvain.

— Nous avons du travail à faire avant de pouvoir attendre commodément, murmura-t-il.

— Du travail ?

Une lueur malicieuse dans les yeux, Gauvain lui fit

tourner la tête. Ses longs doigts trouvèrent une épingle et la retirèrent. Un frisson de pur délice traversa Elise.

— Ce voile est trempé, ma bien-aimée. Vous allez prendre froid. Il faut l'enlever.

— Très bien.

Elle le laissa lui ôter son voile, mais, lorsqu'elle sentit ses doigts sur les lacets de sa cotte, elle couvrit sa main de la sienne et secoua la tête.

— Votre baudrier doit vous gêner, messire.

Il jeta son épée de côté, et ce fut de nouveau son tour.

— Votre cotte…

— Trop mouillée ?

— Beaucoup trop mouillée.

Un bref moment d'agitation plus tard et après quelques baisers volés, ils avaient le souffle court, et Elise était assise en chemise sur les genoux de Gauvain. Il avait les mains sur ses seins, les caressant doucement, souriant chaque fois qu'il lui arrachait un gémissement de plaisir. Il y eut un autre échange de baisers si enflammés qu'ils étaient hors d'haleine en se séparant.

Les joues en feu, elle fit glisser sa paume sur la tunique de Gauvain et tira dessus en fronçant les sourcils.

— Trempée. Absolument trempée. Je ne peux pas laisser l'homme que j'aime risquer de tomber malade.

Des yeux sombres et piquetés de gris plongèrent dans les siens.

— L'homme que vous aimez ?

Elle hocha la tête en rougissant.

— Je vous aime, Gauvain.

Sa tunique disparut comme par enchantement. Ils étaient maintenant allongés sur la couverture, et Gauvain la caressait tout en relevant sa chemise. Puis, lentement, il se glissa en elle.

— Ma bien-aimée…

Il ferma les yeux et son grognement de plaisir donna à Elise l'impression qu'elle allait fondre de félicité.

— Est-ce que ça va ? Je ne vous précipite pas ?

L'air inquiet, il s'immobilisa.

— Ce n'est pas trop tôt après Perle ?

— Non, non.

— Je ne vous fais pas mal ?

— Pas mal du tout. C'est le paradis…, parvint-elle à répondre.

Elle posa les mains sur ses fesses et le pressa contre elle. Elle avait des picotements partout, se sentait vivante comme elle ne l'avait pas été depuis des mois.

Gauvain portait encore ses bottes et n'avait pas pris le temps d'ôter ses chausses. Elle avait projeté de jouer un peu avec lui, de le taquiner comme il l'avait taquinée en caressant ses seins, mais elle comprenait son impatience. Elle éprouvait la même. Elle se plaqua contre lui, retrouvant le rythme qu'elle se rappelait si bien.

Ses petits cris se mêlèrent à ceux de Gauvain tandis que le rythme s'accélérait.

— Je vous aime, Gauvain.

— L'amour, l'amour, marmonna-t-il en passant la langue autour de son oreille.

Elise avait complètement oublié les chevaliers qui se trouvaient à quelques pas de là, n'entendait plus le tonnerre qui grondait au-dessus d'eux, la pluie qui ruisselait sur la toile du pavillon… Elle était insensible à tout, sauf à la chaleur du souffle de Gauvain sur sa peau et au fait de le sentir en elle, de nouveau.

— Ma bien-aimée, je vous aime, murmura-t-il.

— Je vous aime, répondit-elle d'une voix étouffée, alors que le pavillon violet disparaissait dans une explosion de joie.

Si vous avez aimé ce roman,
découvrez sans attendre
les précédents romans de la série
« Chevaliers des terres de Champagne »
de Carol Townend :

Son mystérieux fiancé
La fille cachée du comte

Disponibles dès à présent sur www.harlequin.fr

Et ne manquez pas la suite en juin,
dans votre collection Les Historiques !

A la merci du marquis, de Christine Merrill - N°712

LES DIAMANTS DISPARUS - TOME 2/2

Bath, Régence

Margot a tout pour être heureuse : l'indépendance, le sens des affaires, et sa propre bijouterie à Bath. Sans parler des visites régulières de son client préféré, le séduisant marquis de Fanworth, qu'elle guette avec impatience. Mais tout s'écroule lorsqu'elle découvre que le collier qu'elle lui a vendu est serti de pierres volées ! A présent, le marquis est persuadé qu'elle a cherché à l'escroquer, et menace de la dénoncer... à moins qu'elle ne devienne sa maîtresse. Margot le sait : si elle veut conserver sa boutique, sa liberté, et même sa vie, elle n'a d'autre choix que d'accepter cet odieux marché.

Pour la main d'Arabella, de Terri Brisbin - N°713

AMANTS ET ENNEMIS - TOME 1/3

Ecosse, XIVᵉ siècle

Un coup de poignard, et la vie de Brodie bascule. Alors qu'il était l'un des lairds pressentis pour prendre la tête du clan Mackintosh, il est injustement accusé de meurtre et banni de ses terres. Pire, le voilà haï de la seule femme qui ait jamais touché son âme : l'impétueuse Arabella Cameron, désormais promise à son cousin. Le cœur empli de haine, Brodie comprend qu'il a été victime d'un complot visant à décimer le clan d'Arabella. Et que, pour empêcher la funeste union qui se prépare, il n'a qu'un seul recours : enlever la jeune héritière pendant la nuit...

Les chemins de la passion, de Sarah Mallory - N°714

Angleterre, 1756

« Vous pensez être irrésistible, mais avec moi, ça ne prend pas ! »

A chacune de ces remarques impertinentes, Elyse enrage. A quoi pensait son père en désignant comme tuteur cet Andrew Baston, un homme au passé douteux qui ne cesse de la traiter comme une enfant gâtée ? Habituée aux prétendants énamourés, Elyse a bien du mal à supporter ses manières autoritaires. Heureusement, leurs chemins se sépareront dès qu'il l'aura escortée jusqu'à son fiancé, un honorable fils de vicomte. Mais son empressement à la conduire à Londres – ou plutôt à la livrer comme un colis encombrant – éveille bientôt ses soupçons...

L'héritière de Sainte-Colombe, de Carol Townend - N°715

CHEVALIERS DES TERRES DE CHAMPAGNE - TOME 4/4

Champagne, XIIe siècle

« Sortez ma fille de ce couvent, séduisez-la et arrangez-vous pour qu'elle vous épouse. »
Lorsque le comte Faramus lui donne cet ordre scandaleux, Eric est stupéfait. Le vieil homme a-t-il perdu l'esprit ? Epouser la douce Roxane, à qui on lui défendait autrefois de parler, serait pour lui un honneur, mais pas sans son consentement ! Bien sûr, Eric sait qu'il a une dette immense envers le comte, qui l'a recueilli enfant et a fait de lui un chevalier. Il sait aussi que s'il n'épouse pas Roxane, Faramus sera contraint, pour garder son titre et ses terres, de la marier à l'intendant du château, un homme détestable qui la rendra très malheureuse. Et ça, Eric ne le permettra jamais.

L'homme venu de la mer, de Michelle Styles - N°716

Angleterre, VIIIe siècle

Alwynn est rongée par le doute. A-t-elle bien fait de sauver cet homme retrouvé sur la plage après la terrible tempête qui a sévi la veille ? Et de lui dénicher un abri dans le plus grand secret ? Si les autorités apprenaient qu'elle soigne un étranger, elle le paierait très cher ! Depuis que les hommes du Nord ont décimé la région, tous les rescapés venus de la mer doivent être exécutés. Mais Alwynn ne peut se résoudre à donner l'alerte. Valdar ne peut pas être l'une de ces brutes sanguinaires venues pour les tuer : au contraire, il a juré de protéger le foyer qui l'a recueilli. Mais pour une jeune veuve comme elle, s'exposer à un homme aussi puissant, vraisemblablement un guerrier, est très risqué. Peut-elle lui faire confiance ?

Noces d'opale, de Margaret Moore - N°717

Winchester, 1160

Bravant l'interdit familial, Anne a laissé Fiztroy lui murmurer quelques mots en secret. C'est assez pour que leurs clans respectifs, des ennemis jurés, exigent réparation. Et le verdict royal tombe : Anne et Fiztroy seront mariés de force. Si elle n'écoutait que son cœur, et son corps, Anne se réjouirait de ce coup de pouce du destin. Mais elle répugne à sceller l'avenir de Fitzroy contre son gré et à l'obliger à entrer dans un clan qu'il déteste. Alors, quand il se glisse jusqu'à elle pour lui proposer un pacte qui provoquera l'annulation de leur mariage, elle accepte. Mais quel pacte ! Rien moins que de résister au désir brûlant de consommer le mariage...

OFFRE DE BIENVENUE

Vous êtes fan de la collection Les Historiques ?
Pour prolonger le plaisir, recevez gratuitement

1 livre Les Historiques gratuit
et 2 cadeaux surprise !

Une fois votre colis de bienvenue reçu, si vous souhaitez continuer à recevoir nos romans Les Historiques, cela se fera automatiquement. Vous recevrez alors chaque mois 2 romans inédits de cette collection au tarif unitaire de 6,95€ (Frais de port France : 2,39€ - Frais de port Belgique : 4,39€).

➡ **ET AUSSI DES AVANTAGES EXCLUSIFS :**

➡ **LES BONNES RAISONS DE S'ABONNER :**

Des cadeaux tout au long de l'année.

Aucun engagement de durée ni de minimum d'achat.

Des réductions sur vos romans par le biais de nombreuses promotions.

Aucune adhésion à un club.

Des romans exclusivement réédités notamment des sagas à succès.

Vos romans en avant-première.

L'abonnement systématique et gratuit à notre magazine d'actu ROMANCE.

La livraison à domicile.

Des points fidélité échangeables contre des livres ou des cadeaux.

REJOIGNEZ-NOUS VITE EN COMPLÉTANT ET EN NOUS RENVOYANT LE BULLETIN !

✂ - - - - - - - - - - -

N° d'abonnée (si vous en avez un) ⊔⊔⊔⊔⊔⊔⊔⊔⊔⊔⊔   HZ6F09
HZ6FB1

Mme ☐ Mlle ☐ Nom : .... Prénom : ....

Adresse : ....

CP : ⊔⊔⊔⊔⊔ Ville : ....

Pays : .... Téléphone : ⊔⊔⊔⊔⊔⊔⊔⊔⊔⊔

E-mail : ....

Date de naissance : ⊔⊔ ⊔⊔ ⊔⊔⊔⊔

☐ Oui, je souhaite être tenue informée par e-mail de l'actualité d'Harlequin.

☐ Oui, je souhaite bénéficier par e-mail des offres promotionnelles des partenaires d'Harlequin.

<u>Renvoyez cette page à</u> : Service Lectrices Harlequin – BP 20008 – 59718 Lille Cedex 9 - France

Date limite : **31 décembre 2016**. Vous recevrez votre colis environ 20 jours après réception de ce bon. Offre soumise à acceptation et réservée aux personnes majeures, résidant en France métropolitaine et Belgique. Prix susceptibles de modification en cours d'année. Conformément à la loi Informatique et libertés du 6 janvier 1978, vous disposez d'un droit d'accès et de rectification aux données personnelles vous concernant. Il vous suffit de nous écrire en nous indiquant vos nom, prénom et adresse à : Service Lectrices Harlequin - BP 20008 - 59718 LILLE Cedex 9. Harlequin® est une marque déposée du groupe Harlequin. Harlequin SA – 83/85, Bd Vincent Auriol – 75646 Paris cedex 13. Tél : 01 45 82 47 47. SA au capital de 1 120 000€ - R.C. Paris. Siret 31867159100069/APE5811Z.

Vous n'avez pas le temps de lire tous les romans Harlequin ce mois-ci ?
Découvrez les 4 meilleurs avec notre sélection :

[COUP DE CŒUR]

HARLEQUIN

La romance sur tous les tons

Toutes nos actualités et exclusivités sont sur notre site internet.

E-books, promotions, avis des lectrices, lecture en ligne gratuite, infos sur les auteurs, jeux-concours… et bien d'autres surprises !

Rendez-vous sur

www.harlequin.fr

facebook.com/LesEditionsHarlequin

twitter.com/harlequinfrance

pinterest.com/harlequinfrance

OFFRE DÉCOUVERTE !

Vous souhaitez découvrir nos collections ? Recevez **votre 1er colis gratuit*** avec **2 cadeaux surprise !** Une fois votre colis de bienvenue reçu, si vous souhaitez continuer à recevoir nos livres, cela se fera automatiquement. Vous recevrez alors chaque mois vos livres inédits en avant première.

Vous n'avez aucune obligation d'achat et cette offre est sans engagement de durée !

*1 livre offert + 2 cadeaux / 2 livres offerts pour la collection Azur + 2 cadeaux.

☞ COCHEZ la collection choisie et renvoyez cette page au
Service Lectrices Harlequin – BP 20008 – 59718 Lille Cedex 9 – France

Collections	Références	Prix colis France* / Belgique*
❏ **AZUR**	ZZ6F56/Z6FB2	6 livres par mois 27,59€ / 29,59€
❏ **BLANCHE**	BZ6F53/BZ6FB2	3 livres par mois 22,90€ / 24,90€
❏ **LES HISTORIQUES**.......	HZ6F52/HZ6FB2.......	2 livres par mois 16,29€ / 18,29€
❏ **ISPAHAN***...............	YZ6F53/YZ6FB2	3 livres tous les deux mois 22,96€ / 24,97€
❏ **HORS-SÉRIE**.............	CZ6F54/CZ6FB2.......	4 livres tous les deux mois 32,35€ / 34,35€
❏ **PASSIONS**	RZ6F53/RZ6FB2	3 livres par mois 24,19€ / 26,19€
❏ **NOCTURNE**	TZ6F52/TZ6FB2	2 livres tous les deux mois 16,29€ / 18,29€
❏ **BLACK ROSE**	IZ6F53/IZ6FB2	3 livres par mois 24,34€ / 26,34€
❏ **SEXY**	KZ6F52/KZ6FB2	2 livres tous les deux mois 16,65€ / 18,65€
❏ **SAGAS**	NZ6F54/NZ6FB2	4 livres tous les deux mois 30,85€ / 32,85€
❏ **VICTORIA****	VZ6F53/VZ6FB2	3 livres tous les deux mois 25,95€ / 27,95€

*Frais d'envoi inclus, pour ISPAHAN : 1er colis payant à 22,96€ + 1 cadeau surprise. (24,97€ pour la Belgique).
**Pour Victoria : 1er colis payant à 25,95€ + 1 cadeau surprise. (27,95€ pour la Belgique)

N° d'abonnée Harlequin (si vous en avez un) ❘ ❘ ❘ ❘ ❘ ❘ ❘ ❘ ❘

Mme ❏ Mlle ❏   Nom : _____

Prénom : _____   Adresse : _____

Code Postal : ❘ ❘ ❘ ❘ ❘   Ville : _____

Pays : _____   Tél. : ❘ ❘ ❘ ❘ ❘ ❘ ❘ ❘ ❘ ❘

E-mail : _____

Date de naissance : _____

❏ Oui, je souhaite recevoir par e-mail les offres promotionnelles des éditions Harlequin.
❏ Oui, je souhaite recevoir par e-mail les offres promotionnelles des partenaires des éditions Harlequin.

Date limite : 31 décembre 2016. Vous recevrez votre colis environ 20 jours après réception de ce bon. Offre soumise à acceptation et réservée aux personnes majeures, résidant en France métropolitaine et Belgique, dans la limite des stocks disponibles. Prix susceptibles de modification en cours d'année. Conformément à la loi Informatique et libertés du 6 janvier 1978, vous disposez d'un droit d'accès et de rectification aux données personnelles vous concernant. Par notre intermédiaire, vous pouvez être amenée à recevoir des propositions d'autres entreprises. Si vous ne le souhaitez pas, il vous suffit de nous écrire en nous indiquant vos nom, prénom et adresse à : Service Lectrices Harlequin BP 20008 59718 LILLE Cedex 9. Service Lectrices disponible du lundi au vendredi de 8h à 17h : 01 45 82 47 47 ou 33 1 45 82 47 47 pour la Belgique.

Harlequin® est une marque déposée du groupe Harlequin. Harlequin SA – 83/85, Bd Vincent Auriol – 75646 Paris cedex 13. SA au capital de 1 120 000€ – R.C. Paris. Siret 318671591000069/APE5811Z

Composé et édité par HARLEQUIN

Achevé d'imprimer en mars 2016

CPi
BRODARD & TAUPIN

La Flèche
Dépôt légal : avril 2016

Pour l'éditeur, le principe est d'utiliser des papiers composés de fibres naturelles, renouvelables, recyclables, et fabriquées à partir de bois issus de forêts gérées selon un système d'aménagement durable. En outre, l'éditeur attend de ses fournisseurs de papier qu'ils s'inscrivent dans une démarche de certification environnementale reconnue.

Imprimé en France